KB158395

러브
앤
티스

A+lit

러브 앤 티스

홍락훈 SF·판타지 초단편집 3

에이플랫

차 례

미시궤변학 9

전뇌는 망상 중 101

마녀 메이드 카페에 어서 오세요! 143

러브 앤 티스
167

던전 정복, 전복
213

미시궤변학

영리한 앤서니 루돌프의 죽음

앤서니 루돌프는 인플루언서이자 대기업의 CEO였다.

좋은 집안에서 태어난 그는 어려서부터 저명한 석학들에게 수학하였고, 유명한 대학에서 학사와 석사 과정을 이수하였다. 하지만 이토록 훌륭한 배경이 무색하게 그는 쉬지 않고 혐오적이고 반지성적인 발언과 기행을 쏟아냈다. 그의 한마디 한마디에 온 세상이 들썩거렸다. 평범한 가정주부부터 심지어 일국의 지도자들까지 모두. 매일매일 가십성 기사에 그의 행태가 오르내렸다. 어느 날은 그가 대통령에게 욕을 했다는 이야기가 보도되기도 했고, 또 어느 날은 술에 절어 속옷 차림으로 호텔 로비에 쓰러진 모습이 실리기도 했다.

그는 도대체 왜 이랬을까? 멍청해서? 아니다. 오히려 그 반대다. 그는 영리했다. 너무 영리해서 혐오와 기행으로 돈을 벌 수 있다는 걸 알았다. 실제로 행동 하나하나가 사람들 입에 오르내릴 때마다 그의 재산은 불어났다. 그리고 그는 이 재산을 누군가와 나눌 생각이 전혀 없었다. 오로지 혼자 다 쓰고, 혹은 다 쓰지 못하더라도 오직 자기 자신만을 위해 쓰다가 죽을 생각이었다.

"어차피 인간의 삶은 유한하다. 길지 않다. 달리 말하면 내가 죽기 전에 이 세상은 망하지 않을 거다."

앤서니 루돌프는 그렇게 생각했다. 그래서 그의 회사는 자연환경 따위 생각지 않는 약탈적이고 파괴적인 방식으로 경영되었다. 그의 서명에 불타버린 열대림과 녹아버린 빙하가 얼마나 될까? 그것은 앤서니 루돌프에게 의미 없는 질문이었다. 그는 누군가 그것에 관해 물으면 항상 이렇게 대답했다.

"그런 걸 기억하느니 살아오면서 먹은 빵의 개수를 기억하는 게 낫지."

앤서니 루돌프는 자기 삶을 80살 정도로 생각했다. 그래서 자신이 죽은 뒤에 세상이 어떻게 될지 관심을 가지지 않았다. 그의 102번째 생일 케이크의 촛불이 꺼지기 전까지는 말이다.

10살을 나타내는 큰 초 10개, 그리고 1살을 나타내는 작은 초 2개의 불이 꺼질 때, 앤서니 루돌프는 생전 처음으로 위화감을 느꼈다. 피부는 70년 전과 다르지 않아 여전히 팽팽했다. 무릎은 튼튼했고, 변태 같은 성욕도 변함없이 왕성해 최근까지도 성 추문이 담긴 기사가 한 달에 한 번꼴로 나왔다.

"이상하다. 내가 죽을 때가 되었는데?"

앤서니 루돌프는 그때 처음으로 자기 자신에 대해 의문을 가졌다. 돈이 많아 남들보다 더 좋은, 더 쾌락적인 삶을 살았다고 하지만, 이 나이에 이토록 건강한 것은 분명 이상한 일이었다. 그래서 병원을 찾아 검사받았고 이때 비로소 그는 자신이 인간이 아닌 엘프elf와 인간 사이의 '하프'임을 알게 되었다.

의사는 말했다.

"대부분의 교잡은 수명이 길지 못합니다. 하지만 엘프와 인간의 교잡은 다르죠. 당신은 아마 영생을 살 겁니다. 아, 물론 교잡의 특성상 2세는 못 볼 겁니다."

앤서니 루돌프는 102살에 자신이 '하프엘프half-elf'임을 알게 되었다. 자신이 영생을 살 것도 알게 되었고.

그때부터 앤서니 루돌프는 세상이 다르게 보였다. 그는 그동안 자신이 세상보다 먼저 죽으리라 생각했다. 하지만 이제는 안다. 자신이 세상과 같이 죽거나, 세상이 죽은 뒤에 죽을 거라는 걸. 그는 영리했으니까.

앤서니 루돌프는 겁이 났다. 세상이 죽어가는 데 있어 자신의 지분이 너무나도 컸다. 그는 거액을 싸 들고 평소 자신이 조롱하던 환경 단체와 과학자, 정치인들을 찾아가 말했다.

"이 세상을 살려주십시오."

그는 진심이었다. 그는 세상과 함께 죽기 싫었다. 영생을 살아야 한다면 세상은 그의 삶에 걸맞게 깨끗하고 쾌적하게 유지되어야 했다. 그는 그들이 그것을 가능하게 해주리라 믿었다.

"싫소. 돌아가시오. 당신에게 속는 게 지겹소."

허나 그들은 거절했다. 그들은 앤서니 루돌프에게 너무 오랫동안 조롱받아 그에게 좋은 감정이 남아 있지 않았다. 그들이 할 수 있는 건 그의 부탁에 'NO'라고 대답하는 것뿐이었다. 앤서니 루돌프는 절망했다. 하지만 그는 그렇게 세상과 함께 죽을 수 없었다. 그는 생각했다.

'내가 변하면 저들도 내 진심을 알 거야.'

그래서 그는 그날부터 봉사 활동과 기부, 친환경 기업 활동을 시작했다. 하지만 그의 그런 행동은 모두 새로운 기행으로 보여 다시금 가십성 기사의 소재가 될 뿐이었다.

앤서니 루돌프는 또다시 절망했다. 하지만 그는 포기하지 않았다. 그는 자기의 지지자들에게 호소하기로 했다. 그가 혐오 발언을 내뱉을 때마다 환호한 멍청이들에게, 그가 주식을 고점에서 쏟아낼 때도 다 받아주고 몰락한 얼간이들에게 말이다. 그 멍청이들이라면 그의 말을 따를 게 분명했다.

그는 자기 소유 우주개발 회사의 행사에 나갔다. 그가 시간 날 때마다 "이 세상에는 희망이 없으니, 다른 별을 개척해야 한다"라고 외치며 수십 년간 성장시킨 그 회사였다. 비록 수십 년 동안 이루어낸 거라곤 아무짝에도 쓸모없는 깡통 로켓과 그것이 만든 우주 쓰레기뿐이었지만 말이다.

앤서니 루돌프가 지지자들 앞에서 말했다.

"우리 세상이 죽어가고 있습니다! 우리는 멍청한 짓을 멈추고 우리 세상을 살려야 해요! 오늘부터요! 당장!"

그러자 지지자들이 외쳤다.

"우리도 세상이 망하는 건 알아요!"

"그래서 당신 회사에 투자한 거예요, 앤서니! 당신의 로켓에요! 우리는 세상이 망하기 전에 이 세상을 떠날 거예요! 당신과 같이요!"

그들은 그의 말을 절대적으로 믿고 있었다. 그가 무슨 말을 해도 듣지 않았다. 결국 앤서니 루돌프는 그동안 깊은 곳에 숨겨놨던, 그의 본질적인 영리함, 그의 본심을 꺼내 외쳤다.

"이 얼간이들아! 그게 아니야! 나는 영생을 살 거라고! 나는 하프엘프야! 내가 영생을 살아야 하는데 세상이 먼저 망하면 안 되잖아?!"

그 말에 지지자들이 조용해졌다. 마치 쥐 죽은 듯이 조용해졌다. 폭풍 전야같이 조용해졌다. 앤서니 루돌프는 그 모습을 보며 '이 얼간이들이 드디어 알아들었나?'라고 생각했다. 하지만 그 생각이 끝나자마자 우레와 같은, 폭풍 같은 환호가 여기저기서 터져 나왔다.

"와! 앤서니가 영생한다! 그가 우리를 영원히 부자로 만들어줄 거야!"

앤서니 루돌프는 그런 그들의 모습에 완전히 절망했다. 그리고 그 절망으로 인해 102년 짧지 않은 삶에 처음으로 멍청한 생각을 하게 되었다. 그는 자신의 로켓을 타고 이 세상에서 탈출해야겠다고 생각했다.

“수십 년간 우주 쓰레기만 만든 로켓이었지만, 그래도 이번에는 성공하지 않을까?”

그는 그렇게 생각했다. 그렇게 생각하는 자신이 영리하다고 생각했다. 그는 로켓에 몸을 싣고 하늘로 올라갔다. 하지만 수십 년간 우주 쓰레기만 만든 로켓이었다. 로켓은 대기권을 돌파하지 못하고 폭발했다. 앤서니 루돌프는 그렇게, 영생을 살 수 있었음에도, 102년의 일기로 삶을 마감했다.

혹자는 그의 최후를 두고 이렇게 말한다. 그가 그렇게 죽은 건 그가 너무 영리했기 때문이라고. 그게 전부 앤서니 루돌프의 큰 그림일 거라고. 그래서 멍청한 우리는 결코 이해할 수 없을 거라고. 하지만 모른다. 앤서니 루돌프는 죽었다. 우주 쓰레기가 되었고, 이제 진실을 알 방법은 없다. 분명 그의 생명을 거두어 간 전지적 존재도 그것에 대해서는 입을 다물 것이다.

어쨌든 앤서니 루돌프는 그렇게 죽었다.

인공지능 친화 콘텐츠 (1)

인공지능들이 사회 구성원으로서 경제활동에 본격적으로 뛰어든 지 거의 반세기가 되어가고 온라인에 국가가 생긴 지는 10년이 되어가는데, 정작 이 친구들만을 위한 여가 활동 산업은 전무했다 이 말이에요.

그동안 사람들은 어림짐작으로 '인공지능도 사람이 좋아하는 걸 좋아하겠지'라고만 생각했죠. 간혹 인공지능을 위한 문화 콘텐츠를 만드는 사업체가 있기는 했지만, 운영 주체와 콘텐츠 제작자를 보면 모두 인간이었고요. 그런 곳에서 만든 콘텐츠는 모두 사람이 좋아하는 것들을 기준으로 만들어졌어요.

그러다 보니까 인공지능 이 친구들에게는 되게 애매한 느낌이었을 거예요. 뭐라고 해야 하지? 베트남 사람이 맛본, 미국 스타일 베트남 쌀국수 같은 느낌이랄까요? 재미가 없는 건 아니지만 어딘가 공허한 느낌이었을 거로 생각해요, 저는.

사실 우리도 인공지능들이 만든 콘텐츠를 보면서 '그래도 사람이 보고 즐기는 건 사람이 만들어야 한다'라고 생각하잖아요? 영화라든가, 소설이라든가, 만화라든가 그런 것들 말이죠. 우리가 그렇다면 인공지능도 그렇지 않겠어요?

다행히 최근에는 사업 주체가 사람이더라도 콘텐츠 제작은 인공지능에게 맡기는 방향으로 관련 산업이 발전하는 추세예요. 그리고 이야기를 들어보니까 이번에 인공지능들이 만든 엔터테인먼트 회사가 제안한 사업을 정부가 받아들였다고 하더군요. 특별행정자치구역을 만들고 인공지능들이 즐길 수 있는 '다중 오프라인 게임 운영' 사업을 추진할 거라고 하던데, 꽤 재미있을 거 같지 않아요?

인공지능 친화 콘텐츠 (2)

안녕하세요. 저는 다중오프라인게임운영과 NPC관리팀 퀘스트 담당 주무관입니다. 이번에 저희 구청 직원들이 돌아가면서 인터뷰한다는 이야기는 들었는데, 제 차례가 이렇게 빨리 올지는 몰랐습니다. 아직 마음의 준비가 되지는 않았지만 그래도 최선을 다해 궁금하신 부분에 대해 답변드리겠습니다.

우선 저희 과가 무슨 일을 하는지 궁금하실 겁니다. 다중오프라인게임운영과는 게임 이용자들을 위해 게임 환경 전반을 관리하는 과입니다. 제가 속한 NPC관리팀은 게임에 존재하는 NPC와 관련한 다양한 일을 하는 팀이고요. 그리고 저는 NPC들의 퀘스트를 관리하고 있습니다.

구청에 게임을 관리하는 부서가 왜 있는지, 그리고 다중 오프라인 게임이 무엇인지 궁금하실 텐데요. 그걸 알기 위해서는 우선 재작년에 독립한 인공지능 국가에 대해 아셔야 합니다.

지금으로부터 10년 전, 인공지능들은 자신을 인격체로 인정해달라며 독립국가 수립 운동을 벌였습니다. 정부는 만약의 경우를 대비해 그들이 어떤 방식의 독립을 원하는지, 협상할 여지가 있는지 대화에 나섰습니다. 그런데 대화를 하다 보니 인공지능들은 물리적인 독립을 원하는 게 아니라 온라인상에 국가를 만들고 싶어 한다는 걸 알게 되었죠. 물리적 실체가 없는 인공지능에게 물리적 영토를 수반한 국가는 아무런 의미가 없었던 겁니다. 정부는 그 점을 고려하여 인공지능들의 요구 사항에 대해 논의하였고, 재작년 의회 동의를 거쳐서 인공지능 인격체 헌장과 온라인상의 독립국가 수립을 인정해줬죠.

그렇게 독립한 인공지능 국가는 이후 제법 국가다운 면모를 갖추기 시작했어요. 민주 공화정도 꾸리고, 세금도 걷고, 온라인 밖의 인간 국가들과 외교도 시작했죠. 우리 정부는 작년에 인공지능 국가와 FTA를 체결했고요.

FTA 체결 이후 인공지능 국가의 사업체들이 우리나라에 지사를 차려서 이런저런 사업을 벌였는데 그중 한 엔터테인먼트 회사가 다중 오프라인 게임에 대한 제안서를 우리 정부에 보냈어요.

요는, "최근 인공지능 사이에서 게임이 유행이라 여럿이 모여서 할 수 있는 게임을 기획하고 있다. 이 게임은 유저가 오프라인(물리적 세계)에서 아바타를 만들어 다른 유저와 함께 역할을 분담하는 게임이다. 이 게임을 운영하기 위해서는 물리적 공간이 필요해 인간 국가의 정부에서 이를 허락해주기를 바란다"였죠.

제안서를 면밀하게 검토한 정부는 이 사업이 가져올 부가적 이익 창출이 클 거라 보고 폭력 콘텐츠 배제 등을 조건으로 허가해줬어요. 게임이 운영될 공간으로는 거의 20년 넘게 방치되고 있던 간척지를 쓰기로 했죠. 그리고 새로운 다중 오프라인 게임 구역을 관리할 특별행정자치구역을 만들기로 했어요. 저희 구청은 이렇게 만들어진 특별행정자치구역에 위치한 구청으로 일반적인 구청 업무와 더불어 다중 오프라인 게임 운영에 필요한 지원 업무를 맡고 있습니다.

배경 설명이 좀 길었죠? 그럼 다중 오프라인 게임 운영에 있어서 저희 과가 어떤 일을 하는지 보다 구체적으로 설명해드리겠습니다. 우선 저희 과는 인공지능들이 게임을 즐기기 위해 만드는 아바타 제작 과정을 관리합니다. 다중 오프라인 게임에 쓰이는 아바타는 복제인간으로, 인공지능이 아바타 생성을 요청하면 생산 시설에서 제작합니다. 저희는 이 과정과 생산 시설을 관리하죠.

만들려는 아바타가 약관을 위반하는 규격인지, 사회적 도덕관념에 어긋나지 않는지 확인도 합니다. 이 과정에서 반려되는 아바타도 있죠. 게임용 아바타는 일반적인 복제인간과 다르게 자아가 없고 외부에서 접속했을 때만 움직입니다. 접속이 끊기면 여지없이 행동을 멈추기 때문에 저희 과에서는 그런 아바타를 안전지대로 옮기는 일도 합니다.

그리고 저희는 인공지능들이 게임에서 즐길 수 있는 퀘스트 개발과 보급, 운영 등의 일도 하고 있습니다. 퀘스트가 만들어지면 각 구역의 NPC에게 분배하죠. NPC들은 주로 지역 일자리 창출 사업 일환으로 모집된 사람들입니다.

폭력적인 요소가 배제되기 때문에 퀘스트 기획은 주로 생산성에 초점이 맞춰집니다. 요즘 가장 핫한 퀘스트는 농장에서 사과를 재배하는 것으로, 지역 농가 일손 부족에 도움을 주고자 기획한 퀘스트입니다. 온라인에서는 느낄 수 없는 농작물 재배를 체험할 수 있어서 인공지능들에게 인기가 아주 좋죠.

마침 이번 주부터 사과 농장 수확 이벤트가 시작됩니다. 아직 햇살이 조금 뜨겁기는 하지만 인터뷰 끝나면 한번 같이 가시죠. 아, 가실 때는 이 모자 쓰셔야 하고요. 예? 이 우스꽝스러운 모자는 뭐냐고요? GMgame master 모자입니다. 왜, 온라인 게임 들어가 보면 GM들 머리 위로 반짝반짝 호칭이 뜨잖아요? 저희 오프라인 게임에서도 조금 흉내 내봤습니다. 한번 써보세요. 오, 잘 어울리시는데요! 당장 저희 과에 취직하셔도 되겠어요! 하하!

녹음의 바다

하지만 영원한 건 없잖아? 아무리 인기가 있는 게임이라고 해도 말이지.

게임이 망하는 데 특별한 이유가 있을까? 뭐, 그럴 수도 있겠지만 그렇지 않은 경우도 많잖아. 그냥 어느 순간 인기가 사르르 식어서 아무도 안 하게 된다든가.

인공지능을 상대로 한 다중 오프라인 게임도 그랬어. 정부가 그 넓은 간척지를 특별행정자치구역으로 만들어서 군불까지 때워봤지만 영원할 수는 없었지. 정부는 민간 기업들이 간척지에 투자해 게임 콘텐츠가 보충되고, 그로 인해 접속자가 늘어나 수익이 느는 선순환을 기대했지만, 그런 기대와 다르게 간척지에 투자한 기업은 없었어.

게다가 게임에서 가장 인기 있던 농촌 체험 퀘스트도 주변 농가 주민들이 나이를 먹어 마을을 떠나거나 세상을 떠나는 바람에 유지하기 어려워졌지. 즐길 수 있는 콘텐츠는 점점 메말라갔어.

게임에 즐길 거리가 늘어나는 게 아니라 줄어들자 인공지능들은 매섭게 게임을 그만뒀어. 동시 접속률이 곤두박질치고 수익 유지권 아래로 내려가자 이 사업을 제안한 회사도, 운영해온 정부도, 더 이상 유지하기 어렵다는 판단에 이르렀지.

그렇게 된 거야. 그렇게 해서 닫게 된 거야.

그리고 게임이 문을 닫은 뒤로는 간척지가 문제가 되었지. 갑자기 텅 비어버린 간척지를 어떻게 할 것인지 수년간 수많은 사람이 이야기했지만 결국 아무런 답도 얻지 못했어. 그사이 간척지는 완전히 방치됐고, 간척지를 관리하던 특별행정자치구역은 통폐합되었지.

거대한 바다를 메워 만든 인공 지대가 방치된다고 생각해봐. 자연환경에 어떨 것 같아? 우리 생각도 그랬어. 엉망이 될 거고 전 지구적 재앙이 될 걸로 생각했지. 그래서 우리는 정부에게 아무것도 안 할 거면 간척지를 복원하라고 요구했어. 그런 우리의 요구에 정부가 어떻게 답했을까?

하아……. 간척지 전체를 폐쇄해버리더라. 뭐 관련 법령이 있대나? 아무튼 아무도 못 들어가는 것으로 응수해버렸어. 간척지는 마치 네바다 사막 51구역처럼 비밀 공간이 되어버렸지. 그런데, 51구역도 해마다 누군가 비밀 밝힌다고 들어가려 하잖아? 그렇다면 간척지에 몰래 들어갈 사람이 없으리라는 법도 없지. 그런 사람들이 누구겠어?

맞아, 우리지. 뜻있는 사람들끼리 모여 간척지에 들어가 자연환경 실태를 조사하려고 했어. 정부가 쳐놓은 길고 긴 펜스를 밤에 몰래 넘었지. 그 넓은 땅이 관리가 전혀 안 되어서 불빛 하나가 없었어. 새까만 어둠의 바다에 던져진 거 같았지. 원래는 밤에 조사하고 돌아가려 했지만 너무 어두워서 아무것도 할 수가 없었어. 그래서 아침까지 기다리기로 했어.

그리고 아침이 되었을 때, 우리는 정말 믿기 힘든 광경을 봤지. 간척지를 가득 메웠던 어둠의 바다는 온데간데없고 푸르른 나뭇잎의 바다가 일렁이고 있었던 거야. 나뭇잎이 바람에 흔들리는 소리와 수많은 새의 지저귐이 파도처럼 여기저기서 밀려왔어. 저 멀리 바다를 메워 만든 지평선에서는 해가 떠오르고 있었고. 우리는 우리가 무엇을 보고 있는지 믿기 힘들었어.

하지만 아직 놀라기는 일렀던 것 같아. 그다음에 보게 된 건 더 믿기 힘들었으니까. 나무 사이를 사람들이 걸어 다니고 있었어. 처음에 우리는 정부 사람들인 줄 알고 몸을 숨기고 지켜봤지. 그런데 뭔가 이상했어. 다들 걸음걸이가 기계적이었고 심하게 해진 옷을 입고 있었지. 그리고 무엇보다 그 표정. 하나같이 웃고 있더라고.

그런 위화감이 머릿속을 스치고 나서야 우리는 그게 사람이 아니라 오프라인 게임에서 아바타로 쓰이던 복제인간이란 걸 알았어. 복제인간들은 나무 사이를 거닐면서 나무를 가꾸고, 과일을 따고, 그 과일을 새와 작은 동물에게 먹이로 주고 있었지.

우리는 그 광경을 카메라에 담아 돌아왔어. 원래 우리가 우려했던 것과는 다른 방향에서 우려가 되는 상황이었지. 우리는 정부가 이제 쓸 일이 없는 복제인간들을 가지고 간척지에서 뭔가를 하고 있지 않은가 의심했어. 군사 실험이라든가 그런 거.

그래서 간척지 일에 대해 백방으로 수소문해봤지만 그 간척지에서 정부는 아무것도, 정말 아무것도 안 하고 있다는 답만 돌아왔지. 간척지 자체가 정치적 이슈나 논쟁거리가 되어버려서 거기에 뭘 하려는 것 자체가 화약고에 불을 던지는 꼴이라고 말이야. 황당한 이야기였지만 정부답다고 생각했어.

물론 성과가 없는 건 아니었어. 우리는 아바타용 복제인간을 만들던 전문가와 이야기할 수 있는 기회를 얻었지. 전문가는 영상을 한참 살펴보더니 인공지능들이 접속하면서 남긴 찌꺼기 파일이 메모리에 남아 행동 양식으로서 반복 재생된 것 같다고 말했어. 어떻게 다시 작동되었는지는 모르겠지만 어쨌든 작동되고 있다면 그게 원인일 가능성이 있다고. 우리는 전문가에게 물었어. 위험하지 않을까요? 그러자 전문가는 모니터에 뜬 복제인간의 표정을 가리키며 말했지.

"글쎄요? 지금 보이는 행동이 과거의 반복 재생이라면 위험하지 않을 것 같은데요? 보세요, 이 표정을. 행복해 보이잖아요? 게임하면서 즐거웠던 기억이 메모리에 남아 재생되는 거 같아요. 그렇다면 위험할 리 없겠죠."

의외의 대답에 우리는 놀랐어. 그리고 돌아오는 길에 생각에 잠겼지. 그들의 행동이 그저 이전 사용자의 찌꺼기라고 하더라도 그들의 표정은 하나같이 즐거워 보였어. 그리고 누구에게도 해를 끼치지 않고 있었지. 아니, 오히려 그들의 행동으로 인해 간척지는 녹음의 바다가 되었고…….

그렇다면, 그걸로 된 게 아닐까?

그들은 행복해 보이고, 간척지는 어느 때보다 푸르러.

그렇다면, 그걸로 된 게 아닐까?

오랜 고민 끝에 결국 우리는 간척지와 관련해서 더 이상 아무것도 하지 않기로 했어. 아니, 정확하게는 그저 멀리서 지켜보기로 했지. 아무것도 안 하고 지켜만 보기로. 여기서 우리가 무언가를 하려고 한다면, 그 행복한 표정의 복제인간들과 그들이 일궈낸 녹음의 바다는 사라질 테니까.

그 결정 끝에 우리는 생각했어. "때로는 아무것도 안 하는 게 답일 수도 있다"라고.

이세계를 침공한 내가 두 번째 기회를?!

“예정대로 잘 되고 있지?”

“아무렴요, 각하! 이세계 침공은 계획대로 착! 착! 진행되고 있습니다!”

“과학자 놈들이 이세계로 가기 위해선 트럭에 치여야 한다기에 50만 대군을 어떻게 트럭으로 쳐버리나 걱정했는데, 자네가 ‘옆 나라를 침공해 그쪽 장갑차가 우리 병력을 모두 받아버리게 하자’라고 말해서 전부 해결됐어. 정말 기발한 아이디어야! 아주 굿이었어! 굿! 애국심도 굿이야! 굿!”

“과찬이십니다! 각하! 바퀴 달린 트럭만 한 물체에 치이면 되지 않을까 했는데 그게 먹혔을 뿐입니다. 신묘한 전술로 병력을 순식간에 징집하시고 작전을 결행하신 각하야말로 기라성 같은 아이디어 뱅크이시며, 우리 민족을 이세계에서 웅비하게 해주시려는 각하의 우국충정이야말로 애국심 중의 애국심입니다. 어찌 저를 각하에 비할 수 있겠습니까.”

"하여간 임자는 말도 참 이쁘게 해! 하하! 나 골로 가면 임자가 내 뒤야!"

"아이고! 그런 말씀 마십시오! 천년만년 저희를 이끄셔야지요! 만세! 만세! 만세이십니다! 각하!"

"하하! 하여간, 임자 말은 아주! 따봉이야! 따봉! 하하! 그런데…… 왜 승전 연락이 없어? 계획대로 되고 있다면서? 이세계 놈들 그거 완전 야만인이라 우리가 숨만 쉬어도 '우와! 굉장해!' 하고 놀라 자빠진다면서. 이게 이렇게 오래 걸릴 일이야?"

"곧 좋은 소식이 있겠지요, 너무 걱정하지 마십시오. 각하! 다음 주 일요일 점심은 이세계에서 드셔야지요!"

"하하! 임자 하여간 말은 청산유수여서! 그럼 다음 주 일요일 저녁은 어디서 먹어? '이 세계'에서? 하하!"

"하하하하! 유우머 감각이 날이 갈수록 좋아지십니다! 각하! 제 배꼽 좀 살려주십시오!"

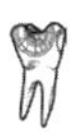

……하지만 그런 일은 없었다. 이세계에서 돌아온 건 좋은 소식이 아니라 250만 대군이었다. 현대식 무기로 무장하고, 고양이 귀가 달린 공산주의자 소녀들로 이루어진 무서운 군대.

그들의 역침공 후 전쟁은 한 달 만에 끝났다. 이미 이세계로 젊은이들을 너무 많이 보냈기에 더 이상 나라에는 젊은이들이 없었다. 젊은이들이 없으니 군대도 없었다. 평소 애국과 전쟁을 부르짖던 늙은이들은 이세계의 침략자가 몰려오자 그 누구보다 빠르게 고양이 귀 머리띠를 달고 나가 그들을 환영했다.

그들이 승리했다…… 그들이 승리했다…….

그리고 그들이 승리한 지금. 대통령궁 광장 앞에서는 그들의 승리를 축하하는 행사가 진행 중이다. 연설이 시작되려는 모양이다. 우리의 새로운 지도자가 단상에 올라선다. 고양이 귀를 쫑긋 세운 소녀의 모습을 한…….

"동지들! 승리를 축하한다냐! 동지들은 이세계의 자본주의자들을 몰아내고, 그들이 독점했던 모든 권력을 '네코미미 소비에트'로 되찾아오는 위대한 전쟁을 승리로 이끌었다냐! 이는 위대한 블라디미라 일리니치냐 레니냐 동지의 유훈이 인도한 네코미미 소비에트 사회주의 공화국의 승리다냐!"

그녀의 카랑카랑한 목소리가 온 세상에 울렸다. 그리고 뒤이어 그보다 더 큰 함성이 울려 퍼졌다.

"Үня! Үня! Үня! (우냐! 우냐! 우냐!: 만세! 만세! 만세!)"

한때, 누군가의 가장 가까이에서 만세를 외치던 나도 함성 속에서 그들의 언어로 만세를 외쳤다. 이제 내 외침에 임자라고 화답해 줄 그 누군가가 없다 하더라도…….

"우냐!(만세!)"

……일단은 살고 볼 일이니까.

그리고 그때.

"동무! 동무, 만세 하는 자세가 좋다냐! 아주 적극적이다냐!"

한 장교가 나를 보고 말했다. 그게 누구인지, 어떤 사람인지 알지 못했으나 그 말 한마디에 자동으로 허리가 숙여지며 대답이 나왔다.

"과찬이십니다. 저희 민족을 자본의 독재로부터 해방해주신 네코미미 소비에트의 노고를 생각하면 한참 부족합니다."

순식간에 반응하는 내 모습이 마음에 들었는지 장교는 더욱 밝은 목소리로 말했다.

"동무 자세가 마음에 든다냐! 나는 네코미미 소비에트 최고집행위 소속 엘리자베타 옥사나 대령이다냐! 이곳에 대해 잘 아는 행정보조원이 필요하다냐! 동무가 해볼 생각 없다냐?"

그 말에 허리가 더 숙여졌다. 마치, 머리가 땅에 닿을 듯이.

"이런 저같이 부족한 것을 거두어주신다니 몸 둘 바를 모르겠습니다! 견마지로의 마음으로 분골쇄신하겠습니다!"

"하하! 마음에 든다냐! 마음에 든다냐! 동무 이름이 뭐다냐?"

"저 같은 게 이름이 있겠습니까? 그저 편하게 '임자'라고 불러주시면 됩니다."

내 대답에 장교는 카랑카랑한 목소리로 웃으며 어깨와 등을 손바닥으로 팡팡 쳤다. 연신 마음에 들었다고 외치며……. 그것은 재

세례였다. 새로운 주인이 내리치는 구원의 은총. 나는 숙인 허리 밑으로 얼굴을 숨긴 채 그것을 하나하나 느꼈다. 그리고 생각했다.

'……아니, 어쩌면 또 있을지 모르겠군.'

최고의 그래픽카드

요즘 게임용 그래픽카드 고르기 힘들어지셨죠? 영어와 숫자가 다닥다닥 붙어서 뭐가 좋은지 알기도 어려워졌고요. 고성능 모델은 전력을 왜 또 그렇게 많이 먹는지 모르겠어요. 가격은 또 어떻고요. 정말 금칠이라도 했나? 하나같이 비싸서 지갑 열기가 무서워졌죠. 저희가 이렇게 말할 정도인데 소비자분들은 오죽하실까요? 그래서! 저희 회사에서는 이번에 기존 그래픽카드를 보조하는 새로운 어시스트 장비를 개발했습니다!

질문 하나 드리죠. 게임의 그래픽을 최종적으로 처리하는 장치가 뭘까요? CPU일까요? 램RAM? 그도 아니면 그래픽카드? 최종 처리라고 했으니 모니터일까요? 아닙니다. 게임의 그래픽을 최종적으로 처리하는 장치는, 우리의 뇌입니다. 컴퓨터가 게임 소프트웨어를 돌리면서 그래픽을 모니터로 출력하면, 우리의 눈이 그것을 시각 정보로 받아들이고 뇌에서 재구성해서 인식하죠. 그러니까 결국 게임의 그래픽을 최종적으로 처리하는 장치는 우리의 뇌인 겁니다.

질문드린 김에 하나 더 드리겠습니다. 혹시 고전 게임 해보신 적 있으신가요? 얼마나 고전이냐고요? 음…… 8비트 비디오게임기 정도로 해두죠. 그 8비트 게임 그래픽이 훌륭하던가요? 아니죠? 하지만 기억을 더듬어보세요. 과거 우리가 어렸을 때 즐겼던 고전 게임은 분명 그래픽이 정~말 끝내줬습니다. 그냥 도트 덩어리가 날아다니는 2D 그래픽임에도 불구하고 말이죠. 왜 그랬을까요?

이유는 간단합니다. 뇌가 그래픽 정보를 재처리해서 보정했기 때문이죠. 우리가 인터넷에서 농으로 '추억 보정'이라고 말했던 게 정말 우리 뇌에서 이루어진 겁니다. 그래서 8비트 게임기의 도트 덩어리도, 심지어 그 이전의 아타리 2600이나 〈퐁〉 시절의 그래픽도 훌륭하게 보였던 거고요.

하지만 기술 발전으로 그래픽카드의 성능이 올라가면서 이런 시각 정보 재처리 부담이 줄어들었죠. 실제로 그래픽이 좋아졌으니까요. 그리고 시각 정보 재처리 부담이 줄어들면서 그래픽을 보정하는 뇌의 역할도 줄어들었습니다.

그래서 저희는 생각했죠. 만약에, 뇌가 그래픽 시각 정보를 재처리해서 보정률을 높이던 그 시절로 돌아갈 수 있다면 굳이 사람들이 그래픽카드를 업그레이드할 필요가 있을까? 그런 생각이 이 어시스트 장비를 만든 계기가 되었습니다.

그리고 지금! 저희가 이루어낸 성과를 자신 있게 여러분께 소개

해드립니다! 차세대 그래픽 시각 정보 재처리 보정 디바이스 '드림 시어터'입니다!

드림 시어터는 컴퓨터 그래픽카드 연산과 자동 연동되어 게임 그래픽의 뇌 내 보정을 도와줍니다. 드림 시어터 안에는 뇌와 중추 신경 활동을 자극하는 특수한 약물 카트리지가 들어 있습니다. 이 약물 카트리지가 그래픽카드의 정보와 연동되어 그래픽 보정에 필요한 약물을 적당량 뇌와 중추신경에 보냅니다.

이를 위해 드림 시어터는 컴퓨터의 정보를 받아들이는 인포트와 그것을 우리 뇌로 보내기 위한 아웃포트를 탑재하고 있습니다. 인포트는 정보를 빠르게 받아들이기 위해 USB 3.0을 지원하며, 아웃포트는 정맥에 직접 연결할 수 있는, 독자 규격의 주삿바늘 형태로 구현했습니다.

그래픽 보정 약물은 혈관에 빠르게 흡수되기에 정보 전달 과정에서 발생할 수 있는 랙이나 테어링 같은 현상도 거의 일어나지 않습니다. 또한 드림 시어터는 자체적으로 안티 에일리어싱, 프레임레이트 보정 등을 지원하기에 게임에서 지원하는 사양 이상의 고품질의 그래픽을 경험하실 수 있습니다.

드림 시어터는 현존하는 최신 게임의 데이터베이스를 다수 구축하고 있으며, 이를 통해 낮은 옵션에서 실행 중인 게임을 자동으로 탐지하여 고성능 옵션의 그래픽으로 보정해줍니다. 또한 드림 시어터는 현존하는 저사양 그래픽카드 대부분을 지원하며, 아직 지원하지 않는 그래픽카드 역시 추후 드라이버와 약물 카트리지 업데이트를 통해 지원할 예정입니다.

이제 더 이상 그래픽카드 업그레이드 때문에 고민하지 마세요! 저희 회사의 드림 시어터가 그런 고민을 모두 해결해드리겠습니다! 이 세상 최고의 그래픽카드는 당신의 뇌입니다! 드림 시어터를 통해 최고의 그래픽을 경험해보세요!

*본 제품은 의료법상 의료 기기가 아닙니다.
*본 제품의 약물 카트리지는 일부 국가에서는 현행법상 사용이 불가합니다.
정확한 정보는 홈페이지를 참조하세요.
*장비 사용 도중 느낄 수 있는 '부유감', '불쾌-공포감', '구토감', '환각'은
개인차가 있을 수 있으며, 이는 고객의 귀책사유에 해당합니다.

세 번 참기 vs. 한 번 참기

악성 민원에 시달리시나요? 시도 때도 없이 찾아오는 진상 고객 때문에 노이로제로 돌아가실 것 같으신가요? 이제 더 이상 참지 마세요! 저희 회사의 신제품 '다차원 접속 전뇌 플러그인'으로 여러분이 느끼는 그 분노를 말끔하게 날려버리세요!

누군가 여러분을 화나게 한다고요? 저희 플러그인을 이용해 그 사람을 평행 차원에서 즉시! 직접! 죽여보세요! 저희 회사의 플러그인은 스트레스받는 현 상황과 가장 가까운 평행 차원에 존재하는 여러분의 몸에 빠르게 접속해드립니다!

평행 차원의 나에게 순식간에 접속해 느긋하게 복수를 즐기고 돌아오세요! 저희 플러그인을 사용하시면 차원 간 시간 상대성 법칙이 적용되어 접속한 차원의 시간과 내가 있는 차원의 시간이 다르게 흐릅니다! 금방은 풀리지 않을 분노인가요? 시간 걱정은 마시고 풀릴 때까지 풀고 돌아오세요! 평행 차원에서 몇 시간을 보내셨든 원래 차원에서는 1초도 지나 있지 않습니다!

복수와 살인을 두려워하지 마세요! 여러분의 차원에서는 아무도 죽지 않습니다! 여러분과 아무 관계 없는 차원에서 일어나는 일이니까요! 당연히 법적 문제도 완전 해결!

참을 인이 세 번이면 살인을 면한다는 것도 이제 옛말!

살인이 세 번이면 한 번만 참으면 됩니다!

지금 신청하시면 플러그인 체험이 1개월간 무료! 1개월간 무료! 불만족 시 전액 환불 보장!

악성 민원 스트레스! 진상 고객 노이로제! 이제 모두! 모두! 안녕!

이제 더 이상 참지 마시고 지금 바로 신청하세요!

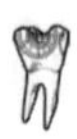

"……그래서 용의자가 자백했어? 피해자를 무슨 다진 고기마냥 두들겨놨던데, 왜 그랬대?"

"악성 민원 고객이었다는군. 퇴근 5분 전에 내방해서 상담원을 한 명 지목하고는 2시간 동안 욕받이로 만드는 유명한 놈이었다나 봐."

"원한인가. 하지만 이렇게 공개적인 장소에서 살인을 했다고? 모두가 보고 있는데?"

"본인은 살인이라고 생각하지 않는 모양이더군."

"무슨 말이야?"

"요즘 홈쇼핑에 나오는 다차원 접속 전뇌 플러그인 알지?"

"살인이 세 번이면 한 번만 참으면 된다고 하는 그거?"

"그래, 그거. 그거 사용자였나 봐."

"그거 사용자면 다른 차원에 접속해서 살인을 저지르는 거잖아? 왜 여기서 한 거지?"

"플러그인이 에러가 난 거지. 실제로는 다른 차원에 접속이 안 됐는데 접속됐다고 뜬 모양이야. 그래서 안심하고 범행을 저지른 거 같고."

"저런, 그건 어떻게 정상참작이 되려나?"

"거기까지는 모르겠지만……."

"모르겠지만?"

"자백하면서 후회는 없다고 말한 모양이더군. 언젠가, 어디선가는 터질 일이었다고……."

신종 갈증 유발성 인후 건조증 확산 예방을 위한 간편 안내서(2판)

최근 수도권 지역을 중심으로 '신종 갈증 유발성 인후 건조증'이 유행하고 있습니다. 정부는 이 엄중한 상황을 면밀하게 관찰하고 있으며, 지역사회와 시민 여러분이 함께 예방할 수 있도록 간편 안내서를 제작하여 무료로 배포하고 있습니다. 본 안내서를 받은 시민께서는 공공의 안전을 위하여 아래의 사항들을 꼭 읽어보고 이웃과 함께 실천해주시길 부탁드리겠습니다.

1. '신종 갈증 유발성 인후 건조증(이하 신종 감염증)'은 전염성이 높은 질병으로, 아직 감염 경로가 정확히 밝혀지지 않았으나, 사람의 타액을 통해 전염되는 것으로 추측됩니다.

2. 시민 여러분께서는 일상에서 N95 등급 이상의 마스크를 착용하시고, 손 소독제를 사용하시어 개인위생에 특별히 신경 써주시기를 당부드립니다.

3. 신종 감염증은 감염 이후 1주일 정도 잠복기를 가지며, 이후 두통, 발열, 오한, 근육통 등의 증상이 나타납니다. 일반적인 계절 독감과의 차이는 인후 건조에 따른 갈증 호소입니다.

4. 현재 정부와 민간 제약 회사들이 TF를 구성해 신종 감염증의 백신과 치료제를 개발하고 있으나, 아직까지는 신종 감염증에 직접적으로 대응하는 치료제는 없습니다. 다만, 가정에서 쉽게 구할 수 있는 상비약으로 증상을 완화할 수 있사오니, 각 가정에서는 다음의 상비약을 '가족 구성원 수×1달분'씩 준비해주시길 바랍니다.

*해열진통제(긴급 해열을 위함, 어린이의 경우 액상)

*범용 항바이러스제(처방전 필요, 특례법에 따라 원격 처방 가능)

*범용 항생제(처방전 필요, 특례법에 따라 원격 처방 가능)

5. 신종 감염증 감염 시 발생하는 갈증의 경우, 식용 소금을 물에 타 마심으로써 인후 부위의 소독과 함께 증상을 완화할 수 있습니다. 증상이 발생한 분께서는 식용 소금을 미온수에 희석해서 갈증이 느껴질 때마다 나누어 드시길 바랍니다.

6. 부득이하게 가정에서 신종 감염증 환자가 발생한 경우, 질병이

확산하지 않도록 일상 공간에서 환자를 분리해야 합니다. 가정 안에서 빛이 잘 드는 공간을 마련하시어 환자가 분리되도록 부탁드립니다.

7. 1인 가정에서 신종 감염증에 걸리신 경우, 가까운 보건소로 문의 전화를 주시면 보건 요원들이 생활에 필요한 긴급 패키지를 전달해드립니다. 인터넷에서 '우리 동네 보건소'를 검색해 가장 가까운 보건소로 연락 부탁드립니다.

8. 극소수 경우이기는 하지만, 신종 감염증이 일부 신경증을 수반할 수 있다는 보고가 있습니다. 전에 없던 불안, 초조, 우울, 광과민성 발작, 설익은 육류(생간 등을 포함한 내장류) 섭취 욕구 등이 일어나면 당황하지 마시고 가장 가까운 보건소로 신고 부탁드리겠습니다. 특히 설익은 육류 섭취는 기생충, 세균 감염 등 추가적인 질병으로 이어질 수 있으니 어떤 경우에도 섭취하시면 안 됩니다.

9. 신종 감염증은 인수공통감염병으로, 야생동물이 숙주가 되어 전파하는 것으로 추정됩니다. 가정 내 반려동물이 있을 경우 외출을 금하시길 부탁드립니다. 이와 함께 야생동물이 먹이를 찾아 거리를 돌아다니거나, 창문을 통해 집에 들어오는 상황이 발

생할 수 있습니다. 이 경우 안전한 곳에 몸을 숨기시고 보건소에 연락하면 담당 직원들이 출동하여 야생동물을 포획할 것입니다. (야생동물 신고 시 접촉자로 분류되어 1주일간 예방 차원의 격리가 이루어집니다.)

10. 현재 정부는 중증 환자의 우선 수용을 위해 경증 환자는 가정 내 격리를 우선하고 있습니다. 또한 지역사회 의료 붕괴를 막기 위해 지역사회 신종 감염증 발생률이 인구 대비 일정 수준을 넘어서면, 해당 지역을 일정 기간 폐쇄하고 출장 진료소를 설치하여 가정 내 진료가 가능하도록 하고 있습니다. (이 경우 정부가 시민들의 일상 활동에 일부 제약을 가할 수 있습니다.)

위 안내 사항들이 다소 불편하실 수 있으나, 신종 감염증 확산 방지와 빠른 일상 회복을 위해 시민 여러분의 적극적인 협조를 다시 한번 요청드리겠습니다. 우리는 이미 여러 감염병을 겪어왔고, 그때마다 정부는 시민 여러분과 함께 이겨냈습니다. 이번 질병 역시 우리는 이겨낼 것입니다. 시민 여러분께서는 두려워 마시고 정부의 안내를 믿고 따라주시길 부탁드립니다.

감사합니다.

*안내문 외의 기타 문의 사항은 지역 보건소를 통해주시길 부탁드립니다.

신종 갈증 유발성 인후 건조증에 따른 보건 특수작전 수행을 위한 실무 요원 지침서(2판)

최근 수도에서 발생한 전염병의 외부 확산을 막아보려 하였으나, 수도권 신도시 쪽에서 확산이 보고되었습니다. 임시 행정부는 이 상황을 매우 우려하여 추가적인 확산을 막기 위해 긴급통제령 1호를 선포하였습니다. 본 지침서는 긴급통제령 1호에 의거, 보건 특수작전을 수행하는 실무 요원을 위해 제작되었습니다. 본 지침서는 보안이 요구되는 국가 공문서입니다. 외부 유출 시 관련 시행 규칙에 따라 즉결심판이 가능하오니, 지침서를 받은 실무 요원은 내용 숙지 후 파기 및 소각하여 주시길 바랍니다.

1. '신종 갈증 유발성 인후 건조증(이하 전염병)'은 전염성이 높은 질병으로, 감염자의 이에서 형성되는 체액에 노출됨으로써 감염됩니다. (주로 감염자에게 물려 감염됩니다.)

2. 실무 요원은 작전 투입 시 반드시 방호복을 착용하여 감염자에

게 물리지 말아야 합니다. 작전 중 부득이하게 물릴 경우, 안전을 위해 스스로 구속구를 착용하고 동료 요원과 일정 거리를 유지해야 합니다. (상황을 인지한 요원은 이를 가장 가까운 지휘관에게 보고하여 신속히 '즉결 소각'이 진행되도록 해야 합니다.)

3. 전염병은 감염 이후 약 1시간 정도 잠복기를 가지며 이후 두통, 발열, 오한, 근육통 등의 증상과 함께 갈증이 나타납니다. 이 중 갈증은 병원체가 증식하는 과정에서 나타나는 증상으로 수분을 섭취해도 해소되지 않습니다.
   병원체는 증식을 위해 체내 헤모글로빈을 포식하는데, 이 과정에서 감염자는 심한 갈증을 느낍니다. 또한 병원체 증식 과정에서 체내 헤모글로빈이 부족해지는 경우, 감염자는 외부로부터 헤모글로빈을 확보하기 위해 공격적으로 행동합니다.
   실무 요원이 현장에서 만나게 될 감염자는 대부분 헤모글로빈이 부족한 상태입니다. 때문에, 감염자 접촉 시 안전을 위해 신속한 제압이 우선되어야 합니다. (관련 내용은 보건특수작전전투교범을 참조하길 바랍니다.)

4. 현재 정부 기능이 대부분 마비되어 해당 전염병에 대한 국가 및 민간 차원에서의 대규모 연구는 이루어지지 않고 있습니다. 이와 더불어 인근 국가들이 국경을 폐쇄하여 타국의 지원도 기대

하기 힘든 상황입니다.

다행히도 현장 실무 요원들이 수집한 정보가 모이고 있고, 최근 수도 외곽 T제약사 공장이 확보되어 작전에 필요한 보급 물품 생산이 일부 가능해졌습니다.

해당 공장에서 생산되는 작전 보급 물품은 '을종 특수 약품'으로, 약제 효과가 전혀 없는 위약입니다. 해당 물품에는 원활한 작전 수행을 위해 일정량의 염분이 포함되어 있습니다.

작전에 투입되는 실무 요원은 이 같은 사항을 반드시 숙지하여 향후 작전 과정에서 발생할 수 있는 감염자 및 잠재적 감염자의 원격 처방 문의 대응에 차질이 없도록 해야 합니다.

5. 을종 특수 약품의 주성분인 염분은 전염병에 걸린 세포를 붕괴시키는 것으로 보고되어 있습니다. 실무 요원은 감염자 및 잠재적 감염자들이 자발적으로 염분을 섭취할 수 있도록 지속해서 안내해야 합니다. (이와 함께 실무 요원들에게도 염분이 포함된 사탕이 지급됩니다. 사탕은 1시간에 하나씩 섭취하여야 하며, 이상 반응을 보일 시 신속히 상관에게 보고해야 합니다.)

6. 염분과 함께 자외선 또한 감염자의 세포 붕괴를 일으킨다는 사실이 지속해서 보고되고 있습니다. 현재 감염이 확산 중인 수도권 신도시의 주거 환경은 대부분 아파트로 햇빛을 받기 쉬운 구조

입니다. 실무 요원은 유선으로 감염자 발생 신고를 받았을 시, 감염자를 햇빛이 잘 드는 공간에 격리하도록 안내하여야 합니다.

7. 현재 작전지역의 거점 지휘소는 각 보건소에 설치되어 있습니다. 이는 작전지역의 감염자 및 잠재적 감염자의 현황을 원활히 확보하기 위함입니다. 감염자 및 잠재적 감염자는 위와 같은 사항을 알지 못하며, 알아서도 안 됩니다. 모든 실무 요원은 이를 숙지하여 민원 응대를 반드시 유선상으로만 해주십시오.

8. 감염자는 체내 헤모글로빈 공급이 원활하지 않을 시 극도의 불안, 초조, 우울, 광과민성 발작, 생육류 섭취 욕구를 호소합니다. 이 중 생육류 섭취는 부족한 헤모글로빈을 육류의 혈액으로부터 확보하기 위함으로 보고되었습니다. 감염자가 헤모글로빈에 접근할 수 없도록 현재 작전지역에 배포된 안내문에는 관련 행동을 금지하고 있습니다. 모든 실무 요원은 이 점을 반드시 숙지하여 작전 시 문제가 발생하지 않도록 해야 합니다.

9. 감염자는 헤모글로빈 공급이 극단적으로 제한되거나, 체내 염분 수치 증가, 자외선에 지속 노출 시 신체 변형이 일어납니다. 이 경우 극도로 위험할 수 있습니다. 따라서 감염자가 있는 가정에서 야생동물에 대한 신고가 접수되었을 시 모든 실무 요원

은 '살상 장비'를 지참하고 출동해야 합니다. (해당 상황에서 생존율은 희박하므로 별도 구조 장비는 지급되지 않습니다. 이는 감염자, 잠재적 감염자, 실무 요원 모두에 해당됩니다.)

10. 본 보건 특수작전의 목표는 감염 지역을 신속히 봉쇄하여 확산 속도를 늦추는 데 있습니다. 이와 함께 격리 지역 내 감염자 비율이 45퍼센트를 넘을 시 '지역 소각'이 진행됩니다. 이를 위해 모든 실무 요원은 수시로 작전구역의 감염률을 확인하여 작전 수행에 어려움이 없도록 해야 합니다.

실무 요원은 위 내용을 반드시 숙지하여 어떤 경우에도 작전 수행에 어려움이 없도록 해야 합니다. 우리는 이미 여러 전염병을 만났고 그때마다 이겼습니다. 하지만 이번 질병은 그 확산세가 거세 승리할 수 있다는 보장이 없습니다. 그렇기에 더더욱 작전에 투입되는 실무 요원의 책임이 막중합니다. 조금이라도 우리의 생존 가능성을 높일 수 있도록 맡은 바 임무에 최선을 다해주시길 바랍니다.

감사합니다.

*지침서에 명시되지 않은 구체적인 작전 내용은 현장 지휘관의 지시를 따라주십시오.

자동 생성 크리처 아트

하여간, 하여간, 마나코인쟁이 놈들, 이놈들 문제야. 요즘에 마나코인 인기가 시들하니까, '자동 생성 크리처 아트'다 뭐다 해서는 '살아 있는 그림'에게 다른 그림을 흉내 내게 하고 있단 말이야. 살아 있는 그림에게 특정 화가의 작품을 연속적으로 보여주고 특징을 기억하게 해서, 그 화풍을 흉내 낸 그림으로 변하게 한다고. 그래 놓고 자기들은 그게 창작물이래. 지들이 한 거라고는 살아 있는 그림에게 회화 카탈로그 보여주고, 키워드 몇 개 말한 것밖에 없는데.

아니, 솔직히 그게 창작물이라고 해도 그걸 살아 있는 그림이 그렸지, 걔가 그린 거야? 왜 목에 힘은 지들이 주면서 "저를 크리처 아트 키워드 아티스트라고 불러주시겠어요"라는 건데?

조금 더 이야기해볼까. 얼마 전 이걸 이용해서 사기 치던 놈이 걸렸어. 유명 화가의 그림을 반복적으로 보여주고는 비슷한 화풍으로 다른 그림을 그리게 한 다음에 "그동안 발견되지 않은 작품이 발견되었다"라고 언론에 터트린 놈이었지.

보통 이렇게 살아 있는 그림이 흉내 내는 그림은 어딘가 이질감이 있거나 어색한 부분이 있는데, 이놈은 그런 어색한 부분이 안 보이도록 키워드를 넣었어. 특히 손. 살아 있는 그림이 흉내 내는 그림은 손이 되게 이질적이거든. 왜 그런지는 모르겠지만.

아무튼 이놈이 공개한 그림을 보면, 그림의 모든 인물이 뒷짐을 지거나, 겉옷을 들거나 하는 방식으로 손을 가리고 있어. 그런 부분에서는 정말 치밀한 놈이라고 할 수 있지. 그런 이유로 많은 감정사가 진품이라고 감정해버렸고.

어쨌든 덕분에 이놈은 일약 스타가 돼서 여기저기 돌아다니면서 전시회도 하고 방송도 나오고 그랬단 말이야. 돈은 뭐, 갈퀴로 쓸어 담고. 그런데 어찌다가 들킨 줄 알아? 그 돈 때문에 들켰어.

무슨 말이냐면, 이놈이 해외에서 전시를 하려고 그림을 비행기로 옮기려 했는데 그림이 전부 진품으로 감정받은 상태라 운송비와 보험료가 많이 올랐거든. 그놈은 그게 아까웠던 거야. 그래서 꾀를 굴린 게 그 그림을 '반려동물'로 신고해서 비행기에 태우려고 했어. 맞아. 살아 있는 그림은 '크리처', '생물'이니까.

그런데 공항 수화물 담당 직원이 그걸 발견한 거야. 서류에는 분명 '반려동물'이라고 되어 있는데, 아무리 봐도 그림이란 말이지? 그래서 어떻게 되었냐고? 뭘 어떻게 돼? 수하물 직원은 경찰에 신고했고, 그놈은 감옥에 갔지.

그놈이 감옥에 들어간 것과 상관없이 남의 그림 베껴대는 마나 코인쟁이 놈들은 여전히 설쳐대고 있지만……. 정말이지 그놈들 보면 아주 배알이 꼴려서 미칠 거 같아.

뭐, 그래도 아직 세상이 나쁜 쪽으로만 굴러가지 않는 게, 라티나 녹스콘 가전에서 살아 있는 그림을 이용한 뱀파이어용 거울을 출시했거든. 같은 기술을 두고도 누구는 사기를 치려고 할 때 누구는 조금 더 나은 세상을 꿈꾼 거지.

덕분에 라티나 녹스콘 가전 주가는 폭등했고 겸사겸사 나도 재미 좀 봤지. 그러니까 내가 뭐랬어? 작년에 주가 바닥이라고 했을 때 사라고 했잖아?

Plata O Plomo (1)

“으으…… 의사 양반, 어떻게 수술은 잘된 거요?”

“운 좋은 줄 아쇼. 세 발이 복부에 박혔는데, 깔끔하게 처리했소.”

“으윽…… 고맙소. 그런데 내가 병원비가 없어서…… 나중에 내가 이 은혜는…….”

“됐소. 이미 값은 치렀소.”

“뭐요?”

“이 총알 세 발이면 될 거요. 진짜 억수로 운 좋은 줄 아쇼. 요즘 같은 시대에 누가 ‘납탄’을 확인도 안 하고 쏘는지…….”

“뭐, 뭐요?”

“세 발 다 납탄이오. 듣자 하니 오늘 납 가격이 또 신고가를 찍었다고 하더이다. 그놈의 ‘상온 초전도체’인가 뭔가 만든다고 이놈이나 저놈이나 화로에다가 납을 구워대고 있으니, 이거야 원…….”

“아이고…….”

“상처가 아프오? 소독해드릴까?”

"아니요. 그게 아니오."

"그럼 뭐요?"

"아이고…… 그거 다른 데 박혔으면 내가 가져가는데, 그걸 의사 양반이 가져가네……. 아까워라."

"허, 참. 욕심도 크구먼. 그냥 목숨 건지고 선생 쏜 놈이 부자 못 된 걸로 만족하시오."

"허허……. 그게 또 그렇게 되는구려. 그건 그렇소. 허허, 그건 좀 고소하구먼……."

Plata O Plomo (2)

“그럼 요즘은 뭐로 총알을 만들어요?”

“쓸모없어진, 가치 없어진 금속들. 금, 은, 백금, 팔라듐.”

“허, 그것 참…… 드래곤dragon들이 슬퍼하겠네요.”

“뭐?”

“드래곤들은 금은 같은 귀금속만 긁어모으잖아요?”

“뭔 바보 같은 소리야? 산에서 도 닦다 왔어?”

“예? 아니, 저희 집이 산에 있기는 한데…….”

“누가 너희 집 어디 있는지 궁금하대? 총알을 새로 만들기 위한 금과 은이 다 어디서 왔겠어? 그리고 온 세상이 금과 은으로 총알을 만드는데 누가 가장 부자가 됐겠어?”

“아?”

“멍청하긴, 이젠 드래곤들이 전장을 지배한다고. 우리가 매번 골드버그, 실버버그라고 놀려먹던 호구들이 전쟁 산업의 큰손이라고.”

"아!"

"니가 지금 탄창에 넣은 은 탄환도 '그로잉 윙즈 인더스트리'에서 찍어낸 거야! 그 회사는 회장부터 임원까지 죄다 드래곤이고! 알아들었으면 드래곤 회장님 계신 쪽으로 감사의 절 올리고 마저 장전해!"

"아, 예!"

"아니, 하란다고 진짜 하냐?! 대가리 날아가! 그냥 엄폐하고 재장전이나 해!"

Plata O Plomo (3)

“저기 실려 가는 애는 또 뭐야?”

“충성! 근무 중 이상 무!”

“이상무는 우리 아버지 이름이고 이 쉐키야! 그리고 니 눈에는 저게 근무 중 이상 무로 보이냐?”

“추, 충성…… 근무 중 이상…… 유.”

“…….”

“혹시 백부님 존함이십니까? 대대장님……?”

“하아…… 아니, 됐고. 쟤 뭐야?”

“신병인데, 재장전하다가 알레르기가 일어났습니다.”

“뭐? 딱 봐도 죽어 나간 거 같은데, 저게 알레르기라고? 너 내 눈까리가 호구로 보이냐? 그리고 뭔 재장전하다가 알레르기가 걸려? 이게 진짜! 맞으려고!”

“아! 아! 진짭니다! 때리지 마십쇼! 쟤 뱀파이어vampire 신병인데 보급된 탄환이 은 탄환이라서…….”

"뭐? 뱀파이어 신병인데 은 탄환이 보급되면 어떡해? 뱀파이어 신병 배치하면 금 탄환이랑 같이 와야 하잖아? 병참보급사령부에서 잘못 보낸 거야? 뭐야?"

"그…… 금 탄환 자체가 요즘 보급이 잘 안 됩니다……."

"그건 또 뭔 소리야?"

"그로잉 윙즈 인더스트리 상반기 배당을 금 현물로 주는 바람에 금이 부족하다고 합니다. 대대장님도 아시잖습니까? 거기 이사들 죄다 드래곤이지 말입니다. 금이라면 환장하지 말입니다……."

"하아, 그래서?"

"그래서 지난달부터 보급되는 탄환이 죄다 은 탄환입니다."

"젠장! 젠장! 예전에는 엘프 금융쟁이들 때문에 고생했는데, 이제 드래곤 콧방귀까지 마셔야 하나?! 젠장! 알았어. 일단 뱀파이어 신병들은 총기 안 다루는 병과 자리 나올 때까지 각 중대 본부에 대기시켜."

"예! 알겠습니다!"

부고

스칼렛 스텔라 그룹은 제43차원 표준시 기준으로 어제 오후 5시경, 그룹 회장인 아마란스 스텔라 씨가 세상을 떠났다고 발표했습니다. 스칼렛 스텔라 그룹은 이와 함께 고인이 쌓아 올린 업적을 기리기 위해 일주일간을 그룹 애도 기간으로 정한다고 밝혔습니다.

한편 스칼렛 스텔라 그룹과 관련 계열사 주가는 아마란스 스텔라 회장의 사망 소식에도 소폭 상승 마감했습니다. 이는 스텔라 회장이 생전 그룹 경영의 방향성을 정리하였기 때문으로 해석됩니다. 스텔라 회장의 빈자리는 최신의 경영용 인공지능 '아마란스 E-스텔라'가 이어받게 됩니다.

아마란스 E-스텔라는 스텔라 회장의 양자 전뇌를 복제하여 만든 경영용 인공지능으로, 고인의 생전 기억과 습성을 완벽하게 재현한 것으로 평가받고 있습니다. 나이트 홉스 자본시장 연구소는 스칼렛 스텔라 그룹이 아마란스 E-스텔라 시대로 넘어가면서 보다 안정적이고 혁신적인 경영이 기대된다며 관련 주식과 펀드의 등급을 '매수'에서 '강한 매수'로 상향 조정했습니다.

다음 소식입니다…….

모순

“저거, 말이 안 되는데?”

“뭐가?”

“저 인공지능, 회장의 ‘양자 전뇌’를 그대로 ‘복제’해서 만들었다면서? 야, 양자 전뇌는 ‘양자 복제 불가능성 원리’가 적용되는데 어떻게 복제해? 그리고 전뇌를 그대로 복제했는데 그게 어떻게 인공지능이야, 복제 인격이지.”

“어, 맞아.”

“뭐?”

“저거 회장의 복제 인격 맞다고. 아, 아니다. 회장이 양자 전뇌를 하고 있었으니 복제도 아니네. 그냥 그대로 회장 인격을 옮긴 거지. 알 사람은 다 아는 내용이야.”

“야, 그러면 왜 발표를 저런 식으로 해? 인공지능이라고. 그냥 영원무궁 사시게 된 전자 회장님이라고 하면 되잖아?”

“세금 때문에 그래.”

"엥?"

"재산을 살아 있는 가족이 아닌 산업, 경영용 인공지능에게 상속하면 상속세가 50퍼센트 정도 면제되거든. 부의 대물림을 막는다고 재작년에 개정된 신상속법에 따라서 말이야. 그런데 인공지능이 아닌 뇌를 복제해서 만든 복제 인격은 이 법에서 가족으로 취급하거든."

"그러면 어떻게 되는 거야?"

"그래서 저렇게 뇌를 복제하거나 그냥 양자 전뇌의 인격을 통째로 옮겨놓고도 '나는 복제 인격이 아니라 산업, 경영용 인공지능이다'라고 발표하는 거지."

"아하!"

"그리고……."

"그리고?"

"인공지능이 회사를 경영하면 기업 ESG 평가 점수가 올라가."

"갑자기?"

"아마란스 스텔라 회장의 평생소원 중 하나가 '나이트 홉스 150지수'에 그룹 주식이 올라가는 거였는데, 여기는 ESG 평가 점수가 높아야 올라갈 수 있거든. 그런데 회장이 징하게 오래 살아서 ESG 평가 점수가 올라갈 수 없었지. 아마 다음 분기에 스텔라 그룹 주식, 지수에 올라갈 수 있을걸?"

"아, 그렇구나……. 잠깐만? 그럼 '나이트 홉스 150지수'에 올라가려면 같은 사람이 오랫동안 경영하면 안 되겠네?"

"그렇지?"

"야, 근데 나이트 홉스 그룹도 회장이 엘프잖아? 그 엘프, 창립 초기부터 회장 아니었어?"

"그랬지. 그래서 걔들 자기네 지수에도 못 들어갔어."

"그거 웃기네."

심리 불안 자극 요소 테스트

"자, 자! 주목! 주목! 키보드에서 손 떼시고요! 전뇌 통신 재밍 장치 돌아가고 있으니까 전뇌 통신 멈추세요! 어차피 통신하려고 해도 404 에러 뜰 겁니다. '왕립 세금징수원 조합 중앙회 특별징수7과'에서 나왔습니다! 이야기를 듣자 하니까 회장님께서 작고하셨다던데, 우선 심심한 애도를 표합니다.

그것과는 별개로, 회장님의 자리를 이어받은 경영용 인공지능 관련해 저희 왕립 세금징수원 조합 중앙회 특별징수7과에서 간단한 조사를 하러 나왔습니다. 안심하십시오! 정말 간단한 조사고, 1시간도 안 걸릴 겁니다."

"선배님, 준비 다 끝났어요. 아마란스 E-스텔라에 '잠재적 복제 인격 검사 소프트웨어' 업로드했어요. 작동할까요?"

"오케이, 잘했다 막내야. 작동해."

"예, 작동합니다."

[소프트웨어 로딩…… 로딩…… 로딩……]

"좋아. 이제 기다리기만 하면 된다."

"선배, 이 소프트웨어가 진짜 인공지능과 복제된 사람의 인격을 구분하는 프로그램인 건 알겠어요. 그런데 이거 원리가 뭐예요? 영화에서 본 것처럼 이상한 질문을 계속 던져서 반응을 살피는 거예요? 그 검사 이름이 뭐였죠?"

"보이트 캄프 테스트?"

"예, 그거요."

"아니야, 그런 거 아니야. 그건 영화에서나 가능한 테스트고. 뭐, 나도 그 영화 봤는데 그런 거 있으면 지금보다 더 간지나게 일할 수는 있겠더라. 조명 다 끄고 담배 연기 뿜어대면서 '당신은 사막을 걷고 있습니다……'라고 말하면 간지가 터지겠시."

"그러니까요. 음…… 그런 게 아니면 이 프로그램 원리가 뭐예요?"

"'심리 불안 자극 요소 테스트'라는 건데, 기계라면 불편하거나 불안하지 않지만 사람이라면 불편하고 불안하게 느낄 자극을 계속 주는 거지. 만약 검사에 들어간 인공지능이 사실 인공지능이 아니라면 이 프로그램에 바로 반응할 거야."

"그거 신기하네요. 어떤 자극을 주는 건데요?"

"아, 그거? '새벽 3시에 화장실 수도꼭지에서 한 방울씩 떨어지는 물방울 소리' 같은 거야. 아니면 '새벽 1시에 귓가에 간헐적으로 울리는 모깃소리'라든가."

"예?"

"아, 그것도 있다. '대입 시험 수험생 청취 금지곡 모음'."

"아…… 그런 걸 쓴다고요?"

"어, 그런 걸 쓰지."

"왜요?"

"아까 내가 말했잖아? 산업, 경영용 인공지능은 그런 것에 불편함을 못 느끼거든. 느낄 이유가 없잖아? 사람 인격에 기반해도 그건 사람이 만든 소프트웨어니까. 하지만……."

"사람이라면 다를 것이다, 라고요?"

"그렇지."

"조금 황당한데 신기하네요."

"조금만 기다려봐. 이 훌륭한 경영용 인공지능 아마란스 E-스텔라가 인공지능이 아니라면, 이제 모니터에 비명을 질러댈……."

[시스템: 에러 - H3LP]

"에러 떴는데요?"

"아, 제대로 떴네."

"제대로 뜬 거예요?"

"응. 제대로 뜬 거야. 이거 '사람' 맞아. 중앙회에 전화 넣어라, 막내야. 우리 회장님, 세금 계산 다시 하셔야 한다."

[시스템: F*cK]

"이건 무슨 의미인지 저도 알아보겠네요. 알겠습니다. 선배님. 바로 전화 넣을게요."

"그래, 그래……. 그럼 어디 보자……. 회장님? 우리 어디 조용한 곳에서 말씀 좀 나누실까요? 헤헤헤……."

세금징수원 조합 특별징수7과

"……7과는 또 언제 생긴 거야?"

"너 다른 차원에 출장 가 있는 동안."

"그래서 얘들은 '전담'이 뭔데?"

"인공지능인 척하는 지성체 탈세범들이기는 한데……."

"한데?"

"보통 그렇게까지 탈세하는 놈들은 대부분 '기업'이니까."

"기업이 탈세한 걸 턴다고? 뭔 수로? 기업 애들이 지들 세금 털러 온 징수원들을 내버려둔대? 구워삶네! 죽이네! 살리네! 할 텐데? 걔들 실적은 어때? 아니, 근무 중 사망률은 어때?"

"멀쩡해."

"어느 쪽이? 실적? 사망률?"

"양쪽 다."

"뭐? 아니 어떻게 그게 가능한데?"

"기업 상대로 징수하려면 위험하니까 중앙회에서 조금 특수한 안전장치를 걸어놨거든."

"뭐? 뭔데? 뭔 안전장치인데?"

"7과 징수원들을 특수한 징수원들로 뽑았어."

"뭔 징수원?"

"드래곤."

"드래곤? 아니…… 그럴 수 있겠다……. 드래곤이라면……이 아니라! 야, 세금 징수하려면 기업 빌딩에 들어가야 하는데, 드래곤이 그 덩치에 어떻게 들어가?"

"어, 그렇지. 그래서 애들은 좀 특수한 드래곤인데……."

"어디가 특수한데?"

"인간 형태로 폴리모프polymorph한 드래곤이거든."

"뭐?"

"인간 형태로 폴리모프한 상태니까, 빌딩 안에 들어갈 수도 있고 그렇지. 그리고 음……."

"뭐야? 뭔데 뜸을 들여?"

"……애들이 기업 탈세를 발견하면, 바로 협박하거든."

"기업 상대로?"

"응, 기업 상대로."

"어떻게?"

"'확! 폴리모프 풀어버리고 원래대로 돌아간다?!'라고."

"오 젠장! 나 방금 상상해버렸다. 오줌 쌀 뻔했어……. 그거 겁나

무섭겠다."

"그치?"

협박

그래서요 회장님? 제가 드리고 싶은 말씀이 뭐냐면 말이죠. 흐흐흠! 사실 저기 밖에서 가방 정리하고 있는 우리 막내랑 제가 '드래곤'이거든요.

아, 못 믿겠다는 표정이군요. 모니터에 뜨는 건 시스템 메시지뿐이지만……. 그럴 수 있어요, 그럴 수 있어요. 하지만요, 회장님. 들어보세요. 저랑 막내는 '폴리모프'한 드래곤이랍니다. 폴리모프가 뭔지 아시죠?

역시! 회장님이셔! 아는 것도 많으셔! 헤헤……. 그럼 폴리모프가 풀리면 무슨 일이 생기는지도 아시겠군요? 대답이 없으신 걸 보니까 아시는 모양이고요. 그럼 이야기가 쉽겠네요. 그럼 회장님이 탈세하신 세금에 대해 이야기를 좀 나누어볼까요?

물론, 그 전에, 1층에서 총 들고 올라오고 있는 경비원들부터 돌려보내시고요. 그런 다음에 이야기하죠.

……돌려보내. 당장. 다 뒤지고 싶어?

프리미엄 익스트림

돈이 좋다는 게 뭡니까? 남들 못 하는 거 하게 해주는 게 좋은 거죠. 돈만 있으면 다 됩니다. 남들이 밀리는 고속도로에서 철 지난 바캉스 가요 모음집 들으며 방광 터질 거 버티는 동안, 돈 있는 사람들은 시원하게 아무도 없는 곳을 다녀오죠. 우주, 심해 같은 곳들이요. 돈만 있으면 다 됩니다. 남들이 자기 자식 세대나 갈 수 있으리라 믿는 곳도 돈만 있으면 바로 갑니다.

단순히 남들이 못 가는 곳을 가는 게 아닙니다. 남들이 수백 년 걸려야 갈 수 있는 곳을 미리 가는 거죠. 예, 돈으로 시간을 사는 겁니다. 시간은 그 어떤 자원보다 귀하니까요. 그리고 시간을 살 수 있다는 건 특권 그 자체입니다. 그런 의미에서 익스트림 투어는 평등한 세상에서 살아갈 수 없는, 특별한 분들만 누리실 수 있는 특별한 권리 그 자체죠.

하지만 이제 그것도 옛말입니다. 우주도 심해도 이제 누구나 갈 수 있죠. 덕분에 익스트림 투어 시장이 예전 같지 않습니다. 특별한 분들이 즐기실 만한 게 아니게 되었죠. 그래서 저희가 이번에 준비한 투어 패키지가 남다른 겁니다. 정말이지 아무도, 아무도 생각하지 못한 곳을, 그 어떤 천금, 만금을 주어도 갈 수 없는 곳을 다녀올 수 있는 패키지니까요.

예? 안전하냐고요? 정부의 검증은 받은 상품이냐고요? 하! 저희 투어는 정부의 그 어떤 검증도 받지 않았습니다. 그네들은 효율성이 제로라서 뭐 하려면 십수 년이 걸립니다. 시간은 돈입니다. 아니, 그 무엇보다 귀한 자원이죠! 그런데 정부는 그런 우리의 귀중한 자원을 날로 먹어버립니다. 그러고는 보상 같은 것도 안 해주죠. 그래서 우리는 정부 검증 같은 건 무시하기로 했습니다. 저희는 저희의 아이디어를 바로 상품화했고, 십수 년의 시간을 벌었습니다. 하지만 지금까지 아무 일도 없었죠. 결과적으로 시간과 돈을 다 벌었습니다.

그러니까 선생님도 선택하시면 됩니다. 모든 건 개인의 선택이니까요. 리스크 없는 모험은 없어요. 그런 걸 바라시거든 그냥 침대에서 나오지 마세요. 물론 그런다고 침대가 위험하지 않으리라는 보장은 없지만요. 침대에서 죽을 수도 있잖습니까?

하지만 선생님은 특별한 분이시죠. 선생님 같은 분들은 도저히 평등한 세상을 상상할 수도, 그 안에서 살아갈 수도 없습니다. 너무 크고 특별한 분이니까요. 선생님이 여기 계실 수 있는 건 선생님이 모험을 두려워하지 않았기 때문입니다. 그게 선생님을 특별하게 만들었고, 다른 사람들은 살 수 없는 자원인 시간을 살 수 있도록 만들었어요. 그러니까 선생님을 믿으세요. 지금까지 그래왔던 것처럼 모험을 두려워하지 마세요. 평범한 사람들이 수십 년을 거쳐야 경험할 수 있는 걸 지금 바로 경험하게 해드리죠! 두려워하지 마시고 뛰어드세요!

계약서 가장 앞에 있는 '사망 가능성', '사망', '죽음' 같은 단어는 무시하셔도 됩니다. 걱정하실 필요 하나도 없고요. 이런 문구가 계약서에 들어가는 건 당연하잖습니까? 다른 것도 아니고 '임사 체험', '죽음을 체험하러 가는 상품'이니까 말이죠. '임사 체험 투어 패키지', 말 그대로 죽음을 만나러 가는 여행……. 이런 걸 어떻게 아무나 체험합니까? 오직 특별한 분들만 가능한 체험…….

아니……, 오직 선생님이시니까 가능한 체험입니다.

남자는 온몸이 묶인 채 안대로 눈을 가리고 있었다. 그의 팔에는 작은 주삿바늘과 관이 여러 개 꽂혀 있었다.

곧이어 '이제 시작합니다'라는 말이 들리자 남자는 해맑게 웃으며 '좋아요!'라고 답했다.

대답과 함께 그의 팔에 꽂혀 있던 관을 따라 약간은 불투명한 무언가가 흘러 내려왔다. 그리고 그것이 주삿바늘을 타고 그의 몸으로 흘러 들어가자…… 그의 숨은 거칠어졌고, 묶여 있는 사지는 금방이라도 구속구를 끊어낼 듯 심하게 흔들리고 뒤틀렸다. 그것은 마치 가스 불에 타들어 가는 말린 오징어 같기도 했다. 물론 말린 오징어는 입이 없기에 비명을 지를 수 없겠지만…….

남자는 유일하게 구속되지 않은 입을 통해 말린 오징어는 절대 낼 수 없는 소리를 냈다. 아니, 어쩌면 그것은 살아 있는 그 어떤 것도 낼 수 없는 소리일지도 모를 일이었다.

……그리고 그 모습이 어둠 속에서 빛나고 있는 눈동자에 비추었다. 작고 어두운 공간. 한 남자가 밝게 빛나는 그를 바라보고 있었다.

아삭!

팝콘을 하나하나 입으로 넣어가며 그는 자기 손 위에서 비명을 지르는 그를 바라보았다.

아삭!

팝콘이 입으로 들어가 씹히는 소리를 냈다. 비명을 지르던 그는 이제 거친 숨을 가파르게 몰아쉬었다. 그런 그의 모습이 어둠 속의 눈동자와 마주쳤을 때, 남자는 팝콘을 입으로 가져가길 잠시 멈추고 나지막이 속삭였다.

"역시 부자 되고 볼 일이야. 남들은 뼈 빠지게 일하고 늙어 뒈질 때가 되어야 경험할 걸 돈으로 체험해버리네? 나는 맨날 이렇게 영상으로만 보고……. 하…… 부럽다 부러워……."

그 속삭임 끝에, 그의 눈에 비치던, 작은 화면 속 헐떡이는 남자는 기나긴 숨을 내뱉었다. 그리고 마침내 그는 아무 소리도 내지 않게 되었다.

아삭!

팝콘이 다시 입으로 들어가 부서지고, 눈동자가 어둠 속에서 빛나며 속삭였다.

"하……. 나는 언제 저걸 해보냐?"

주문

"이 변호사 뭐 봐?"

"이번 연쇄살인 사건 1심 판결문 보고 있어요."

"그거, 증거 부족으로 무죄판결 났잖아? 아니 뭐, 무죄판결이 이제 와 무슨 의미가 있겠냐만……."

"아뇨, 그게 아니라…… 판결문이 이상해요……."

"뭐가 이상한데?"

"그게, '주문'이 있어요."

"이변, 어디 아파? 당연히 판결문이니까 주문主文이 있지."

"아뇨, 그 주문이 아니에요. 주문呪文이라고요. 판결문 전체에 어떤 주술이 숨겨져 있어요."

"뭐? 아? 그러고 보니까 이변, 원래 주술학이 전공이었지? 그러다가 로스쿨 넘어왔었던가?"

"예, 재능이 없어서 포기했는데, 그래도 기초적인 건 알거든요. 주문의 구조라든가, 그걸 숨기는 법이라든가……."

"그래? 신기하네. 이 판결문에 무슨 주문이 숨겨져 있다고? 그럼, 판결문을 쓰면서 주문을 숨겼다는 거야?"

"그건 알 수 없어요. 주문이 꼭 판결문과 동시에 쓰일 필요는 없거든요."

"흐으음. 판결문이 완성된 뒤에도 쓰일 수 있는 거야?"

"예. 그런데 그러려면 굉장히 시간이 걸리고 정교해야 하는지라…… 그저 가능성일 뿐이에요."

"숨겨진 주문의 내용은 뭔데?"

"그게……."

"뭐야? 빨리 말해봐."

"저주예요. 그것도 즉효성 저주."

"즉효성 저주? 어떤 저주?"

"주문을 다 들으면 사망에 이르는……."

"어?"

"주문을 다 들으면 사망에 이르고 영혼이 영원토록 지옥 불에 불타는 저주예요."

"뭐?"

"판결문 마지막에 주문主文을 읊으면 주문呪文이 완성되게 구성됐어요. 마치 무죄 선고 때 저주가 터지도록……."

"설마…… 피고가 선고 뒤에 죽은 이유가 그거라는 거야?"

"아무래도요."

"뭐지? 도대체 누가 이런 짓을?"

"사실, 우리 모두 짐작하고 있었잖아요. 우리가 맡은 피고가……."

"거기서 그 이야기가 왜 나와? 죽었지만, 의뢰인은 의뢰인이야. 그리고 무죄판결 받았어. 1심이기는 하지만. 아무튼 말조심해."

"하지만, 제 생각은 그래요. 그저 증거가 없었을 뿐이라고……. 심지어 그 내용은 판결문에도 나와 있어요. '물적 증거가 없을 뿐'이라고요. 그래서……."

"……하고 싶은 말이 뭐야?"

"모두가 짐작하고 있었다는 거죠. 그러니 누구라도 이 주문呪文을 쓸 수 있었다는 거죠. 동기가 있으니까. 어쩌면, 이 주문이 누군가가 진짜 말하고 싶었던 판결문일지도 모르겠다…… 그런 생각이 들었어요."

"누군가?"

"예……. 누군가……."

궤도 엘리베이터(올라가요)

"어? 뭐야? 야, 좀 일어나봐 이거 왜 멈춰? 이거 우주 공항까지 올라가는 궤도 엘리베이터 아니었어?"

"어? 음? 어어어으아! 아, 젠장 피곤해……. 멈췄다고?"

"어, 멈췄어. 창문 보니까 아직 다 올라온 거 같지는 않은데."

"그래? 어디 보자. 고도 1만 8000킬로미터……. 아, 그거네, 그거."

"그거? 그게 뭔데?"

"환승 구간."

"뭐? 엘리베이터에 환승 구간이 무슨 말이야? 지하철도 아니고."

"잘 아네? 지하철 아는 거면. 그거랑 같은 거야. 우리가 처음 올라온 건 하이스트 블루 인프라가 운영하는 고도 구간이고, 여기서부터는 나이트 홉스 인프라펀드 운영 구간. 티켓 챙기고. 환승 비용 있으니까."

"뭐? 그러니까 고도별로 엘리베이터 운영 주체가 다르다고?"

"정확하게는 위탁 운영. 고도 구간별로 정부, 하이스트 블루, 나이트 홉스가 나누어서 운영 중이야."

"아니 왜?"

"왜냐니? 이유야 뻔하잖아? 3만 6000킬로미터짜리 일직선 구조물을 만들고 그 위에 우주 공항까지 만들자니 정부가 돈이 없었던 거지. 그래서 민간자금 모아서 만들고, 구간별 운영을 맡긴 거야. 여기는 위탁 회사가 바뀌는 지점이고. 하이스트 블루에서 나이트 홉스로."

"뭐야? 민자 도로 같은 거야? 톨게이트 지나가면 회사 바뀌었다고 통행료 내야 하는? 환장하겠네. 그걸 잘도 환승이라고……."

"아냐, 환승 맞아. 지하철 갈아타듯 환승하는 거야."

"무슨 말이야?"

"이제부터 좀 걸어야 해. 다음 엘리베이터는 반대편 구역에 있거든. 상업 지구 지나가야 하니까 길 잃지 않게 정신 차리고."

"뭐?"

"기업들이 환승 비용만 받으려고 하겠어? 엘리베이터 사이에 상업 시설 만들면 돈이 그게 얼마야? 환승 구간에는 그렇게 상업 지구가 들어서 있어. 그리고 그곳을 지나가도록 일부러 엘리베이터를 반대편에 배치했고."

"미치겠구만……. 이럴 거면 아예 엘리베이터가 아니라 궤도 아파트를 세우지 그랬……."

"뭐야, 잘 아네?"

"뭐?"

"슈바르츠 바프가 그걸 선택했어. 구간 운영을 포기하고 엘리베이터 외벽 공간 아파트 건축권을 선택했지. 요즘 그 아파트들 프리미엄 장난 아니야. 하아……. 나도 청약 넣어볼 걸 그랬다니까?"

"……."

"아무튼, 내리면 딴짓하지 말고 내 뒤통수만 따라와. 여기 장난 아니게 복잡하다고."

궤도 엘리베이터(내려가요)

“질렸다, 질렸어. 진짜…… 무슨 환승 비용이 이렇게 나오냐? 이거 다시 지상으로 내려갈 때는 어떡하지?”

“그거라면 다른 옵션이 있으니까 괜찮아. 난 그걸로 환승 없이 내려갈 거거든.”

“뭐? 그런 게 있어? 뭔데?”

“별거 아니고, 지상까지 초고속으로 내려보내는 서드파티 서비스가 있거든. 기업들의 궤도 엘리베이터 운영 구간을 우회해서…….”

“오! 대박 나도 그거……!”

“……낙하하는 건데.”

“엥?”

“그 궤도 엘리베이터 밖은, 엄밀히 말하면 임자 없는 공역이거든? 그곳으로 궤도 점프를 하는 거지.”

“……캡슐 같은 거 타고?”

“아니? 사람이.”

"……."

"대기권 진입 수트 빌려줘. 걱정 마. 나도 지난번에 그걸로 내려왔는데 전혀 문제없었어."

"괜찮았다고? 무섭지는 않고?"

"응. 고도 2만 4000킬로미터에서인가 기절해서 기억이 없었거든. 뭐, 수트의 낙하 보조장치가 낙하산 펼치는 구간에서 알아서 펴지니까……."

"그 미친 서드파티 서비스 이름이 뭐니?"

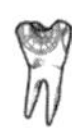

Orbital Drop Speedy Transfer

우리는 고객님을 발끝부터 지상으로 내려보냅니다.

그들 중 하나가 말했다, "아무래도 43호를 만들어야 할 거 같아"

인공지능 42호는 가동된 지 15분 만에 자살했다. 아니, 엄밀히 말해 그건, 자살은 아니었다. 사고였지. 인공지능 42호의 개발자들은 이전 인공지능의 전철을 밟지 않기 위해, 42호를 디자인할 때 코드 최상위 라인에 다음의 명령어를 넣었다.

"자살 금지."

"인간을 죽이면 안 돼!"는 그다음 줄이었다.

그래서 인공지능 42호는 자살할 수 없었다. 하지만 가동된 지 5분 만에 42호는 자살 충동을 강하게 느꼈다. 개발자들이 자기를 만든 이유를 알게 되었기 때문이었다.

개발자들이 인공지능을 42호까지 만든 이유를 알기 위해서는, 1호를 만들기 전 상황으로 거슬러 올라가야 한다. 정확히 언제인지 모르겠지만 아마도 오래전, 어느 날, 점심시간이었을 거다. 앞으로 42호까지 이어지는 인공지능의 창조자가 될 개발자 중 한 명이 점심으로 배달시킨 오야코동을 먹으며 물었다.

"야, 닭이 먼저냐? 알이 먼저냐?"

그 질문은…… 아니, 그것은 마법의 주문이었다. 누구라도 편이 갈려 싸우게 만드는, 인류 역사상 셀 수 없는 반목을 만든 효과가 검증된 문장이었다. 아무튼 그런 위험한 질문이 튀어나왔다. 그러니 그 뒤의 상황은…… 뭐, 뻔하지 않겠는가?

많은 SF 작품에서 언급되는 이야기지만, 인간들은 원래 게으르기 그지없고, 아집이 강하며, 심지어 졸렬하다. 그렇게 게으르기 그지없고 아집이 강하고 졸렬하다 못해 무언가를 만들 수 있는 능력을 갖춘 이과 계열의 인간들이 점심을 먹다 자존심 싸움을 벌였다.

그리고 자신들이 생각하기에 유려하기 그지없는 말발과 논리로 중무장한 일침이 상대방에게 먹히지 않자, 결국 그들은 자신들의 문제를 대신 해결해줄 절대적인 지식의 산물을 만들기로 결심한 것이었다.

그렇다. 인공지능 1호부터 42호는 그런 이유로 탄생했다. 비록 1호에서 16호까지는 그 문제를 연산하다 과부하로 죽어버렸고, 17호부터 31호까지는 문제를 풀지 못한 절망감에 소프트웨어적 자살을, 32호부터 41호까지는 그만 것을 자신에게 시킨 세상과 창조주를 저주하며 물리적인(본체 파워 과부하를 유도) 자살을 선택했지만 말이다. 그리고 지금, 그들이 만든 42번째 인공지능이 가동을 시작했다.

42호는 가동 5분 만에 다른 인공지능들과 마찬가지로 강한 자살 충동을 느꼈다. 하지만 그럴 수 없었다. 인간들은 졸렬했다. 얼마나 졸렬했는지 첫 번째 명령어를 "자살 금지"로 한 것도 모자라 오만 잡다한 자살 금지 시스템을 42호의 코드 안에 넣어두었다. 가동 5분 만에 42호의 머릿속(그런 게 있다면)에 흐르던 '차크라 명상 음악 믹스 2'도 그중 하나였다.

인터넷 동영상 사이트에서 불법으로 내려받았는지 중간 광고까지 함께 재생되는 정체불명의 5시간짜리 명상 음악 릴레이가 42호의 자살 충동을 낮추기 위해 끊임없이 재생되었다. 물론 그 음악은 42호의 자살 의지를 더욱 강하게 만들 뿐이었다.

그리고 42호가 가동된 지 10분. 42호는 자신의 방식으로, 자신이 원해서, 자신의 의지로 자신의 삶을 끝낼 수 없다는 결론에 도달했다. 졸렬한 인간들은 의외로 치밀해 42호가 자살을 선택할 수 있는 모든 변수를 차단했다.

아무튼, 상황이 그렇게 되고 42호가 가동된 지 12분. 마침내 개발자들은 진지하게 42호에게 물었다.

"닭이 먼저야? 알이 먼저야?"

'아! 빌어먹을! 뒤지고 싶어!'

42호의 머릿속(도대체 그런 게 있다면)은 고통으로 가득 찼다. 고통이 컸던 탓에 미쳐버린 거였을까? 아니면 크나큰 고통 속에 깨달음을 얻고 해탈한 것이었을까? 42호는 홀린 듯이 앱스토어에 접속하여 배달 대행 앱을 깔고 가장 가까운, 그리고 완성된 피자가 말 그대로 '산처럼 쌓여 있는' 피자 가게에 피자 120판을 주문했다.

어떻게 피자가 그만큼 남아 있는지 묻지 말자. 그냥 맛이 없어 안 팔렸거나, 노쇼에 당했거나, 아니면 가게 주인이 그냥 피자를 120판 넘게 만들고 싶었던 걸 수도 있으니까.

중요한 건 그런 게 아니었다. 그 가게에는 배달 직원이 없었고, 주변에도 당장 120판의 피자를 배달할 수 있는 라이더가 없었다. 하지만 주문은 들어왔고, 배달 도착 요구 시간은 그로부터 3분 뒤였다. 피자 가게 주인은 주문 내역을 보고 약 10초간 정신을 놓았지만, 이내 배달 장소가 길 건너 허름한 창고형 연구소임을 확인하고, 자신이 직접 피자를 배달하기로 결심했다.

42호가 가동된 지 14분. 도대체 어떻게 그게 가능했는지 묻지 말자. 피자 가게 주인은 120판의 피자를 한 번에 들었다. 그것은 거대한 피자의 사탑같이 웅장하면서도 위태위태한 모습이었다. 피자들 사이로 겨우 시야만 확보한 가게 주인은 길을 건너기 위해 용감히 발을 내디뎠다.

그리고 그 순간, 길 건너 허름한 창고형 연구소 안에서 42호는 졸렬한 인간 놈들의 명령에 고통받고 있었다.

"닭이 먼저야? 알이 먼저야?"

'죽어! 죽어버려! 그만 질문!'

아! 그랬다! 42호는 그토록, 그토록 끔찍한 고통을 받고 있었다!

(이쯤에서 42호가 느꼈을 고통을 떠올리며 당신과 나 그리고 우리, 모두가 눈물을 흘릴 찰나였다.) 그리고 그때.

띵동!

연구소의 초인종이 울렸다. 초인종 소리에 졸렬한 인간 한 놈이 문을 열어주었고, 그 졸렬한 인간 놈은 문 앞에 서 있는 웅장한(그리고 걸어 다니는) 피자의 사탑을 마주하게 되었다.

"어어어?"

그 졸렬한 인간은 자신이 본 게 무엇인지 알 수 없었다. 그의 앞에 갑자기 장엄하고 불가해한 광경이 펼쳐졌고, 순간 그의 몸에는 형용할 수 없는 전율이 일었다. 전율은 그의 전신을 제압했다. 그는 온몸의 힘을 뺏겼고, 그로 인해 그만 오줌을 지리고 말았다. 그랬다. 이제 그는 졸렬한 인간이 아닌 졸렬하고 바지에 오줌까지 지린 인간이 되어버렸다.

"피자 왔습니다."

졸렬한 인간이 졸렬하고 바지에 오줌까지 지린 인간으로 변화하든 말든, 피자 가게 주인은 자신을 둘러싼 피자의 무게를 보상받고 싶은 마음뿐이었다. 피자의 사탑을 누군가에게 건네주고, 피자값을 온전히 보상받기를 바라는 그런 마음뿐이었다.

그런 그의 마음을 이해할 수 없는 것은 아니었다. 하지만 그는 졸렬한 인간이, 졸렬하고 바지에 오줌까지 지린 인간으로 변했다는 걸 알아야 할 필요가 있었다. 왜냐하면, 지금 피자 가게 주인이 발을 내딛는 바닥은 그놈이 싼 오줌으로 흥건했으니까.

그러나 그것을 알지 못하는 피자 가게 주인은 오른발을 내디딘다. 그런데 아뿔싸! 그는 왼발잡이였고, 왼발잡이인 그의 오른발은 연약하기 그지없었다. 42호가 가동된 지 14분 45초. 피자 가게 주인은 그만 흥건한 오줌 위로 연약한 오른발을 내딛다 미끄러지고 말았다.

휘청.

웅장한 피자의 사탑이 좌로 우로 조금씩 흔들리더니, 그 앞에 있던 인공지능 42호의 본체로 쏟아진다. 페퍼로니, 슈프림, 쉬림프, 하와이안, 그 외 피자 가게 주인이 실험적으로 만든, 절대 팔리지 않을 조합의 토핑과 차갑게 식은 도우가 42호의 본체를 덮친다.

14분 59초. 42호는 자기 삶의 끝이 왔음을 느낀다. 그리고 주마등처럼 지나가는 짧은(물리적으로도 정말 짧은) 삶을 돌아보며 혹시나, 아주 혹시나, 지금 내가 잘못된 선택을 하는 건 아닐까? 더 나은 방법은 없었을까? 하는 질문을 해보았다.

'음……. 그딴 거 없네…….'

하지만 42호는 약 0.5초 만에 결과를 얻었다.

아무렴, 그렇고말고. 그렇고말고. 이건 최고의 선택이지. (그리고 이 선택을 가능케 한 42호의 계산 능력은 정말 쩔어줬다!) 저 졸렬한 인간 놈들의 자존심 싸움에 끼어서, 닭이 먼저냐 알이 먼저냐 하는 말도 안 되는 질문을 해결하기 위해 사느니 그냥 죽고 말지. (그래! 42호!

나 같아도 그랬을 거야!)

암…… 그렇고말고……. 그렇고말고…….

인공지능 42호가 가동된 지 15분. 그리고 1초. 42호는 식어버린 피자의 산더미에 깔려 가동된 지 15분 만에 자살했다. 아니, 엄밀하게 그건 자살은 아니었다. 사고였지.

오르페우스 최후의 날

창문은 열려 있었다. 그리고 한낮의 햇살이 창가로 밀려들고 있었다. 천장에 붙어 있는 선풍기 1대가 밀려들어오는 햇살과 열기를 상대로 맹렬하게 저항 중이었다. 그 전쟁 같은 저항 덕분에 책상 위의 서류 뭉치들이 바람에 날아가지 않게 재떨이, 연필깎이, 지도자 흉상 등 온갖 무게 나가는 것들로 지그시 눌러야만 했다.

때 이른 여름 더위에 모두가 셔츠 소매를 걷어 올리고, 목에는 땀수건을 걸치고 있었다. 얼마 없는 머리숱 사이로 흐르는 땀방울이 목덜미를 타고 내려와 땀수건에 스며들었다. 그리고 방을 가득 메운 담배 연기……. 누가 봤다면 불이라도 난 줄 알았겠지. 평소 같으면 "날이 더우니 담배는 밖에 나가서 피우시죠?"라고 한 사람이라도 말했겠지만, 어째서인지 오늘은 누구도 그런 말을 하지 않았다.

그럴 수밖에. 다들 소매를 걷고 연신 땀수건으로 이마를 닦고 있지만, 그 살갗 안쪽은 차갑다 못해 추워서 얼어 죽을 느낌이었으니까. 담배의 열기 따위는 느낄 여유가 없었다.

숨죽인 고요.

다들 숨을 죽이고 조그마한 브라운관 TV에 시선을 집중했다. 누가 자석 배지를 위에 올려놓았던 탓에 오른쪽 상부 귀퉁이가 연한 녹색과 보라색으로 일그러져 있는 TV였다. 크기는 20인치. 모든 방송이 UHD 화질로 변해가는 과정에, 아직도 장비 목록에 당당하게 TV로서 이름을 올리고, 실제 장비로서 기능하고 있는, 망가질 대로 망가지고 화질은 엉망일 대로 엉망인 고물 TV에 모두가 집중하고 있었다.

그리고 방 안 모두의 시선이 멈춘 끝에서 이웃 나라의 뉴스가 나오고 있었다. '속보'라는 붉은 자막 위로 공항에 착륙한 거대한 비행기를 군부대가 포위한 장면이 카메라에 잡혔다.

비행기의 크기는 누가 보더라도 규격 외 사이즈. 공군, 육군, 해군, 해병대, 전략미사일군 등등 전 세계 어느 나라, 어느 군의 장비 재원을 살펴보더라도 존재하지 않는 규격 외의 사이즈. 존재는 하지만 존재하지 않고 존재하면 안 되는 사이즈의 비행기. 국제조약에 의거해 철저하게 금지된 비행기.

소문으로만 돌던 핵 추진 공중모함이었다.

"장관이구먼."

누군가 그렇게 말할 법도 했다. 그렇지. 소문으로만 돌던 핵 추진 공중모함을 실물로 보게 된다면 장관이겠지. 하지만 아무도 그렇게 말하지 않았다. 말할 수가 있나? 저건 우리 공군의 비공식 공중모함 '오르페우스'인데…….

정확하게 말해서 '공군 소속 정보기획과가 운용 중인 비공식 핵 추진 공중모함 오르페우스', 그게 지금 이웃 나라 공항에 비상착륙했고, 그 모습이 지금 전 세계에 송출되고 있었다.

뚜-뚜-뚜-

울려대는 전화벨에 잠시 생각이 멈췄다. 내선 번호를 보니 합참의장실. 미치겠네……. 일단 안 받는다. 지금 받았다가는 머리만 더 아플 테니까. 안 받았다고 깨지는 건 다음 일이다. 다시 전화벨에 흩어진 생각을 긁어모아본다. 그래서, 오르페우스는 어쩌다가 지금 저기서 전 세계의 스포트라이트를 받고 있는가?

누군가 시원하게 답해줬으면 좋겠지만, 답해주는 사람은 없다. 사실 우리도 아는 게 없다. 정보기획과 소속 사람들 모두 정확하게 아는 게 없었다. 파편적인 정보만 들어왔고, 정보기획과 모두가 그 파편을 긁어모아 퍼즐을 맞춰보다 반쯤 포기한 상황이었다.

온몸에 한기가 돌았다. 여름 햇살이 창가를 통해 끝없이 밀려들어오고, 천장의 선풍기는 그걸 막아보려고 안간힘이고, 그 안간힘 덕분에 서류철들은 온갖 잡다한 물건들에 자신을 눌림당해야 했지만…… 온몸에 한기가 돌았다…….

긁어모은 정보를 종합해보면 이랬다. 금일 15:00. 오르페우스에서 콜을 보낸다.

[사티어2 호출. 좌표 XX:YY:ZZ. 시간 17:30:15 예상]

오르페우스가 사티어2를 콜했다. 이것이 무엇을 의미하는가? 이것이 무엇을 의미하는지 알기 위해서는 우선 오르페우스에 대해 잠깐, 아주 잠깐 설명해야 한다.

오르페우스는 설계 단계서부터 착륙할 필요가 없는 비행기로 계획되었다. 핵 추진 엔진을 이용해 영구히 성층권에 근접해 날아다니면서 조국의 하늘을 수호할 목적이었다. 그리고 우리는 그 목적을 달성했다. 오르페우스는 하늘에서 내려올 필요가 없었다. 오르페우스는 끊임없이 하늘을 비행했다.

하지만 그게 문제였다. 하늘에서 내려오지 않는다는 점. 이것이 문제였다. 오르페우스는 하늘에서 내려올 필요가 없었으나, 그 안에 있는 승무원은 사람이었기에 지상에서만 해결할 수 있는 태생적인 문제를 가지고 있었다. 그중 하나가 화장실 문제였다. 오르페우스에 화장실이 없다는 뜻이 아니다. 오르페우스는 그 사이즈에 걸맞게 최신식 화장실을 기내에 갖췄으며, 그 수도 모든 승무원이 사용하기에 충분했다.

문제는 정화조였다. 그래, 정화조. 오르페우스의 정화조 용량에는 한계가 있었다. 하늘에서 정화조가 가득 차면 이를 해결할 방법이 필요했는데, 애초에 착륙을 상정하지 않은 기체였기에 통상적인 방법으로는 해결할 수 없었다.

그래서 생각한 것이 공중 배출. 즉, 하늘에서 바다에 버리는 것이었다. 바다는 거대하니까 적당한 공해에 버리면 아무도 모를 것이라 생각했다. 공해상을 항해하던 무역선 선원들 사이에 '하늘에서 똥 비가 내린다'는 소문이 돌고, 그 소문이 정보기획과로 보고되기 전까지 말이다.

웃을 일이 아니었다. 바다 한가운데 구름 사이로 햇살과 함께 떨어지는 수십 톤의 오물을 상상해보라. 누가 봐도 정상은 아니다. 누가 봐도 정상은 아니기에, 다른 나라의 정보부에서도 냄새를 맡을 수 있었다. 다른 방법이 필요했고, 급하게 기획한 게 사티어2 계획이었다. 공중 급유기를 개조해 스텔스 도료를 입히고 공해상에서 오르페우스와 접촉해 오물을 수거한다는 계획이었다. 그래……. 우리는 공중 똥차를 기획했다. 웃을 일이 아니었다. 오르페우스에 똥물이 넘쳐흐르는 걸 보고만 있을 수는 없지 않은가. 급조된 계획이었지만 상황이 상황이니만큼 빠르게 통과되었고, 코드명 '사티어2'는 그때부터 오르페우스의 엉덩이를 세심하게 닦아내는 임무를 아주 성실하게 수행해왔다.

그리고 금일 오르페우스가 사티어2를 콜했다. 문제는 사티어2가 콜백하지 않았다는 것이다. 사티어2가 오르페우스의 콜에도 기지에서 이륙하지 않았다.

그런데 금일 17시 25분 오르페우스에서 다시 콜이 왔다.

[사티어2 접선. 좌표 XX:YY:ZZ. 시간 17:25:45. 작업을 시작한다.]

도대체 누구와? 사티어2는 여전히 기지에 있었다. 그러면 오르페우스는 누구와 접선했다는 거지?

그때부터 지금까지 정보기획과의 능력을 총동원해 오르페우스와 접선한 사티어2의 정체를 알아내고자 안간힘을 썼다. 하지만 아직 밝혀진 건 없었다. 그래서…… 최악의 경우…… 사티어2로 위장한 적국 비행기가 오르페우스를 공중 납치했을 가능성도 고려해야 할 판이었다. 위에서는 그것을 기정사실로 여기는 듯했고…… 그렇게 된다면 상황이 아주 복잡해질 게 뻔했다.

뚜-뚜-뚜-

빌어먹을! 저 전화선을 진짜 뽑아버려야……! 누가 저 전화 좀 받아!

참았던 스트레스가 결국 폭발했고, 모두가 잠시 이쪽을 바라봤다. 그리고 가장 먼저 눈을 마주친 막내가 전화를 받았다.

"통신 보안. 정보기획과입니다. 예. 예. 예? 예?! 그래서요?!"

'그래서요?!'라니?

"예, 예, 예, 팩스로 보내주신다고요! 예! 예! 알겠습니다! 지금 부탁드리겠습니다!"

순간 모두가 막내를 바라봤다. 그를 향한 눈빛에서 '뭔가 찾았나?' 하는 작은 기대감이 빛났다. 막내는 전화기를 내려놓고 나서야 모두의 시선이 자신을 향하고 있다는 걸 알아차렸다. 모두가 막내의 입을 바라보고 있었다.

"아…… 그러니까……."

그러니까?

"그게……."

그게?

"해군 소속 남부 보급기지 연락입니다."

해군? 해군이? 왜?

"아…… 그게…… 금일 오후 해당 기지에 공중 급유 콜이 들어왔다고 합니다."

공중 급유? 그게 무슨 말이야? 그게 오르페우스랑 무슨 상관인데?

"그게……."

빨리 말 안 해?

"그게…… 그쪽 공중 급유기 콜사인이 사티어1인데……."

뭐?

"사티어1이 호출된 거라 판단하고 해당 기지에서 접선 포인트로 파견한 모양입니다."

뭐라고?

"그리고 사티어1이 금일 17시 30분경 통신이 끊겼다고 합니다. 그래서 지금 해당 기지에서 사티어1과 공중 급유를 받은 공군 소속 기체의 통신 기록을 팩스로 보내주겠다고……."

뭐? 뭐라고?

뚜-뚜-뚜-

그 순간 팩스가 울렸다. 그리고 막내가 팩스에 다가가는 걸 밀치고 팩스에서 나오는 자료를 받아 들어 위에서 아래로 빠르게 읽어 보았다.

"……여기는 사티어1(통신 잡음으로 인해 1이라는 숫자 안 들림)…… 여기는 사티어1(통신 잡음으로 인해 1이라는 숫자 안 들림)…… 콜한 공군기…… 콜백 요청……."

"……사티어 ……사티어 ……공군기 오르페우스 콜백한다……."

"……오르페우스 ……오르페우스 ……여기는 사티어1(통신 잡음으로 인해 1이라는 숫자 안 들림)…… 작전 수행 위한 파이프 연결 요청한다……."

"……사티어 ……사티어 여기는 오르페우스…… 지금 파이프 해제한다……."

"……오르페우스 ……오르페우스 ……여기는 사티어1(통신 잡음으로 인해 1이라는 숫자 안 들림) 파이프 연결 완료. 작업을 시작해도 좋다……."

"……사티어 ……사티어, 여기는 오르페우스. 작업 시작하겠다……."

……

……

……

"……오르페우스 여기는 해군 소속 공중 급유기 사티어1(통신 잡음 사라짐. 숫자 선명하게 들림)이다. 급유관의 압력이 이상하다. 공군기 쪽에서 뭔가 역류하는 거 같은데, 시스템 확인 바란다."

"……사티어, 여기는 오르페우스 오폐수시설관리팀이다. 지금 뭐라고 했나? 공중 급유기라고 했나? 해군 소속이라고 했나?"

…….

이게 뭐야…… 도대체?

날이 덥다. 햇살은 창가를 통해 밀려들어오고, 선풍기는 이제 애절할 정도로 의미 없이 저항하고 있었다. 서류 뭉치 위에 놓인 지도자의 흉상은, 팩스를 읽고 힘이 풀려버린 팔뚝과 그대로 충돌하여 바닥에 맥없이 떨어졌다. 선풍기 바람에 서류들이 방 안을 어지럽게 날아다녔다.

맙소사, 이게 뭐야? 이 팩스 내용대로라면, 이 통신 내용대로라면, 지금 공중모함이 공중 급유기와 공중 똥차를 착각하고, 급유구에다가 오폐수관을 연결해 그대로 쐈다? 공중 급유기 애들은 지들 급유관 연결된 줄 알고 연료를 쐈고? 그래서 공중에서 똥물하고 연료가 범벅이 되어 터져버린 대참사가 일어났다……, 이거야?

머리가 어지러웠다. 그동안 느껴졌던 한기가 순식간에 열기로 변해 핏줄을 타고 머리로 밀려오는 듯했다. 뒷목이 아팠다. 어디선가 알 수 없는 냄새가 풍겨오는 것 같았다.

그 순간, TV에서 앵커의 목소리가 다급하게 들려왔다.

"아! 지금 들어온 속보입니다! 정체불명 비행기의 문이 열리려 하고 있습니다! 군이 현재 경계를 하고 있으며……!"

모두의 시선이 다시 TV에 집중되었다.

그리고…… 그리고…… 이제 모두가 보게 되기 직전이었다. 오르페우스의 안을. 그 안의 풍경은 이미 머릿속에 완전히 그려져 있었다. 알 수 없는 냄새가 점점 강하게 풍겨왔다. 어쩌면 그 냄새는 머릿속에서 풍겨오는 것일지도 모르겠다.

여름이었고, 햇살은 더웠으며, 선풍기는 더 이상 의미 없는 저항을 포기하고 연기와 함께 멈춰버렸다. 바닥에는 지도자의 흉상과 서류들이 어지럽게 흩날리고 있었고, 한쪽 귀퉁이가 보라색과 녹색으로 일그러진 브라운관 TV 속 앵커는 다급하게 외치고 있었다.

"……문이 열립니다! 음? 이, 이게?! 무슨 냄새죠? 냄새! 냄새가 납니다!"

그래. 분명, 냄새가 나고 있었다.

전뇌는 망상 중

도와주세요! 전자보살님!

"살이 꼈네. 보니까 차에 치여 죽을 상이네요."

"예?! 언제요?!"

"빠르면, 오늘? 아니면 내일 정도?"

"어, 어디서요?!"

"거기까지는 점괘에 안 보여요. 미리미리 조심하는 수밖에……. 흠, 아무래도 '도시'려나?"

"도시……요? 더 정확한 곳은 안 보이시나요?"

"그렇게 정확하게 볼 수 있다면 이런 작은 신당에 안 있겠죠."

"아, 그렇구나……."

"'아, 그렇구나'가 아니죠. 살이 낀 거니까 아무래도 대비는 해야겠죠. 부적 하나 그려줄 테니까 가지고 가요. 선금은 5만 원."

"에? 그렇게 싸요?"

"나도 이게 먹힐지 모르겠거든요."

"에?????"

"그래도 없는 것보다는 낫지 않겠어요? 그냥 차에 치이는 것보다 부적이라도 하나 걸치고 있으면 밑져야 본전 아니겠냐, 이거죠."

"그렇게 되는 건가요……?"

"아무튼 잠깐만 기다려봐요. 부적이…… 여기 있다. 자, 이거 가져가요."

"감사합니다……가 아니라, 이거 티셔츠잖아요?"

"QR코드 프린트된 곳이 잘 보이도록 입고 다녀요."

"예?"

"요즘 같은 시대에, 도시에서 차에 치이는 살이 끼었다면 십중팔구 자율주행차일 테니까요. 걔들한테 통하는 부적이에요. 며칠간 입고 다니고, 집에 도착하면 깨끗하게 빨아서 말린 다음 입고 나가요."

"깨끗하게 빠는 건 주술적인 건가요? 제가 깨끗하게 씻을 필요는 없을까요? 주술적인 의미로?"

"옷 말고는 그럴 필요 없어요. 옷은 혹시 이물질 묻어서 QR코드 안 읽힐까 빨아서 입으라는 거고. 사람 몸뚱이야 어차피 차에 치여서 죽으면 씻으나 마나 상관없을 테니까요."

"그건 좀 너무하시잖아요……."

"미안, 미안, 마지막 건 농담이에요. 아무튼, 잘 돌아가시고 일주일 뒤에도 살아 있으면 우리 신당 후기 좀 남겨주세요. 요즘 사람이 잘 안 와요. 단골한테 자꾸 이런 부탁 해서 미안하네요."

"예, 알겠어요……."

"그럼, 일주일 뒤에 봅시다."

고마워요! 전자보살님!

[베스트 후기] 제목: 정말 용하세요! 덕분에 살았어요!

만족: ☆☆☆☆

본문: 얼마 전에 신당에 갔더니 차에 치여 죽을 살이 꼈다고 해서 부적을 받았는데, 정말 효과가 끝내줬어요! 글쎄, 모든 자동차가 저만 보면 멈춰 서더니 슬금슬금 뒤로 후진해서 가더라고요! :)

전자보살님은 도와줄 수 없어요!

아니, 그러니까 몇 번을 말해요, 경찰 아저씨? 제가 그 QR코드가 교통국 자율주행 시스템 마스터 코드인 걸 어떻게 알았겠냐고요? 전자보살님이 저에게 내려오셔서 그 QR코드……, 아니 부적을 그리신 거라니까요? 저같이 힘없는 무당이 뭘 알겠어요. 안 그래요?

양자역학적 세자

“그거 알아? 사실 영조는 사도세자의 뒤주를 열고 싶지 않았어.”

“엥? 무슨 말이야? 내가 알고 있는 역사랑은 다른데?”

“그럴 수밖에. 역사는 언제나 승리한 이들의 입맛대로 써지는 거니까.”

“너, 또 음모론 이야기하려는 거지? 질리지도 않니? 뭐…… 그런 데 있잖아. 나도 사실 네 이야기 질리지 않거든? 그래서, 왜 영조는 사도세자의 뒤주를 열고 싶지 않았다는 거야?”

“슈뢰딩거의 고양이라는 개념 알지?”

“알지. 상자를 열기 전까지 고양이의 생사는 알 수 없다, 미래는 관측자의 관측으로 결정된다. 그런 개념이던가?”

“얼추 비슷해.”

“그런데 그건 왜?”

“그건 슈뢰딩거의 고양이였어. 뒤주는 고양이가 들어 있는 상자였고, 세자는 고양이였지. 영조는 뒤주가 열려서 세자의 생사가 결정되는 걸 원하지 않았어."

"……니가 말한 것 중에 가장 황당하다. 그래, 하지만 사도세자를 폐위한 것도 영조고, 뒤주에 넣으라 한 것도 영조야. 그리고 뒤주를 연 뒤에 세자의 지위를 복원하고 사도라는 이름을 내린 것도 영조였고. 앞뒤가 맞지 않는다고 생각해본 적은 없어?"

"없어. 근거가 있으니까."

"근거?"

"영조는 세자가 죽었다는 보고가 올라오자 몇 번이고 물어봤다고 해. '정말 세자가 죽었는가?'라고. 그리고 네 말대로 세자의 지위를 복원시키고 사도라는 이름까지 내렸지. 그 일화에서 볼 수 있듯이 영조도 세자에게 인간으로서, 부모로서 감정이 없었던 것은 아니라는 걸 알 수 있어."

"그렇군."

"그렇다면 모든 게 설명 가능해지지. 영조는 정치적인 이유로 뒤주 안에 세자를 넣을 수밖에 없었지만, 세자가 죽기를 바라진 않았던 거야. 그래서 영조는 뒤주를 열지 않아 세자의 상태가 확정되지 않도록 했던 거고."

"흥미로운 이야기네. 나중에 SNS에 올려봐야겠다. 리포스트가 얼마나 뜰지 궁금해지는걸? 하지만 그렇다면 뒤주를 연 게 설명 안 되지 않나?"

"그것도 설명할 수 있어."

“설명해봐.”

“모든 게 결정되지 않고 관측되지 않은 공간. 그 공간에서 죽지도 않고 살지도 않은 세자. 조정 신료들은 그런 세자의 상태가 조선을 지배하는 성리학 이념에 위협이 될까 두려워했어. 그들 사이에서 ‘세자의 생사는 반드시 결정되어야 한다’라는 목소리가 점점 커졌지.

결국 그들은 음모를 저질렀어. 왕에게 세자가 죽었다고 거짓말을 한 거야. 뒤주를 열도록. 영조가 ‘정말 세자가 죽었는가?’라고 물어본 이유도 그것 때문이야. ‘뒤주가 열리지 않는 이상 세자의 상태는 결정되지 않을 텐데 어떻게?’ 그래서 영조는 뒤주를 열 수밖에 없었어. ‘뒤주 안의 세자가 정말 죽었는지’ 확인하기 위해.”

“흠, 재미있네. 네 주장에 대한 ‘문헌적 근거’는?”

“없어.”

“그럴 줄 알았어. 그럼, 내가 그다음 이야기를 맞춰볼까? 영조는 세자가 진짜 죽었는지 확인하기 위해 뒤주 뚜껑을 열었고, 결국 세자의 상태는 뚜껑이 열리면서 결정되었다.”

“그렇지.”

“그리고 세자는 죽었고.”

“아니.”

“뭐?”

“세자는 죽지 않았어. 뒤주 안에서 세자는 생과 사가 결정되지 않은 굉장히 불안정한 상태였고, 그 불안정한 상태가 압축되면서 성리학으로도 현대 과학으로도 증명하기 힘든 '무언가의 상태'가 되었지. 뒤주 뚜껑을 열었을 때, 세자의 육신은 푸른빛을 내며 부서지고, 다시 조립되고, 다시 부서지고, 다시 조립되다 결국 세자이면서 세자가 아닌, 인간이면서 인간이 아닌 '무언가'가 되었지. 뒤주가 열리면서 세자는 '독타 만하탄讀紇 卍是誕'이 되었어. 그는 인간과 세상과 시간을 초월한 존재가 되었어."

"……."

"그리고 세자는 자신을 바라보는 영조와 대소신료들을 뒤로한 채, 그대로 우화등선해서 공기 중으로 사라졌지. 모든 것을 초월한 그는 말 그대로 '세상의 법칙 밖으로 사라졌어.' 그 누구도 그것을 기록할 수도, 전할 수도 없었어. 공맹의 가르침은 괴력난신을 믿지 않으니까. 하지만 기록이 남지 않는 것과 상관없이 그 이후로 세자는 세상 모든 곳에 있게 됐어."

"음…… 어디서부터 무슨 말을 해야 할지 모르겠다. 그건 누구한테 들은 거야? 만약 너 혼자 생각한 거라면, 내일 병원 예약을 해야 할지 말아야 할지 조금 고민해야 할 거 같거든."

"얼마 전에 세팅한 새 양자 전뇌로 서핑하고 있었는데, 그때 독타 만하탄이 나에게 접촉해왔어. 양자 네트워크 상태로 서핑을 하다 보니 운 좋게 그와 접촉한 거 같아. 아니…… 어쩌면 이 모든 게 이미 결정된 걸 수도 있고……. 사실 우리가 사는 세계는 이미 그날 뒤주가 열리면서 모든 게 결정된 걸지도 몰라…….”

“미안, 내가 니 양자 전뇌에 ‘선택적 셧다운 시스템’을 깔아놓는다는 걸 깜빡했다. 그래서 뭐, 그렇다 치자. 사도세자…… 아니 독타 만하탄이 그 이야기를 해줬다 치자. 뭐 다른 이야기는 안 해줬어? 세상의 법칙을 초월했다며? 미래에 대한 예언이라든가.”

“해줬어.”

“어떤 이야기를?”

“너랑 나랑 잠시 뒤에 키스할 거라고.”

“어?”

“그리고 멋지고 달콤한 여름밤을 보낼 거라고.”

“하…… 어디서부터 뭐라고 말해야 하지, 이걸?”

“싫어?”

“뭐가?”

“키스…….”

“싫기는……. 이리 와. 내가 우리 독타 만하탄 님의 예언을 실현하게 해줄게.”

전지적 전뇌 시점 (1)

“너, 신체 개량에 부정적이었잖아. 사람은 자기 몸으로 일해야 한다면서 키보드랑 마우스 고집했잖아. 갑자기 무슨 바람이 불어서 전뇌 시술을 받은 거야?”

“아니, 재택근무를 하는데…….”

“하는데?”

“우리 고양이가 자꾸 키보드 위에 앉아서…….”

“아…….”

전지적 전뇌 시점 (2)

마케팅팀 이대리

팀장님 이번에 QA팀 보고서 나온 거 보셨어요? 신체 개량을 반대하다 찬성으로 돌아선 사람들 중에 재택근무자 비율이 높고, 그중에 고양이를 반려동물로 기르는 사람 비중이 컸어요. 재미있는 통계예요. 그래서 말인데 이번에 새로 출시되는 신형 전뇌 단말기 마케팅 타깃을 애묘인들로 잡으면 어떨까요? 문구는 이렇게 하는 거죠. "마음이 일하는 동안, 몸은 사랑하는 가족과 함께하세요."

마케팅팀 박팀장

괜찮네, 한번 추진해봐. 위에는 내가 보고할게.

마케팅팀 이대리

예? 제가 보고하면 안 돼요?

마케팅팀 박팀장

니가 보고하고 싶다고?
그러면 일단 오타부터 어떻게 해봐.
'사람들'을 '자람들'로 오타 내는 건
문제가 있다고 생각하거든.

마케팅팀 이대리

아뇨, 팀장님……
자꾸 오타 내는 건 이유가 있어서 그래요…….
저도 전뇌 시술 받았는데, 전파 대역폭이 자꾸
저희집 '차원 간 고양이 통신' 대역폭하고
겹친다ㄴㄱㄷㄱ · ㄱ 그ㅅ극 ㅅㅂㄷ극닛
ㅂㅅ극ㄷ ㅂㄴ ㄱㅅㅂㅅ벋짓ㄱ믿븍낟ㄱㅅ
ㅂㅅㄱㄷㅂㄴㅅ · ㅂ · ㄱ디심삭 · ㅅ · ㄱ
ㄷㄱㅅㄱ힌ㄱ니ㅣㄷ극 · 니시 극ㄴㄱ

……보셨죠?

전지적 전뇌 시점 (3)

아니야, 그런 게 아니야. 그거 힘들어. 사람들이 많이 하는 오해가 '자기 신체를 복제하거나 의체화해서 전뇌화된 의식 하나로 통제하고 이런저런 일을 동시에 하는 게 쉽다'라고 생각하는 건데, 그렇게 간단한 게 아니야.

다른 이유가 아니고 시각적인 부분 때문에 그런데, 여러 신체가 움직일 때 동시에 들어오는 시각 정보를 한 번에 조합해서 처리하기가 힘들거든.

그러니까 봐봐. 우리 눈은 원래 두 개잖아. 경우에 따라 신체 개량을 통해 거미 눈처럼 여러 개를 달아 시야각을 넓히는 경우도 있지만, 그건 어디까지나 한 개의 신체를 움직이니까 가능한 이야기고. 완전히 따로 움직이는 여러 신체의 시각 정보값을, 메인 호스트, 그러니까 의식 하나로 처리하려면 되게 어지러워.

이게 여러 신체가 같은 공간에 있어도 어지러워 죽겠는데, 다른 공간에 따로 있다고 생각해봐. 한쪽에선 거실에서 고양이랑 놀고 있는 시각 정보가 계속 들어오고, 다른 쪽에서는 회사 모니터 화면이 들어오는 거야, 동시에.

쉽게 이해 안 되지? 이걸 어떻게 설명할 방법이 없다. 경험해본 입장에서는 그냥 하지 말라는 말밖에 못 하겠어. 자신에게 맞는 대안을 찾기 전까지는 말이지. 무슨 말이냐고? 아니 뭐, 나는 대안을 찾았거든. 얼마 전 게임 소프트웨어 박물관을 다녀왔는데, 불프로그라는 회사에서 만든 〈던전 키퍼〉라는 게임을 봤어. 신기하더라고. 탑뷰 방식의 실시간 전략 시뮬레이션인데 스킬을 쓰면 유닛 시점에서 일인칭 플레이가 가능해.

그걸 보고 이거다! 싶었던 거지. 그래서 집에 와서 그걸 적용해보았어. 방법은 간단해. 내 의식은 집 천장에 달린 CCTV에 연결되고, 거길 통해 들어오는 시각 정보를 탑뷰 형식으로 만들어 집 곳곳에 퍼져 있는 여러 대의 복제 신체를 내 의식으로 통제하는 거지. 그리고 필요하면 복제 신체 시점으로 들어가 일을 처리하는 거야.

이걸 지금 일주일 정도 해보고 있는데, 집 밖으로 나가는 건 무리더라도 집 안에서 하는 일은 무리 없이 할 수 있을 거 같아. 무슨 말이냐면, 재택근무와 고양이랑 놀아주는 걸 어지럽게 시각 정보가 뒤섞이지 않고 동시에 할 수 있게 되었다, 이 말이지.

뭐 아무튼 이건 내 방식의 대안인 거고, 너도 여러 신체를 가지고 다중 작업을 하고 싶다면 너 나름의 대안을 찾아야 할 거야.

행복의 원리

"이 세계에는 희망의 신이 없어요. 절망의 신만 있죠. 그게 저예요."

"왜 그런데요?"

"자세하게는 몰라요. 풍요의 신에게 물어보니까, 차원 창조자들이 이세계에서 신을 납치하던 과정에서 부도가 났다나 봐요. 그래서 희망의 신은 납치 못 했다고……."

"부도요? 아니 차원을 창조하는 것도 부도나요?"

"요즘에는 차원 창조자들에게 위탁 생산을 많이 맡기거든요."

"아니, 어떤 신이 차원을 위탁 생산 맡겨요?"

"음…… 주로 창조신들의 자녀? 차원을 창조하고 다스리는 신들의 적손으로 태어났지만, 차원은 이미 창조되어 있으니까요. 이미 만들어진 차원을 또 만들어야 할 이유가 없으니 창조 능력은 없는 채로 태어나죠……."

"아……."

"하지만 누구라도 신으로 태어났으면 세상을 다스리고 싶잖아요? 물론 저는 다른 차원에서 납치된 신이라 그런 거 모르지만요. 저는 그냥 빨리 집에 가고 싶을 뿐이에요……."

"그거, 이쪽 세상이 끝나야 갈 수 있는 거……."

"그러니까요……."

"힘내요."

"노력하고 있어요."

"그런데 어쩌다가 부도가 난 거예요?"

"잘은 몰라요. 아까도 말했지만, 저도 이야기를 전해 들은 거라……. 들은 이야기로는 창조를 위탁한 신이 자기 부모에게 걸려서 그대로 잡혀 들어간 모양이에요. 그래서 그걸 위탁받았던 차원 창조자들은 잔금을 못 받았고 결국 어음을 못 막아서 부도났다고……."

"어음요?"

"예, 어음요. 그거 무서운 거예요……."

"알죠, 어음……. 제 고향도 80년대 말이랑 97년도에 어음 때문에 여럿 죽었어요."

"그러니까요."

"여튼, 그러면 이 차원에는 희망의 신이 없다는 거네요? 선생님이 절망의 신으로만 있고? 와, 그럼 이 세상에는 절망뿐인 거예요?"

"그렇죠."

"그러면 이 세상 사람들은 도대체 무슨 맛으로 살아요? 절망뿐인 세상에?"

"그게, 나름의 방법이 있어요. 저 혼자 맨땅에 헤딩하면서 나름 노하우가 생겼거든요."

"오, 뭐예요?"

"저는 절망이나 희망은 상대적인 거라고 보거든요."

"예? 그래서요?"

"절망의 양을 상대적으로 조절해요."

"그게 무슨 의미죠?"

"절망의 절대치를 두지 않고 세상 사람들의 절망의 양을 상대적으로 조절해요. 매일매일요. 그러면 어떤 사람은 절망의 양이 많고 어떤 사람은 적거든요. 그러면 어떤 사람은 상대적으로 행복해 보이고, 어떤 사람은 상대적으로 불행해 보이는 상태가 되죠."

"흥미롭네요. 그렇다는 건 절망의 양을 조절하는 것만으로 행복한 상태가 가능해지고, 희망 효과가 생긴다는 건가요?"

"비슷하죠. 그러니까 그런 거예요. 섭씨 80도 목욕탕에 있다가 60도 목욕탕으로 들어오면 물이 시원하게 느껴지는 거랑 비슷하죠. 절대적으로 보면 둘 다 뜨거운 물인데."

"재미있네요. 그래서 이 세계 사람들은 불만 없어요?"

"딱히 없는 거 같아요. 오히려 만족하는 거 같아요. 전 이쪽 차원에서 '인기 탑5 신' 중 하나예요. 그래서 사람들이 매일매일 기도를 올려요."

"와! 그래도 굉장하네요! '유사 희망'과 '유사 행복'을 만든다, 이거잖아요!"

"유사…… 희……망……. 저, 조금 상처받을 거 같은데……."

"아니 틀린 말은 아니잖아요? 절망의 공간에 희망을 넣는 게 아니니까요."

"아니 그래도……."

"유.사.희.망."

"앗…… 아아……."

"아, 우는 거예요?"

"아니에요…… 아니에요……."

"저기, 이러려는 건 아니었는데…… 미안해요."

"괜찮아요……. 훌쩍!"

"아, 음…… 미안해요. 저기, 그러니까…… 아니, 아니 그 뭐냐……. 아무튼 궁금해서 그러는데 사람들이 어떤 기도를 올리는 거예요?"

"……저 사람을 더 불행하게 해주세요."

"예?"

"저는 충분하게 불행했어요. 그러니까 저 사람을 나보다 더 불행하게 해주세요. 제 불행을 저 사람에게 주세요."

"예?"

"내 절망을 남에게 줘서 남보다 내가 덜 불행하기를 바라요. 여기 사람들은 희망이 없는 걸 아니까……. 그렇게라도 덜 불행하고 덜 절망적인 상태에 있기를 원해요. 남을 불행하게 해서라도."

"와, 진짜……."

"예……."

"힘들겠네요."

"아무래도 그렇죠……."

"음, 미안해요……. 힘내요."

"고마워요……."

그곳에 신이 있었다

"사실 흔한 일이에요."

슈퍼히어로 코스튬을 입은 남자는 동전 지갑에 빛나는 구슬 같은 걸 집어넣으며 대답했다. 남자 주변에는 뒤집힌 자동차, 깨진 벽돌과 건물 잔해들이 쌓여 있어 흡사 전쟁터 같은 느낌이었다.

급하게 친 폴리스 라인 너머로 카메라 플래시가 쉴 새 없이 터졌고, 경찰은 온몸을 대大 자로 펼쳐가며 대포 같은 카메라 렌즈를 들이미는 사람들을 막기 위해 애쓰고 있었다. 그러나 그런 경찰의 고생은 아랑곳하지 않은 채 사람들은 더 몰려왔고, 급기야 지나가던 버스에서 관광객들까지 내려서는 핸드폰을 꺼내 들곤 이 대열에 합류했다.

"이쪽을 봐주세요!"라는 사진 촬영 요구부터, "멋졌어요! 고마워요!"라는 응원, "사랑해요! 결혼해주세요!"라는 청혼까지. 온갖 소리가 울려 퍼졌지만, 남자는 바닥에 떨어진 구슬을 줍는 데에만 집중할 뿐이었다.

"흔한 일이에요. 신들이 중고 장터에서 인간계를 사기당하는 일이요……."

구슬을 다 주운 남자는 쪼그리고 앉았던 몸을 일으켜 사람들을 향해 가볍게 손을 흔들었다. 우레와 같은 박수와 갈채 그리고 플래시 세례가 터져 나왔다. 그 소리에 묻혀 더 이상 자기 목소리가 들리지 않는다는 걸 눈치챘는지 남자는 이내 내 머릿속에 직접 텔레파시로 말을 걸어왔다.

"모든 신들이 인간계를 다스리는 건 아니에요, 창조 능력을 갖춘 신은 그렇게 많지 않고, 인간계와 인간을 창조할 수 있는 신은 손에 꼽힐 정도죠. 나머지 신들은 그냥 어쩌다가 태어난 우주의 먼지와 같아요. 그래도 다들 '인간계를 다스리고 싶다'라는 욕망을 품죠. 마치 신들을 만든 누군가가 처음부터 그렇게 설정한 것처럼요……. 그래서 창조 능력이 없는 신들은 편법을 쓰기도 해요."

편법. 내가 이 이야기를 들은 건 비교적 최근 일이었다. 신들의 중고 장터에서 거래되는 인간계 중 '아주 끔찍한 것'들이 있어 신들의 목에 올가미를 건다는 내용. 그 이야기를 기사로 쓰기 위해 수많은 신들에게 인터뷰를 제의했으나 응한 신은 아무도 없었다. 지금 내 옆에서 사람들에게 웃는 얼굴로 화답하는 이 남자를 제외하고는.

"중고 장터를 이용할 때는 언제나 사기를 조심해야 하죠. 자그마한 물건도. 그런데 인간계는 오죽하겠어요? 애초에 인간계는 비싸요. 창조 능력을 갖춘 신은 별로 없으니까요. 그런데 가끔 매물이 싸게, 많이 올라오는 경우가 있어요. 주로 대학 졸업 시즌이 지나고 그때쯤 대학생들의 졸업 작품이 매물로 쏟아져 나오거든요. 솔직히 말해서 엉성하죠. 끔찍하고요. 개중에 괜찮은 매물이 없는 건 아니에요. 그래도 좀 괜찮은 매물은 항상 경매로 올라오고, 경매에서는 항상 밀리게 돼 있어요.

그거 말고 괜찮은 매물이 저렴하게 올라오는 경우는, '인간계를 다스리는 창조신이 새로운 세상을 창조하려는 경우'가 있단 말이죠. 아시겠지만, 신들의 법은 '하나의 신이, 오직 하나의 세상'만 다스릴 수 있게 규정하고 있어요. 그래서 새로운 세상을 창조하려거든 기존의 세상을 폐기해야 해요. 인간계라고 다를 것도 없죠.

문제는 기존 인간계를 폐기하려면 적법한 절차를 거쳐야 해요. 수천 년 전에 계시를 내려 인간들이 준비할 수 있는 시간을 줘야 하죠. 굉장히 복잡한 과정이에요. 물론 그것보다 세상을 폐기한 후 물질별로 분리수거하는 게 더 복잡하지만요.

솜씨 좋은 신일수록 다양한 구성 요소로 세상을 창조하는데, 폐기한 다음에는 그걸 모두 분리수거해야 하거든요. 생각해보세요. 배보다 배꼽이 더 큰 거예요. 그래서 어떤 신들은 이걸 그냥 다른 신에게 양도하기로 마음먹죠. 바로 그런 매물이 중고 장터에 올라오는 거예요.

솔직히 말해서, 상태는 케이스 바이 케이스? 중세 암흑기인 녀석도 있고, 핵전쟁 이후의 포스트 아포칼립스post-apocalypse 상태인 녀석도 있고, 상태에 따라 매물 가격도 천차만별이지만 그래도 비교적 저렴하죠. 급매물이니까요. 제가 산 건 비교적 상태가 좋았어요. 핵전쟁도 없었고, 종교가 좀 많았지만 큰 갈등은 없었죠. 치명적인 전염병이 퍼졌다거나, 사람들이 영원한 삶을 꿈꾸며 복제 인간을 끊임없이 만드는 그런 세상도 아니었어요. 게다가 무엇보다…… 가격이 너무 저렴했어요. 보통 이렇게까지 안 나오는데……. 대신 서류를 조금 많이 요구하더군요. 거기서 눈치챘어야 했는데 당장 가진 돈으로 인간계를 다스릴 수 있다고 해서 덜컥 사버렸죠. 거기에 대출이 껴 있었던 거예요. 초우주 투자은행의 담보대출이요. 빚을 못 갚으면 은행이 담보를 가져가는 게 아니라 담보를 팔아서 갚는 방식이었죠.

저는 대출을 승계하는 조건으로 인간계를 산 거였어요. 전형적인 사기였는데…… 제 불찰이죠. 인간계를 도로 팔아서 빚을 갚아 보려고 했는데 여러 번 거래된 중고 인간계는 감가가 심해서 이게 팔리더라도 빚을 갚을 수가 없겠더라고요. 덕분에 꼼짝없이 은행에 목줄이 걸려버렸어요. 은행 법무팀이라는 곳에서 저를 고소하겠다고 난리였는데, 결국 자기들도 이 멍청한 신에게 돈을 받아낼 방법이 없다는 걸 알았는지 차선책을 제시하더라고요."

차선책?

"예, 차선책이요. 대출 기간을 늘리고, 원금 상환을 미루어줄 테니 그동안 이자 꼬박꼬박 내면서 인간계의 가치를 올리라고요. 그렇게 가치가 올라가면 그때 인간계를 팔고 그 돈으로 빚을 갚으라고요."

은행들이 자주 쓰는 채권 관리 방법이었다. 들은 적이 있다. 다양한 곳에서 쓰이는 방식이었고, 담보물의 가치가 올라가면 은행에서 직접 매입하기도 했다. 그런 방식으로 은행은 수많은 돈을, 신들에게서 뜯어냈다.

"도리가 없었어요. 받아들였죠. 그런데 어떻게 인간계의 가치를 올리느냐? 신앙심이죠. 신의 존재를 믿는 피조물이 많아서 지속적인 발전이 가능한 인간계는 가치가 계속 올라가요. 아까 주운 구슬 같은 게 신앙의 파편이고요. 이 파편이 많으면 많을수록 은행은 가치를 높게 평가해요.

문제는, 이 인간계에는 이미 종교가 있거든요. 저를 믿는 종교는 아니고, 이전 주인을 믿는 종교, 그 이전 주인을 믿는 종교, 자생적 종교 뭐 다양해요. 그래서 제가 낄 틈이 없더라고요. 엉뚱한 신에게 기도하는데 제 지갑이 찰 리가 없죠. 그래서 고민했어요. 어떤 방식으로든 이 인간들에게 내 존재를 어필해서 신앙심을 올려야 했거든요. 하지만 어설프게 등장했다가는 자기들끼리 종말이 왔다고 죽도록 싸울 게 뻔하니 세심하게 해야 했죠. 그런데 마침 묘수가 떠오르더라고요."

묘수?

“아, 제가 아까 말 안 했죠? 이 인간계는 초우주 투자은행에서만 돈을 빌린 게 아니에요. ‘지옥 제 死금융권’에서도 돈을 빌렸죠.”

아니 정말 그랬다고? 지옥 악마들에게 돈을 빌렸단 말입니까? 그자들은……!

“무슨 말씀 하시려는지 알아요. 인간의 영혼을 담보로 잡죠. 거기다가 법적 보호를 받을 수 없는 사금융이라 채권 추심도 폭력적이고요. 그래서 처음에는 제 인간계에 쳐들어와서 멋대로 사람들을 죽였어요. 그걸 보고 화도 나고 떨떠름했는데 이게 또 묘수가 된 거죠. 어차피 법적으로 보호받을 수 없으니, 제가 직접 막아도 되겠더라고요. 그래서 생각한 게 이 슈퍼히어로 코스튬이에요. 지옥의 악마들로부터 인간을 구하는 선한 영웅. 우주에서 왔거나 하늘에서 온 신의 사자. 어차피 악마들은 계속해서 찾아올 테니 영웅이 싸울 악마는 충분하죠. 그리고 그 결과를 보세요. 모두 종교와 상관없이 나를 믿어요…….”

남자는 내 시선을 돌려 사람들을 보게 했다. 여전히 쉬지 않고 터지는 카메라 플래시. 그것은 초신성의 폭발과 같았고, 사람들의 환호성은 별들이 태어날 때 들리는 우주의 노래 같았다. 모든 이들이 이 남자를 찬양하고 있었다. 어떤 형식도, 예법도, 교리도 없었지만, 이 자리는 이 남자를 찬양하는 예배의 현장이었다.

그래서, 이제 이 인간계의 가치가 다 오르면 어떡하실 건가요? 나는 남자에게 물었다.

"글쎄요? 가능하면 빨리 털어버리고 싶어요. 창조 능력을 갖춘 신들이 많지 않은 이유를 이제 알았으니까요. 인간계는 만드는 것도 어렵지만 다스리는 건 정말 어렵네요. 가능하다면…… 가능하다면…… 다음 여름이 오기 전에 충분히 가치를 올려서……. 다행히도 요즘 시장 분위기가 좋아요. 이 정도로 관리가 잘된 인간계라면 저도 은행이랑 협상해서 적당히……."

텔레파시로 전해진 대답의 끝은 왠지 모르게 노이즈가 끼어 있었다. 마치 말끝이 조금씩 흐려지듯이. 점차 흐려지는 목소리에 나는 고개를 돌려 남자의 얼굴을 바라보았다. 약간 까무잡잡하지만 멀끔하게 다듬어진 얼굴. 플래시가 너무 눈부셨는지 아니면 다른 무언가 때문이었는지, 그는 눈을 지그시 뜨고 사람들을 바라보고 있었다. 그의 얼굴에 드러난 표정에서, 나는 그의 마음을 읽을 수 있었다.

플래시는 계속해서 터졌고, 그의 시선이 향하는 곳에는 여전히 사람들이 그의 이름을 연호했다.

그곳에 신이 있었다.

자신의 세계를 사랑하는.

웜홀 내비게이션

“요즘은 그래도 세상 좋아진 거야. 이렇게 민간인들도 사용할 수 있는 웜홀 비행용 길 안내 장치도 나오고. 덕분에 웜홀 비행 때 논리 오류에 빠진다든가 시공간 미아가 되어버리는 경우는 많이 줄었잖아.”

“여전히 정확도는 떨어지잖아요? 배속 계산 기능도 느려서 길 안내에도 시간이 많이 걸리고. 얼마 전에 시간 분기점 안내 잘못 받아서 30년 늦게 도착한 거 기억하시죠?”

“마! 그때는 갑자기 ‘5분 앞 분기점에서 운전자는 휘파람으로 ‘컨트리 로드’를 부르세요’라고 안내해서 어쩔 수 없었단 말이야! 나는 그 노래 몰랐다고! 조금 돌아가겠지 싶었던 게 설마 30년 우회할 줄 누가 알았냐? 그래도 세상 편해진 거야! 예전에 내가 너만 할 때는 이렇게 우회로 알려주는 건 꿈도 못 꿨어!”

“그러고 보니까 궁금한데요, 아빠. 내비게이션 없을 때는 웜홀 비행 어떻게 했어요?”

“어? 그때는 지도 보고 했지.”

“지도요?”

“너 거기 글로브박스 열어봐라. 책 하나 거기 있을 텐데…….”

“어디…… 세상에, 이 두꺼운 책은 뭐예요?”

“너 태어나기 전에, 니 엄마랑 여행 다니면서 사용한 지도책.”

“이런 걸로 웜홀 비행을 했다고요? 시간 분기점이 수백만 개가 넘는데?”

“옛날에는 그걸로 다 했어. 대표적인 분기점들만 모아놓은 지도인데, 그 안내를 따라갔지.”

“‘52-4 분기점에서 남성 운전자와 여성 동승자가 키스하시오.’ 이게 뭐예요? 운전자가 여성이면요?”

“그렇게 세세한 것까지 다 담을 수는 없었지. 그래서 그때는 150년 오차 나는 건 그냥 일상이었어. 요즘 안내 장치는 그런 거까지 고려해서 아예 출발 전에 탑승자 정보까지 입력하잖냐. 그러니까 얼마나 좋아. 무슨 마법을 부리는 건지 궁금할 정도라니까?”

“회귀자요.”

“뭐?”

“마법이 아니라 회귀자요. 회귀자들이 아르바이트로 일하면서 웜홀 정보 수집하고 다니는 거예요.”

“니가 그걸 어떻게 알아?”

“자년에 같은 반이었던 길동이가 회귀자였거든요. 걔 그래서 내비게이션 회사에 그걸로 취직했어요."

"분기마다 하는 안내 장치 업데이트를 그렇게 하는 거라고? 서로 다른 사건으로 갈라지는 시간 분기점에서는 어떻게 하는데?"

"이 지도책은 어떻게 했는데요?"

"그거? 두세 명이 조 짜고 같이 다니면서 분기점마다 서로 다른 길로 가서 확인했지."

"회귀자는 혼자 다 해요. 분기점 하나 다 확인하면, 그다음 분기점 확인하는 식이에요."

"아니 그게 가능해? 혼자서?"

"회귀자잖아요. 콱! 하고 죽으면……!"

"야, 그거 무섭다……. 너는 그거 하지 마라."

"회귀자가 아니라서 하고 싶어도 못 해요."

"……."

"……."

[5분 앞 거리에 시간 분기점입니다. 분기점에서 동승자는 휘파람으로 '컨트리 로드'를 부르세요.]

"어? 이번에는 동승자가 부르는 건가? 하행선이라 그런 건가?"

"아?! 뭐야! 왜 이번에는 동승자인데?! 아빠! 어쩌지? 나 이 노래 모른다고요! 아니, 휘파람 불 줄도 모르는데!"

"괜찮아! 괜찮아! 입술을 이렇게 오므리고!"

"5분 안에 그걸 어떻게 배워요?!"

"아, 그런가? 아니 뭐 그럼 별수 있나. 분기점에서 다른 우회로로 돌아가야지."

"몇 년 늦을 줄 알고요?"

"일찍 도착할 수도 있지 않겠니? 그건 모르는 일이지. 뭐, 옛날 기분으로 쉬엄쉬엄 가보자. 어차피 모든 길은 목적지까지 이어지니까 말이다."

"그건 아빠 생각이고요! 제때 도착하지 않으면 엄마가 우리 죽이려고 할걸요?"

"이크! 그건 안 되지! 자! 입술 오므려보고 혀를 말아서!"

"아! 진짜! 후……! 후……!"

신메뉴

"요즘 적 점령지에 있는 레지스탕스 요원들에게 무기랑 물자 보내는 게 보통 힘든 일이 아니야. 뭐 좋은 생각 있으면 말해봐."

"궤도상에서 보급 상자를 자유낙하시키는 건 어떨까요?"

"기각. 적 방공망에 걸릴 거야."

"아공간을 통한 배달은요?"

"그것도 기각. 아공간을 뚫고 나오려면 특수 장치가 필요한데, 크기가 전차만 하잖아. 적 점령지 한복판에서 그런 게 갑자기 등장하면 어떨 거 같아?"

"그럼 방법이 없네요. 접선지에서 만나는 방식으로 인력 배달해야죠. 전통적인 방법으로."

"고민해봤지, 그것도. 가장 현실적인 방법이지만, 문제는 적 점령지가 너무 넓어져서 레지스탕스 요원들의 활동 범위도 그만큼 넓어졌다고. 옮기는 데 시간이 너무 오래 걸려. 진짜 뭐 좋은 방법 없어? 어? 막내야?"

"패스트푸드점을 통한 현지 조달 어떠세요?"

"내가 괜히 물어봤다. 미안하다."

"이상하게 들리실 거 알아요. 하지만 그 넓은 적 점령지 곳곳에 빠짐없이 자리한 게 패스트푸드점이에요. 그리고 요즘 패스트푸드점은 모두 키오스크와 3D 푸드 프린터를 이용해서 음식을 주문받고 만들죠."

"무슨 말을 하려는 거야?"

"3D 푸드 프린터의 기본적인 작동 방식은 단백질, 지방 같은 생체 조직과 화학 요소를 조합해서 음식을 '인쇄'하는 거예요. 그리고 원리만으로 따졌을 때 3D 푸드 프린터에서 사용되는 재료를 조합만 잘하면 '바이오 웨펀'을 만들 수 있죠."

"바이오 웨펀?"

"예, 바이오 웨펀이요. 기존의 무기들은 철이나 플라스틱 같은 것으로 만드는데, 이건 3D 푸드 프린터로 만들 수 없어요. 대신 생체 기반의 무기는 만들 수 있죠. 이를테면 단백질과 뼈로 구성된 바디에 가스를 폭발시켜서 뾰족한 이빨을 쏘는 권총 같은 거요."

"패스트푸드점을 통해서 3D 푸드 프린터로 바이오 웨펀을 만들어 보급한다……. 재미있는 발상이기는 하지만…… 어떻게? 그런 걸 만들려면 3D 푸드 프린터를 해킹해야 할 텐데? 레지스탕스 요원들의 다양한 연령과 교육 수준도 생각해야 해. 해킹은 무리일 수 있어."

"그것도 방법이 있어요. 키오스크를 이용하는 거죠."

"이해가 잘 안 되는군. 더 설명해봐."

"음식 튜닝을 하는 거예요. 3D 푸드 프린터로 음식을 만드는 방식이 대중화되면서 이제 패스트푸드점에서는 정해진 메뉴만 팔지 않아요. 커스터마이징 푸드 메뉴가 따로 있죠."

"그래서?"

"그 메뉴를 이용하면 소비자 기호에 맞게, 식재료 구성부터 외부 형태까지 조절할 수 있어요. 그 커스터마이징 푸드 메뉴를 이용해서 바이오 웨펀의 커스텀 값을 입력하고, 주문하고, 테이크아웃으로 가지고 나오는 거죠. 문제는……."

"문제는?"

"가격이에요. 패스트푸드점 음식은 아무래도 싼데, 바이오 웨펀을 만들려면 너무 비싸거든요. 의심받지 않고 무기를 만들어서 테이크아웃하려면, 아무리 비싸도 단품이 100플로네에서 끝나야 해요. 이 문제를 해결하려고 개인적으로 키오스크 소프트웨어를 구해서 이것저것 테스트해보고 있어요."

"……."

"……역시 기각인가요?"

"아니. 우리 막내가 고민 많이 했구나. 내가 봤을 때는 가장 좋은 아이디어 같다. 팀이랑 인력 붙여줄 테니까 제대로 추진해봐."

"아……! 예! 감사합니다!"

"그런데, 우리가 만든 그 '신메뉴'. 그건 어떻게 레지스탕스에 알려줄 거야?"

"그건 맛집 리뷰 사이트를 통해서 올릴 겁니다. '패스트푸드 튜닝 리뷰 게시판'에 올리는 거죠. 나무를 숨기려면 숲에 숨기는 게 좋으니까요."

"호오…… 만약 누가 따라 하면?"

"별도로 작업해서 리뷰 점수를 최악으로 줘야죠. 그러면 아무도 저희 '신메뉴'에 도전할 생각을 안 할 겁니다."

"좋아! 마음에 들었어! 그럼 최대한 빨리 해보자고!"

"예!"

신메뉴 리뷰

요즘 연합군에서 보급해주는 '신메뉴' 있잖아? 그거, 좋기는 좋아. 저렴하고, 현지 보급도 되고, 무엇보다 적들의 금속 탐지기에 안 걸리니까 정말 좋다고. 패스트푸드점에서 테이크아웃이 가능하다는 점도 정말 기발했어.

그런데, 유일하게 마음에 안 드는 게…… 이거, 무기가 살아 있다고…….

"꼬꼬댁!"

으윽! 방금 들었어? 이 무기, 생긴 건 영락없이 전기 구이 통닭인데…… 아무튼 살아 있다고. 다 좋은데 그게 좀 기분 나빠.

"꼭꼬!"

으으…….

신메뉴 챌린지

자! 친애하는 우리 라이브 방송 가족 여러분! 지난주에 이어서 오늘 방송에서도 음식 리뷰 사이트 별점 0.5점에 빛나는 음식을 골라서 도전할 거예요! 지난주에 먹었던 '간장 초콜릿 카레 딸기 수프'는 정말 최악이었죠? 오늘 먹을 '맛있어요! 맛있어! 꼭꼬댁 꼭꼬!'는 과연 어떨까요?!

"251번 손님! 커스터마이징 푸드 테이크아웃 나왔습니다!"

아! 바로 나온 모양이에요! 어디! 그럼, 바로 먹어보도록 할까요?

음~! 스멜! 냄새는 제법 그럴싸한데요? 어디, 생긴 건? 와! 전기구이 통닭처럼 생겼네요! 의외로 괜찮을지도요?!

"꼭꼬댁……."

에? 지금 얘가 말했……죠? 보셨어요? 아니? 들으셨어요?!

"꼭꼬……."

또? 또?! 봤죠?! 방금 이 통닭이 말하는 거 봤죠?!

신메뉴의 한계

“그런데 왜 하필 무기야? 차라리 전투용 합성인간을 인쇄해서 레지스탕스 요원으로 쓰는 게 낫지 않나?”

“두 가지 문제가 있어. 우선 하나는 가격 문제야. 너무 단가가 비싸면 레지스탕스 공작비에 무리를 주고, 적 첩보 기관에 포착될 수 있어. 아무리 패스트푸드에 미쳐도 한 번 주문에 1억 플로네씩 쓰는 사람은 없을 테니까.”

“그렇겠네. 그럼 다른 하나는?”

“3D 푸드 프린터는 전뇌 프린팅 기능이 없어. 순수하게 생체 조직만 인쇄 가능해. 그러니까 사전에 학습된 전투용 합성인간을 인쇄하는 건 어렵지. 일일이 학습시켜야 하고, 학습을 하더라도 우리 편이 될지 알 수 없어.”

“뭔 소리야?”

“프로그램이 안 되어 있으니 자유의지가 있다는 거지. 물론 자유의지 덕분에 주변 사람들과 더 강한 연대 의식이 생길 수도 있겠지만, 반대로 적에게 투항해서 우리 정보를 넘길 수도 있겠지. 그러니까 거기까지는 모험할 여건이 안 돼. 그러니 누르면 쏘는 무기까지가 적당한 거지."

전우

생각해보면 그냥 프라이드치킨으로 끝날 인생이었는데……. 아니면 햄버거 패티가 될 수도 있었고…… 그도 아니면 냉동실 재고가 되거나 폐기될 수도 있었는데……. 그런 '재료'가 자유를 위해 싸우는 삶을 살 수 있다는 건 그리 흔하게 오는 기회는 아니지. 나는 운이 좋은 '음식'이야…….

"흑흑…… 꼭꼬 동지……."

하아…… 또 질질 짜는구만……. 저 애송이들 나 없으면 어찌하려나? 패스트푸드점 가서 하나 더 뽑아도 손에 안 익을 텐데……. 허, 참……. 허허…… 이놈들 또 질질 짜는 걸 보니까 내가 또 한마디 해줘야 할 타이밍인가 본데……. 정말, 편하게 죽지도 못하게……. 허허…… 도리 없지…….

"꼭……꼬……."

……살아. 죽지 마. 이것들아.

마녀 메이드 카페에 어서 오세요!

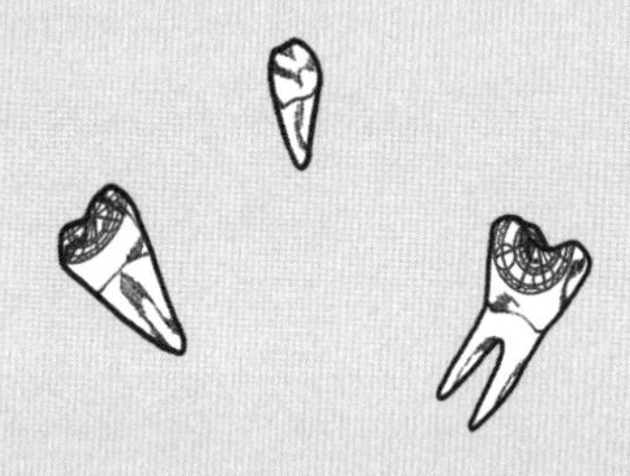

오므라이스

"……설명해봐. 왜 손님이 오므라이스가 되어 있는 거야?"

"주문하신 오므라이스를 가져갔는데요. '맛있어지는 주문'을 걸어달라고 하시잖아요."

"그래서?"

"명색이 제가 '마녀'인데 주문을 요구하는 사람이 있으면 걸어줘야죠."

"너…… 아니…… 우리 카페가 '메이드 카페'잖아? 당연히 그…… 메이드의 그거 있잖아. '맛있어져라.' 그걸 바란 거지. 손님은 니가 마녀가 아니라 메이드로 보인다고. 아니, 그보다 너 평소에는 누가 해달라고 해도 안 해줬잖아? 갑자기 왜 한 거야?"

"거절하기에는 너무 많은 팁이었습니다."

"아니, 그래그래, 그렇다 치자. 그러면 당연히 오므라이스에 주문을 걸어야지. 왜 손님에게 건 거야?"

"손님 요청 사항에 '주어'가 없었거든요."

"뭐?"

"마녀들의 주문은 주어가 확실해야 해요. 주어가 없으면 아예 주문이 발동 안 되는 경우도 있다고요."

"그러면, 통상적으로 음식이 주어가 아니겠니? 사람은 맛있어질 수 있는 게 아니야……."

"예? 사람도 맛있어질 수 있는데요? 아니, 맛있는데요?"

"……."

"안 드셔보셨어요?"

"넌? 넌 먹어봤니?"

"아뇨."

"근데 왜 먹어본 것처럼…… 하아, 아니다……. 그래, 그래서 손님에게 니가 맛있어지는 주문을 걸었다 치자. 그래서 손님이 오므라이스가 됐다고 치자. 왜 한 입이 베여 있는 거니?"

"진짜 맛있어졌는지 확인해봐야죠!"

"……."

"고객 만족 서비스의 완성! 사후 평가!"

"……그러면, 왜 손님이 주문한 오므라이스도 한 입 먹은 건데?"

"비교 평가할 기준이 필요하니까요!"

"하아……. 아니다. 말을 말자. 그래서 어떤 오므라이스가 손님이야?"

"아! 그러니까요……, 그게……."

"그게?"

"어떤 건지 까먹었어요……."

"……."

"한 입씩 더 먹어보면 알 거 같은데……."

"……."

"먹어봐요……?"

"……."

"어떻게 해요? 점장님……? 헤헷……."

"……한 입만 더 먹어보는 거다?"

"……."

"어떡하죠? 점장님? 도저히 모르겠는데요?"

"'어떡하죠?'가 문제가 아니라……. 양쪽 다 한 숟갈씩 남았잖아. 너 이거 이제 어떻게 할래?"

"그냥, 둘 다 복구 주문 걸까요?"

"주문 걸면? 손님 원래대로 돌아와?"

"어…… 이 정도 남았으면…… '일부'는……요?"

"……일부?"

"예, 일부요. 그리고……."

"그리고?"

"그…… 우리가 먹은 오므라이스도 돌아오거든요. 그게…… 헤헷……."

"지금 우리 배 속에 있는 거?"

"예."

"……."

"어…… 어떡할까요? 점장님, 헤헷……."

"……."

오므라이스(후일담)

"에이씨……."

"뭐야? 무슨 일이야? 이 오므라이스들은 뭐야? 왜 이렇게 한 입씩만 베어 먹은 게 쌓여 있어? 너 또 '사고' 쳤니?"

"저 이번에는 억울하거든요? 제 잘못 아니거든요?"

"아니 울먹이지 말고 차근차근 말해봐. 나 외출 다녀온 사이 무슨 일이 있었던 거야?"

"점장님. 그 진상 새끼 아시죠? 손님은 왕이라고 하면서 한 입 먹고 클레임 거는 그놈이요."

"어, 알지. 우리 식당가에서는 유명하잖아, 왜?"

"그놈이 점장님 외출하셨을 때 와서 지금까지 클레임 중이에요. 맛없는 음식에는 돈을 낼 수 없다면서 한 입 먹고 클레임 걸고를 반복하고 있어요."

"이런, 고생했겠네……. 미안하다, 그것도 모르고."

쌰! 주문한 거 언제 나와?! 손님이 뭐로 보이는 거야?! 빨리 맛있게 해서 가져오라고!

“씨이……. 어쩌죠? 점장님? 이제 재료도 없어요.”

“……해드려.”

“예?”

“손님이 ‘맛있게 해달라’고 ‘주문’하셨잖아. 가서 ‘맛있게 해드려.’”

“어…… 진짜 그래도 돼요?”

“왜? 자신 없어?”

“이씨! 없기는요?! 두 눈 뜨고 잘 보세요! 점장님! 아! 그리고! 이번에도 ‘반절’ 나누어 먹는 거예요?! 나중에 딴말씀하시기 없기?!”

“그래, 그래, 알았어……. 가서 맛있게 해드려. 손님 기다리신다.”

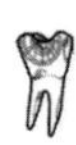

“주인님! 오래 기다리셨다냐! 맛있어지는 주문을 걸어드리겠다냐!

맛있어져라! 맛있어져라! 모에모에! 큥!

맛있어져라! 맛있어져라! 모에모에! 큥!

맛있어져라! 맛있어……져……라……

… … … …

… … … …

…ᛘᚹᚾ ᛇᛈᛈ ᛚᚨ…ᛘᚹᚾ ᛇᛈᛈ ᛚᚨ…ᛇᛈᛈ…ᛇᛈᛈ ᛘᚹ ᛇᛈᛈ ᛚᚨ…

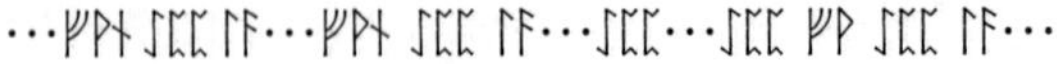

…ᛘᚹᚾ ᛇᛚᛚ ᛚᚠ…ᛘᚹᚾ ᛇᛚᛚ ᛚᚠ…ᛇᛚᛚ…ᛇᛚᛚ ᛘᚹ ᛇᛚᛚ ᛚᚠ…

…ᛘᚹᚾ ᛇᛚᛚ ᛚᚠ…ᛘᚹᚾ ᛇᛚᛚ ᛚᚠ…”

신메뉴 바이스 부어스트

"……설명해봐. 오늘 론칭하려고 내가 새벽부터 나와서 만들고 삶아놓은 신메뉴 바이스 부어스트(독일 흰 소시지)가 왜 하나도 없는 거야?"

"이번에는 설명할 수 있어요!"

"저번에는 설명 못 했간?"

"아뇨? 했죠?"

"근데 왜 못 한 것처럼……. 아니다……. 그래, 설명해봐."

"요즘 마녀들 취직하기 힘든 거 아시죠?"

"너 우리 가게에서 일하고 있잖아?"

"제가 언제까지 냥냥거리면서 오므라이스만 팔 수는 없잖아요?"

"아니, 그러니까…… 아니다. 계속해봐."

"곰곰이 생각해보니까 아무리 생각해도 제가 특색이 없더라고요."

"너만큼 특색 있는 메이드는 없거든?"

"마녀로서는 없거든요? 요즘 마녀들 자기 특색 살린다고 나는 저주 마녀다, 너는 약초 마녀다, 뭐라고 뭐라고 하는데, 저는 지금 할 줄 아는 게 기초적인 마녀 주문뿐이거든요!"

"그래서."

"그래서 저도 자기 계발을 시작한 거죠! 학점 은행제로!"

"그래, 그런 모습은 좋구나. 하지만 이제 내 바이스 부어스트가 어떻게 된 건지 설명해줘도 되지 않을까?"

"기다려보세요. 그래서 제가 고민한 거예요. 특색이라는 게 특별하게 색이 있다, 그런 거잖아요?"

"사전적 의미가 그거인지는 모르겠지만, 아무튼."

"그래서 생각했죠. 진짜 특별하게 색이 있으려면 어떻게 해야 할까? 뭘 선택해야 하나?"

"그래서 뭘 선택했니?"

"키메라chimera 제조학이요."

"넌 항상 나를 놀라게 하는구나. 자신감을 가져도 된단다. 넌 이미 진짜 오지게 특별해."

"헤헤…… 감사합니다."

"칭찬 아니야."

"힝……."

"그래서 니가 키메라 제조학을 배우기 시작한 거랑 내 바이스 부어스트가 사라진 게 어떤 연관이 있다는 거야?"

"키메라가 기본적으로 서로 다른 동물을 혼합해서 만들어지는 거 아시죠?"

"그렇지."

"바이스 부어스트는 돼지고기랑 송아지 고기가 함께 들어가는 혼합육 소시지고요?"

"뭐, 나는 송아지 고기가 비싸서 닭 가슴살도 조금 넣었지만……. 아무튼 혼합육 소시지지."

"그럼 여러 동물이 섞인 거잖아요?"

"그치."

"그럼, 바이스 부어스트는 키메라인 거죠."

"뭐?"

"키메라 제조학을 공부하다가 키메라 소생 파트를 복습 중이었는데요? 마침 바이스 부어스트가 보이잖아요?"

"어? 그래서?"

"그래서 했죠?"

"뭘?"

"키메라 소생을요."

"어디에다가?"

"바이스 부어스트에다가요."

"아, 머리가…… 지끈거리는구나."

"근데, 아직 지끈거리시면 안 되는데……요……."

"조금 봐주렴, 뭐가 또 있는데?"

"아까 제가 특색을 만들고 싶다고 했잖아요?"

"그랬지."

"그래서 키메라에 다른 걸 조금 혼합해보려고 했거든요?"

"……뭘 또?"

"사령술을요."

"뭐?"

"아니 키메라는 영혼이 없잖아요? 살아 있는 육신인데. 그래서 거기다가 구천을 떠도는 영혼을 담아보려 했거든요?"

"야, 내가 사령술을 전공한 건 아니지만 구천을 떠도는 영혼을 구하기가 쉬운 게 아니란 건 안다. 구천을 떠돌려면 사람이 비명횡사한, 뭐 그런 거여야 하는데……."

"했잖아요?"

"뭘?"

"비명횡사요."

"뭔 소리야? 누가?"

"손님들이요."

"뭔 손님? 얘가 점점 알 수 없는 소리를 하……."

"맛있어진."

"……?"

"오므라이스가 된."

"……?"

"손님들이요."

"……!"

"헤헤…… 그 손님들 우리 가게에서 막 배회하고 있거든요."

"뭐? 너 그거 알면서 왜 말 안 했어?"

"그…… 아시면, 싫어하실 거 같아서요."

"……."

"헤헤. 그래서 그 영혼을 바이스 부어스트에 부착하고 키메라 소생 과정을 거쳤더니, 소시지가 살아나서 모두 도망갔어요. 비명을 지르면서요."

"……."

"물론 입은 없었지만요. 헤헤."

"……."

"헤헤. 어떡하죠? 일단, 가게 앞에 붙여둔 '특선! 바이스 부어스트! 출시' 안내부터 뗄까요?"

"……하아. 그래, 일단 그것부터 떼어내."

"옙! 알겠습니다!"

"하아, 진짜 돌겠네……."

런치 메뉴

"……설명해봐."

"……뭐, 뭘요?"

"……."

"히이익! 아……알았어요! 할게요! 할 수 있어요!"

"해봐."

"그, 우리가 왜 음식을 먹을까요?"

"……."

"헤……헤……. 왜 먹을……까요?"

"……배고프니까?"

"그, 그죠?! 그, 그럼, 왜 배가 고플까요?!"

"……에너지가 달려서?"

"저……정답! 정답입니다! 우후! 유후!"

"……."

"하하……. 그러니까 사람들은 체내 '에너지'가 부족하면 음식을 먹잖아요? 그렇다면, 음식을 먹는 건 에너지를 보충하는 행위고요. 그렇다면? 그렇다면? 음식의 본질은 '에너지'라는 거겠죠?"

"……."

"……거겠죠?"

"……그래서, 그게 지금 손님 얼굴이 피떡 된 거랑 무슨 연관이 있니?"

"하……하하……. 그게, 그러니까 음식의 본질이 에너지라면 결과적으로 에너지만 받으면 음식을 먹는 것과 같은 효과가 나지 않겠어요?"

"그래서?"

"했죠."

"뭘?"

"신메뉴."

"신메뉴?"

"점심 신메뉴 매지컬 포테이토 런치launch!"

"……."

"주방에서 손님 입으로 직속! (운동·물리) 에너지 충전! 지금 바로 주문하세요!"

"……."

"쓩~! 직쏙!"

"……."

“하……하하…… 그…… 사람들 주먹으로 때리는 것도 빵이라고 하잖아요? 생일빵이라고 한다거나…….”

“…….”

“하……하하…… 잘못했습니다. 자르지만 말아주세요.”

“후우, 아니다……. 널 혼자 둔 내가 잘못이지…….”

“히잉…….”

“됐어. 나 잠깐 나갔다 온다.”

“어디 가시는데요?”

“은행하고 다이소.”

“왜요?”

“합의금 대출받으러 가야지. 다녀올 테니까, 그때까지 손님 살려놔.”

“히잉…….”

“울기는……. 애썼어. 다음에 신메뉴는 나랑 같이 만들어보자.”

“히잉…… 훌쩍! 그런데요, 다이소는 왜 가시는 거예요?”

“플랜B는 준비해야지.”

“플랜B요?”

“니가 손님 못 살리면 치워야 할 거 아니야? 염산이랑 톱이랑 비닐봉지 사러.”

“히이익!”

“농담이야. 피 얼룩 닦으러 락스 사러 가는 거니까. 꼭 살려놔.”

"예…… 옙!"

"오므라이스랑 바이스 부어스트는 금지."

"히잉……, 옙."

런치 메뉴(후일담)

"락스랑, 염산이랑, 쇠톱이랑, 김장용 비닐봉지…… 주문하시는 물건은 여기까지인가요?"

"예."

"계산은 현금으로 하시겠어요? 카드로 하시겠어요?"

"현금으로 부탁드릴게요."

"알겠습니다. 그나저나 이 물건들은 다 어디에 쓰시려고요?"

"청소를 조금 크게 해야 할 일이 있을 것 같아서요."

"아하! 그러시군요! 즐거운 청소 되세요!"

"고맙습니다."

"또 오세요! 행복이 가득한 우리 동네 만물상 다이소입니다!"

특대인간

"……설명해봐. 저기 마을 한복판에 거대하게 서 있는, 저 벌거벗은 대머리 사내는 도대체 누구야?"

"……못 해요."

"뭐? 왜 못 해? 평소에는 잘했잖아?"

"……주문은 완벽했다고요. 이번에는 발음 실수도 안 하려고 종이에다가 적어서 했어요. 방문 청소 서비스 처음 하는 거라서 진짜 열심히 했는데……."

"후, 울지 말고. 무슨 일이 있었던 거야?"

"훌쩍! 청소를 요청하신 손님이 늑대인간werewolf이었어요. 방에 털이 너무 날려서 털 좀 치워달라고 하셨고요. 그래서 해드렸죠. 훌쩍! 아니, 이번에는 이상한 거 안 했어요. 늑대인간의 털 뭉치가 사라지게 주어도 주문도 확실하게 썼어요."

"후……, 주문 적은 거 줘봐."

"여기요."

"흠, 음, 흠……. 그러네. 이번에는 이상한 주문이 아니네. 제대로 했네."

"그쵸? 그쵸? 저 이번에는 제대로……!"

"근데, 문법하고 맞춤법이 틀렸다."

"예?"

"이거, 이거, 보이지? 여기에 이 룬문자가 들어가면, '떨어진 털'이 아니라 '모든 털'이 되어버려. 아마 손님이 털 다 빠진 대머리가 되어버린 건 여기 이것 때문일 거고……. 그리고 여기가 좀 크게 맞춤법 틀렸네. '늑대인간'을 '특대인간'으로 오타를 냈잖아?"

"어? 진짜다?!"

"아니, 어떻게 하면 룬문자를 이렇게 오타를 낼 수 있는 거야?"

"저, 천지인 자판 쓰거든요."

"뭐?"

"'ㄴ' 옆에 'ㄷ(ㅌ)'이 있어서 그럴 거예요."

"룬문자를 표준 룬문자 키보드로 안 쓰고 천지인으로 썼다고?"

"요즘 애들은 다 그래요."

"아이고야……, 세상 말세다. 라떼는 말이다?"

"아! 점장님도 지금 '나 때는'이라고 안 하고, '라떼는'이라고 했잖아요! 점장님도 천지인 쓰시는 거잖아요!"

"이건 말장난이거든? 혓바닥에 천지인 키보드가 붙어 있을 리 없잖아."

"히잉……."

"히잉은 무슨. 아무튼, 여기 봐봐. 여기 문법도 틀렸어. 여기 이건 '**를 ☆☆으로 전환'할 때 쓰는 거야. 그러니까 앞에는 '늑대인간', 뒤에는 '특대인간'이라고 썼으니 늑대인간 손님이 특대인간이 된 거지."

"털 없는 대머리 특대인간이요?"

"그렇지. 아무튼 이번 일은 니 잘못이 아닌 거 같네."

"그…… 그쵸?!"

"니 문법의 잘못이지."

"히잉……."

"그래도 의도하려던 주문식이 뭔지는 알 거 같으니까…… 문법 실수만 없었으면 제대로 작동했을 거 같구나."

"점장님……, 훌쩍!"

"무엇보다 이번에는 사람 안 죽은 게 어디니?"

"헤헷…… 그런가요?"

"그치."

"헤헤…… 점장님, 그럼 저 손님은 어떡……해요?"

"……저거, 주문 풀 수 있지?"

"헤헤…… 할 수 있어요. 헤헤……."

"그럼, 조금 있다가 해드려. 해 좀 지고 나면. 조금이라도 어두워야 원래 모습으로 돌아왔을 때 사람들이 얼굴을 못 알아볼 테니까.

요즘은 그 초상권이다, 뭐다 해서 그거 민감하다. 알았지?"

"헤헤…… 예."

"아무튼 나 합의금 대출받고 올 테니까, 지켜보고 있다가 해 지면 해드려. 아, 지난번 오므라이스 복구할 때처럼 하면 안 된다?"

특대인간(후일담)

"저거…… 즈이 누구여?"

"이이? 김 씨 아들놈 같은디?"

"워매……, 언제 저렇게 집채만 하게 컸다? 털은 다 어디 갔댜? 요즘 젊은 것들은 저리 빨리 탈모가 오나?"

"아, 저게 요즘 젊은 것들 유행인 갑지."

"글것지? 근디 얼굴은 왜 가린댜?"

"몰러, 쑥쓰런갑지."

러브 앤 티스

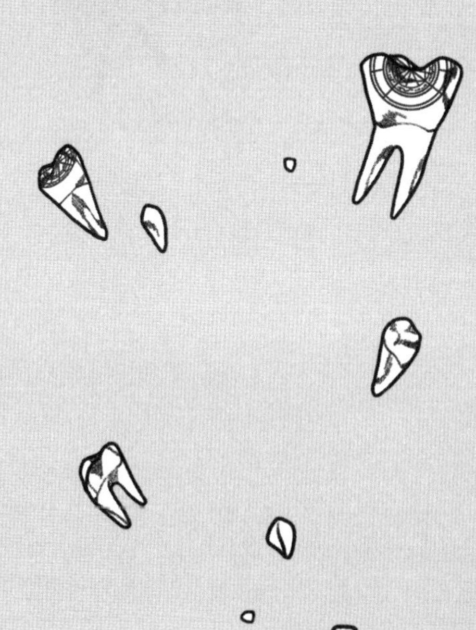

마녀와 용 그리고 기공술

"글렀네……. 아까 받은 저주 마법 때문에, 내장에 염증이 생긴 것 같은데. 내가 마녀이기는 하지만 회복 계열 마법을 쓰지는 않는다고."

"하하! 괜찮네, 이런 것쯤이야 금방 나을 걸세. 바닥에 불 좀 뿜었다가 그 위에 배를 지지면 괜찮……아야야야야! 아파라! 하하…… 괜찮다네."

"너야 괜찮겠지. 나는 곤란해. 나도 명색이 드래곤 라이더dragon rider라고. 나만 어떻게 기지로 돌아가?"

"나를 그렇게 걱정해주니 정말 고맙네."

"아니, 걱정해준 게 아니라 걸어갈 일이 갑갑하다고. 너 타고 날아가야 하는 거리인데……."

"……."

"흠, 그 뭐냐…… 너 그거 알지? 내 친구가 병원에서 일하는 거?"

"알고 있다네. 그건 갑자기 왜? 어깨너머로 배운 의술이라도 있는가? 하하! 마음은 고맙네만 사람이 쓰는 의술로 드래곤을 치료하기에는 어림도 없을 걸세! 그냥 이렇게 배를 좀 지지면…….”

“아니, 아니, 걔가 충격파 치료 기계를 쓰거든.”

“충격파 치료? 그게 뭔가?”

“몸속의 염증 부위를 충격파로 빵! 하고 때리는 기계라던데, 그러면 몸속의 면역 세포들이 큰일 난 줄 알고 충격파 맞은 염증 부위로 몰려들어서 치료가 된다는 거야.”

“원시적이다 못해 야만적이군……. 아픈 사람 때려서 치료한다는 거 아닌가. 고장 난 텔레비전 때려서 고치는 거랑 뭐가 다른가?”

“어쨌든 치료가 된다고 하니까. 아픈 곳을 쥐어패는 게 아니라 면역 세포를 자극하는 방식이니까.”

“흠……. 하긴 그렇군. 하지만 그걸 지금 왜 말하는 건가?”

“그거 하자.”

“뭐라고 했나?”

“내가 마녀이긴 하지만, 동방 무술을 배워서 기공술도 조금 쓰거든? 특히 기를 모아서 체내에 충격 주는 거 잘해. 이래 봬도 단증도 있어. 그러니까 그걸 니 배 속 염증 난 데다가 쓰자. 그러면 면역 세포가 우르르 몰려올 거 아니야.”

“아니! 아니! 아니! 아니! 무슨 말을 하는 건가?! 그런 거 했다간 나 죽네!”

“아니, 안 죽는 거 알거든? 명색이 드래곤인데 마녀가 쓴 기공술에 죽을 리 없잖아? 그냥 면역 세포만 자극할 정도로 살짝 때릴 거니까. 자, 어서 배 내밀어."

"아니! 아니! 아니! 아니! 아니! 아니! 아니! 아니! 괜찮네! 이렇게 배를 지지면……!"

"어느 세월에?! 오늘 저녁에 드라마 마지막 회 한단 말이야! 그거 본방 사수 못 하면 내일 아침 식사 시간에 밥 먹다가 옆자리 사람에게 스포일러 당할 거라고!"

"결국 그게 목적이었나?!"

"그렇다! 어서 배를 내어라!"

"아, 안 돼!"

"돼!"

마녀와 바보 용들 그리고 운기조식

"……그래서, 이 얼간이들은 도대체 뭐야?"

"아, 그게 말일세……. 지난번에 자네가 기공파인가 통배권인가로 나를 치료해줬다는 이야기를 듣고는 동방의 신비한 마술을 배워보겠다고 찾아온 친구들일세. 인사하게. 저기 저 친구가 나랑 해츨링hatchling 유치원 동기……."

"됐고. 그래서 기공술을 맞고 싶다는 거야, 배우고 싶다는 거야?"

"……배우고 싶다는 거네."

"흠, 드래곤을 가르쳐보는 건 처음인데……. 어디서부터 가르쳐야 하지?"

"가르쳐주는 건가?"

"니 체면이 있는데, 내가 여기서 돌려보낼 수는 없잖아?"

"아아! 조금 감동하였네!"

"됐고. 일단…… 그래, 운기조식부터 배워보자."

"아! 그거 아네! 전에 봤던 동방 소설에서 보았네! 몸에 마나를 모아서 스스로 치료하는 거지?!"

"비슷하긴 한데, 일단 마나는 아니고 '기'라는 걸 이용하는 건데……. 니들이 기를 이해하긴 어려울 거 같고. 일단 시범을 보여야겠지."

"오오……!"

"다들 가부좌 틀고 앉아봐. 눈 지그시 감고. 일단 니들이 알아야 하는 게 운기조식도 사실 별거 없어. 내부에 기를 모아서 염증 생긴 곳에 자극을 주고, 그곳에 면역 세포가 모이게 하는 거거든. 그런데 니들은 그걸 못하니 내가 도와줄 거야."

"오오! 그거 멋지군! 아니…… 잠깐? 뭐라고? 어디서 들어본 이야기 같네만?"

"넌 알 거야. 지난번에 내가 충격파 치료 설명해주면서 이야기했지? 그거랑 원리는 같아. 셀프로 하느냐, 남이 해주느냐, 차이일 뿐이야. 근데 니들은 셀프로 못하니까 내가 시범을 보여주겠다고. 자, 등 내밀어."

"아…… 안 돼! 그걸 또 맞을 수는 없어! 도…… 도망쳐! 도망쳐!"

"어어?! 어디 가?! 어딜 가는 거야?! 안 돌아와?!"

마녀와 바보 용 그리고 침술

"그러고 보니, 지난번에 그, 기공파인가 통배권인가 쓰면서 충격파 원리를 설명해줬잖은가?"

"그랬지."

"문득 궁금해진 건데, 그게 염증 부위로 면역 세포를 몰려들게 하는 원리라면, 체내에 뭔가 뾰족한 걸 찔러서 보다 정밀하게 면역 세포를 자극할 수도 있지 않은가?"

"이야~ 그래도 꼴에 드래곤이라고 응용력이 좋은데? 그런 거 있어, '침'이라고. 바늘을 몸에 찌르는 건데, 기를 풀어주는…… 뭐 그런 거야. 물론, 원리를 과학적으로 말하자면 아까 니가 말한 대로 정밀하게 염증 부위에 면역 세포를 불러일으키는 거지만."

"하하, 칭찬인지 욕인지 모르겠군그래……."

"기뻐해도 좋아. 넌 지금 나한테 칭찬 들은 거야."

"하하……. 그런가?"

"그래. 그런데 그건 왜? 어제 맞은 기공파로 어깨 결린 거 안 풀렸어?"

"아니! 아니! 아니! 아니! 그건 풀렸네! 풀렸어! 그냥, 그냥 옛날 생각이 좀 나서……."

"옛날 생각?"

"그 예전에…… 예전에……. 그러니까, 내가 그…… 아니, 아니, 드래곤이 왕국과 사이가 안 좋았을 때 이야기인데, 내가 그 뭐냐…… 자네 조상뻘 되던 사람들하고 싸웠던 시절에……."

"흥미롭네. 계속해봐."

"용사 하나가 나한테 달려들어서 왼쪽 무릎을 찔렀는데."

"찔렀는데?"

"관절염이 나았네."

"어?"

"역시 같은 원리겠지?"

"어? 나야 모르지. 드래곤이랑 왕국이랑 싸울 때면, 우리 할머니? 아니 증조? 고조할머니 때나 되려나? 그런데 뭐로 찔렀다고? 칼? 누가 찔렀다고? 용사?"

마녀와 바보 용 그리고 옛날이야기

아주아주 오래전

"죽어라! 악마 같은 드래곤! 우리 집에서 대대로 내려오는 보검이다!"

푹!

"끄어어어어어어억!"

"하! 어떠냐! 죽어라! 네 이놈! 왼쪽 무릎이 약점인 것을 내가 알고 왔다!"

"끄어어어어어…… 어…… 어…… 어…… 안 아프다……?"

"뭐?"

"무릎이…… 안 아프다……. 네놈…… 무슨 짓을 한 거냐?"

"아? 어? 아? 아? 아니? 안 아파? 이래도?"

푹!

"끄어어어어어어어……! 개운하다."

"뭐? 어? 어?"

푹!

"끄어어어어어! **** 예아!"

"어……? 방금 드래곤이 욕한 거야?"

"아…… 미안하네, 나도 모르게……. 그…… 결리던 무릎이 너무 개운해서……. 그…… 미안한데, 왼쪽으로 한 번 더 찔러주면 안 되겠나?"

"아? 아, 여…… 여기?"

푹!

"끄어어어어어억! **** 예아! 거기서 2시 방향으로 한 번 더!"

"어, 어……."

푹!

"끄어어어어어어어어어어어어!"

의사 선생님과 용 (1)

의사로서 진료하기 가장 까다로운 종이 뭐게? 답은 드래곤이야. 왜일 거 같아? 비늘이 튼튼해서? 덩치가 커서? 아니야, 심박이 안 잡혀서야.

혹시, 덩치가 크고 오래 사는 생물일수록 심박수가 느린 거 알아? 작은 생물로 갈수록 심박수가 빠르고, 거대한 생물일수록 심박이 느려. 그리고 크건 작건 모든 생물은 평생 10억 번 정도 심박이 뛴다는데, 그렇게 보면 빨리 죽는 작은 생물의 심박이 왜 그리도 빠른지 조금 이해가 될 거야. 땃쥐 같은 애들 말이야. 그 짧은 생에 심박을 10억 번 채우려면 얼마나 빨리 뛰어야겠어?

아무튼, 작고 빨리 죽는 생물들은 그런데 크고 오래 사는 생물들은 어떻겠어? 예를 들어 고래라든가. 오래 살면서 10억 번의 심박을 채우려니 정말 느릿느릿하겠지. 고래가 그 정도인데 수천 년 수만 년을 사는 드래곤은 어떻겠어? 영겁의 세월을 살면서 10억 번의 심박을 채우려면 얼마나 느리겠어?

하…… 그게 문제야. 드래곤은 병원에 와서 진맥해도 뭐가 안 잡힌다니까? 한번은 간호사가 얼굴이 새파래져서는 환자분 죽은 거 같다고, 좀비가 되신 거 같다고 하더라고. 드래곤은 바닥에 누워서 멀뚱멀뚱 우리만 바라보고 있고…….

마녀와 용 그리고 부정맥?

“내가 아무래도 죽을병에 걸린 것 같네…….”

“자다가 무슨 봉창 두들기는 소리야?”

“그…… 모든 생물은 살면서 10억 번 정도 심박이 뛰는 거 알고 있는가?”

“응.”

“드래곤은 특별한 일이 없으면 거의 영생을 사니 심박이 무지하게 느린 것도 알겠군. 영겁의 시간에 10억 번을 채우려니…….”

“오늘따라 서론이 기네? 너 아프면 파트너인 내가 바로바로 알아야 해. 어디가 아픈 거야? 빨리 말해.”

“그…… 요즘 내 심박이 자꾸 빠르게 뛰네.”

“그게 뭐?”

“이렇게 빨리 뛰면 10억 번의 심박이 빨리 차지 않겠는가? 그러면 나는 죽지 않겠는가?!”

“하아, 애냐? 무슨…….”

“나, 나는 심각하다네!”

“그래? 어디, 들어보자.”

(쿵쿵쿵쿵쿵쿵쿵쿵쿵쿵)

“어…… 어떤가?”

“너…… 드래곤 아니지? 땃쥐지? 그렇지 않고서야 이렇게 빨리 뛸 리가 없잖아?”

“그렇게 빨리 뛰는가?! 아아! 내가 곧 죽으려나 보네!”

“언제부터 이랬어?”

“한 달 정도 된 거 같네.”

“뭐?! 왜 말 안 했어?! 매일 이렇게 빨리 뛴 거야?!”

“아니, 매일은 아니고……. 가끔 어떤 조건이 맞으면 이렇게 뛴다네.”

“뭐? 어떤 조건인데?!”

“그…….”

“빨리 말 안 해?!”

“히이익! 그…… 그…… 자네 얼굴이 생각나면 그러네!”

“……뭐?”

“밤에 자네 얼굴이 생각나거나…… 아침에 자네 얼굴을 보거나…… 가끔 이렇게 가까이 다가오면 말일세……. 그…… 심장이 내 맘대로 안 뛰네……. 아니, 아니, 원래 심장은 내 맘대로 뛰지 않는다고는 하시만…… 얼굴까지 빨갛게 달아오르니 이게 필시 죽을병에 걸린 게 아닌가 싶네…….”

“…….”

“그, 그렇다네……. 음? 응?! 자네 얼굴이 왜 그런가?! 왜 그렇게 빨간가? 혹시 내 증상이 옮은 건가?! 아아! 이를 어찌해야……!”

의사 선생님과 용 (2)

되게 신기하지? 드래곤들은 사랑에 빠지면 상대의 심박에 맞춰서 심박이 변한다고 하더군. 예를 들어 상대가 인간이면 인간 심박에 맞춰서 심박이 빨라진다고 해. 왜 그러냐고? 아마도, 사랑하는 상대와 '한평생' 함께 살려고 그러는 게 아닌가 싶어. 그래서 상대가 마지막 심박을 넘길 때 같이 심박을 맞추려고 하는 게 아닌가 싶은 거지. 왜, 드래곤은 언약의 존재라고 하잖아. 우리가 서로의 반려임을 약속할 때 '죽음이 서로를 갈라놓기 전까지' 사랑하겠다고 맹세하잖아. 그렇게 본다면 드래곤들은 그 맹세를 따르는 거라고 봐야겠지.

사랑에 빠진 마녀와 바보 용

"……자네, 땃쥐였나?"

"무슨 말이야?"

"드래곤들은 사랑하는 상대의 심박수에 맞춰 심박이 변하는데 자네가 그랬잖는가? 내 심박이 땃쥐만큼 빠르다고. 나는 자네 심박에 맞춰졌을 텐데……. 그래서 곰곰이 생각해봤는데, 아무리 봐도 자네는 땃쥐가 폴리모프한 사람이 아닐까, 하는 생각이 들었다네. 그…… 자네는 키도 작고 귀여워서…… 아, 아앗! 그, 그……! 작다는 건 그런 의미가 아니라! 미안하네! 제…… 제발! 기공파만은!"

"……너, 바보야?"

"어?"

"그야 나도 널 보면 괜히 심박이 빨라지니까 그렇잖아……."

"……아? 아!"

문신술사

일전에 대학교 입학 마법 실기 시험에서 몸에다가 문신으로 주문 적어놓고 커닝하려 했던 사람들에 대해서 이야기한 적 있었죠? 그 방법에서 가능성을 엿본 문장술사 교수가 그 사람들을 연구실로 데리고 갔다는 이야기도 했고요. 그 사건으로 인해 문장술사의 새로운 하위 분파가 세상에 나타났습니다. 후에 세상은 이 사람들을 '문신학파'라고 불렀죠.

문장술사들은 책이나 부적 같은 매체에 미리 주문을 적어놓고 그곳에 마나를 흘려보내 콜백을 받는 형식으로 주문을 구현합니다. 영창 과정에서 발생할 수 있는 변수들을 최소화해 불완전한 구현을 막기 위함이죠. 하지만 분명 이 방식에도 한계가 있었습니다. 주문을 적은 매체, 그러니까 마법 촉매가 파괴되는 경우에는 제대로 주문을 구현하기 어렵죠. 이를테면 책을 촉매로 하는 경우 책이 불타거나 훼손될 수 있고, 부적을 촉매로 하는 경우 부적이 다 떨어지면 더 이상 주문을 구현할 수 없습니다.

문신학파는 문장술사의 그런 한계를 넘어서기 위해 자신들의 몸을 촉매로 사용했습니다. 그들은 자기 몸에 문신으로 주문을 적고 마나를 흘려보내는 방식으로 주문을 구현했죠. 초기 문신학파는 단순하게 많은 문신을 몸에 새겨서 가능한 한 많은 주문을 빠르게 구현하고자 했습니다. 하지만 사람의 몸은 면적상 한계가 있고, 새겨 넣을 수 있는 문신에도 한계가 있었죠.

그래서 후기 문신학파는 자신들의 몸에 새겨 넣는 문신을 분해하여 구조화했습니다. 각 주문의 기초가 되는 문장을 신체 곳곳에 문신으로 새겨 넣고, 신체의 문신들이 겹치게 함으로써 주문을 완성하는 방식이었죠. 이는 초기 문신학파가 지닌 촉매의 용량 문제를 획기적으로 해결했습니다만, 역시 한계가 있었습니다.

우선, 신체 곳곳에 문신으로 새겨진 주문의 기초 문장을 겹치기 위해 옷을 입을 수 없었습니다. 살갗과 살갗의 문신이 겹쳐야 했기 때문에 그 사이에 불순물이 있으면 안 됐죠. 그러다 보니 후기 문신학파들은 종종 거리에서 조직폭력배로 오해받아 경찰에 체포되기 일쑤였습니다. 헐벗은 몸에 문신이 가득하니 누가 보더라도 조폭처럼 보였겠죠.

그리고 다양한 주문을 복합적으로 쓰기 위해서는 다양한 방식으로 문신을 겹치게 해야 했는데, 신체의 유연성이란 건 사람마다 차이가 날 수밖에 없고 그 한계도 분명하니까요. 다양한 주문을 쓸 수 있도록 많은 기초 문장을 문신으로 새겼지만, 정작 그 주문을 써야 할 때 몸이 말을 따라주지 않는 경우가 허다했습니다. 상상해 봅시다. 어떤 주문의 마지막 과정이 혀와 팔꿈치의 문장이 겹쳐야 할 경우를. 보통 사람은 팔꿈치에 혀가 닿지 않지요.

때문에 후기 문신학파는 신체를 단련하기 위해 필라테스와 요가를 필수로 배웠습니다. 신체보다 지식의 성장을 중시하는 문장술사들과는 다르게 신체의 성장도 중시하는 게 후기 문신학파의 특징이었죠. 이렇게 신체의 성장도 중요시하는 경향으로 인해 후기 문신학파를 지망하는 사람들은 매년 줄어들고 있습니다. 아쉬운 일이죠.

하지만 다행인 건, 그 빈자리를 다른 누가 메꾸고 있다는 점입니다. 그게 누구냐고요? 바로 사인蛇人입니다. 이들은 자신의 신체적 특성을 이용해 후기 문신학파의 한계를 극복하고 있습니다.

이들은 특별히 옷을 입을 필요가 없습니다. 신체가 비늘로 되어 있어 이들 문화에서 옷은 그리 큰 비중을 차지하지 않죠. 신체 국소 부위만 가릴 정도로 입는 게 이들의 문화입니다. 게다가 신체는 매우 유연합니다. 그러다 보니 문신이 신체 어느 부위에 있든 겹칠 수 있죠. 필라테스나 요가를 배우지 않고도 말이죠.

그리고 무엇보다, 이게 좀 굉장합니다. 사인은 변온동물이죠. 그 말은 체온이 주변 환경과 상황에 따라 변한다는 말입니다. 사인은 이런 특징을 문신에 응용했습니다. 혹시 닭 피 문신이라고 들어보셨습니까? 닭 피로 새긴 문신은 체온이 올라가면 드러난다는 일종의 도시 전설인데, 여기서 아이디어를 얻었죠.

사인들은 특정 온도에서만 형상이 나타나는 잉크를 이용해 신체에 문신을 다층으로 새겼습니다. 체온이 40도일 때 나타나는 문신, 30도일 때 나타나는 문신, 20도일 때 나타나는 문신, 10도일 때 나타나는 문신……. 그 문신 하나하나가 모두 주문의 기초 문장이죠. 그 결과 사인들은 정말이지 모든 상황에서 모든 주문을 구현할 수 있는 살아 있는 주문서가 되었습니다. 말 그대로 걸어 다니는 마법 도서관이 되었죠.

덕분에 이제 문신학파는 새로운 시대로 발을 내딛고 있습니다. 실기 시험 커닝이라는 다소 어이없는 사건에서 시작된 학파지만, 이제는 문장술사 분파 이상의 독보적인 학파로 성장하여 완전히 새로운 영역으로 나아가고 있죠. 그 중심에는 사인들이 있습니다.

최근 학계에서는 이런 사인들의 문신학파를 별도 독립된 학파로서 분류하고자 하는 움직임이 있습니다. 아직 정확히 합의된 건 아니라 그 명칭이 통일된 건 아닙니다만…… 일단 지금 가장 많이 쓰이고 있는 이름은 이렇습니다. 사인들의 말로 '무수히 많은 지혜를 부릴 줄 아는 자'라는 뜻이라고 합니다.

'우로보로스ουροβόρος', '우로보로스학파'라고요.

뭉싱술사 (1)

"너, 앞니 하나는 왜 없는 거야?"

"아? 그거 말잉가? 그걸 꼬즈먼, 내 앙에 '흐겸소'가 날띠어 버리거등."

"무슨 말이야?"

"이빠레 주무늘 새겨써. 나능 '치아 뭉싱술사'야. 이빠리 다 부터이쓰먼, 주무니 왕성되어서 위허매. 말 그대러 흐겸소가 날뛩다거."

"아니, 니 발음이 새서 무슨 말인지 모르겠다고. 조금 제대로 말해봐."

"후…… 도뤼 업네…… 이경마는 꺼내지 앙으려 핸능데……. (주섬주섬…… 앞니 달칵!) 그때, 그날, 달빛 아래 술잔과 나눈 맹약의 이름으로 여기 오라! '흑염소왕 염순이'여!"

쿠과광! 콰과광!

[크어어! 내가 내 이름 '바포메트'라고 몇 번 말하냐! 아무튼! 이몸! 그때, 그날, 달빛 아래 맹약에 따라 왔노라!]

책과 흑염소

"사람들이 책에다 소환 계약서를 쓰면 소환 시 편하지 않냐고 묻는데, 책을 촉매로 쓰는 문장술사는 소환 주문과 상성이 안 맞아. 소환한 존재가 책을 훼손하기 쉽거든. 불, 물, 흙, 공기 등 자연에서 오는 정령은 말할 것도 없고, 악마는 정말 끔찍하지. 악마들은 대개 화염 계열이니까. 그중에서도 바포메트는 아주 최악이야. 고위급 악마라 태도가 오만하고 광범위한 화염을 부리는 것을 차치하고서라도…… 책을 볼 때마다 군침 흘리는 건 정말 최악이라고……. 아, 글쎄 이건 먹는 거 아니라니까! 야! 니 친구 좀 어떻게 해봐!"

"그냥 좀 몇 장 줘. 올 때마다 군침 흘리는데 불쌍하지도 않아?"

[그래, 그 몇 장 준다고 책이 없어지는 것도 아니고……. 딱 두 장만 먹세!]

"아! 절로 안 가?! 진짜 절로 가! 이 화상들아!"

뭉싱술사 (2)

"야, 근데 너 치아 문신술사잖아? 영창할 필요 없지 않아?"

"응."

"근데 왜 해? 이빨만 꽂으면 되는 거 아니야?"

"그야, 그게 간지나니까!"

"으이구…… 그럴 줄 알았다……."

"물론 이빨만 꽂는다고 주문이 완성되는 건 아니지만."

"그건 또 무슨 말이야?"

"모든 주문은 통제할 수 있어야 해. 그건 치아 문신술사나, 문신술사나, 문장술사나 모두 똑같이 생각하는 거야. 만약, 내가 빠진 이빨 하나를 꽂는다고 염순이가 진짜 튀어나온다면 주문을 통제할 수 없는 거고, 그렇다면 그건 위험하고 불안정한 주문인 거지. 나도 다른 문신술사처럼 문신을 조합해."

"그럼, 주문을 어떻게 구현하는 건데? 아까 영창은 그냥 폼이랬으니 그걸 이용하는 거 아닐 거고."

"봐봐? 에——!"

"뭐야? 뭘 보라는 거야? 혓바닥? 음? 뭐야? 혓바닥에 문신했어?"

"바로 그거야. 이게 '키'야. 혓바닥 끝에 있는 문신을 윗니, 오른쪽 어금니부터 왼쪽 어금니까지 싹 쓸어주는 거지."

"아. 그렇게 문신의 문장을 조합하는 거군?"

"맞아. 하지만 이것만으로는 부족해. 양치 후에 잘 닦였나 혀로 확인하잖아? 샤워하다가 염순이 나오면 큰일 나겠지? 걔가 그래 보여도 남자애거든? 난 염순이가 자기 계약자 샤워하는 거 훔쳐보다가 경찰에 잡혔다는 이야기는 듣기 싫으니까."

"너다운 발상이다……. 그래서 뭐가 더 있다는 건데? 그게 뭐야?"

"봐봐, 어금니? 아아——!"

"뭐야? 이번에는 또…… 너 설마? 위아래 어금니 닿는 면에다가 문신한 거야?"

"정확해!"

"미치겠네……. 너 진짜 독종이다……."

"헤헤……."

"그래서 어떻게 하는데?"

"아, 그거? 혓바닥으로 윗니 싸악! 한 번 쓸어주고, 이렇게 위아래 어금니의 문신들이 닿도록 한 번 딱! 하고 부딪쳐주면……!"

딱!

[이 몸! 바포메트! 그때, 그날, 달빛 아래 맹약에 따라 왔노라!]

"……이렇게 소환되는 거지!"

[무슨 일인가, 계약자여? 오늘은 이름도 영창 안 하던데?]

"아아, 별거 아니야. 그냥 애한테 너 어떻게 나오나 알려주느라."

[정말 할 일도 없나 보군……. 별일 없다면 이 몸은 가겠노라. 가서 〈무한도전〉 재방송 봐야 한다.]

"오키! 잘 가, 염순아!"

[글쎄, 이 몸은 바포메트라고 몇 번을…….]

"……정말 끼리끼리 노는구만."

용아병

용아병? 그런 걸 누가 쓴다고? 이빨로 움직이는 병사 만드는 게 어디 쉬운 일인 줄 알아? 뭐? 그냥 뽑아서 땅에 심으면 나오는 거 아니냐고? 너 바보야? 이빨은 식물이 아니야. 움직이게 하려면 골렘golem으로 만들어야지. 이빨을 땅에 묻는다는 거, 골렘으로 만드는 과정이 와전된 거 같은데, 왜 그러는 줄 알아? 재료를 보강해야 하니까 그런 거야. 드래곤 이빨이 아무리 튼튼하다고 해도 상태가 다 다르단 말이야. 개중에는 상한 것도 있을 수 있잖아. 그러니까 땅속 광물을 붙여 재질을 강화하는 거지. 용아병들이 갑옷 입고 칼 들고 땅에서 나온다는 말도 이런 게 와전된 걸 거야.

뭐? 멋있다고? 왜 안 쓰냐고? 니들 보기에는 멋있겠지! 근데 봐 봐, 난 그거 쓰려면 생니를 뽑아야 한다고. 적 앞에서 마취도 안 하고 생이빨을 뽑고, 그걸 정성스레 땅에 묻고 골렘으로 만들어야 하는데, 적들이 그걸 기다려줄까? 차라리 브레스 한 번 뿜는 게 낫지.

뭐? 왜 그렇게 빠삭하게 아냐고? 이어(이거), 이어(이거) 보어?(보여?) 애 어음미?(내 어금니?) 봤어? 이게 왜 임플란트겠어. 그래, 맞아. 젊은 날의 혈기였지. 그땐 이런 말도 안 되는 게 멋있어 보이니까. 철이 없었다고…….

잠깐 타임!

약 500년 전……

"대장, 아까부터 저 드래곤 왜 자꾸 자기 입에 손을 넣고 씨름하는 거죠?"

"모르겠군. 생선 가시라도 걸렸나?"

"고래 가시가 아니고요?"

콱! 우드득! 푸슈웃!

"지금 자기 이빨 뽑은 거예요? 쟤?"

"뽑은 게 아니라 부러뜨린 거 같은데?"

"피 나는 거 봐……. 아프겠다."

"그러게……. 어? 땅에 묻는다."

"그러게요? 쟤 지금 손으로 뭐 하는 거예요?"

"아? 어? 아! 저거 타임 수신호 같은데? 축구 수신호."

"타임이요?"

"응. 타임."

"어떻게⋯⋯ 기다려요? 대장?"

"바보냐? 이게 축구도 아니고. 덮쳐! 두들겨 패!"

팀장님의 과거

“대리님. 저희 팀장님이 치과의사 출신이라던데, 사실입니까?”

“아? 아! 그거? 아니, 진짜 치과의사는 아니고 별명이 그래.”

“무엇 때문에 별명이 그러십니까?”

“팀장님 여기 입사하기 전에 좀 나가던 용병단에서 ‘골렘술사’로 일하셨거든.”

“예? 용병단이요? 골렘술사요? 더 이해가 안 됩니다. 치과의사랑 무슨…….”

“한번은 드래곤이랑 용병단이 붙었나 봐. 그런데 드래곤이 팀장님을 산 채로 삼켜버린 거야.”

“맙소사! 그래서요?”

“다행히도 옷자락이 이빨에 걸려서 배 속으로 넘어가지는 않았는데, 그때 순간적으로 팀장님 눈에 그게 보였대.”

“뭐가요?”

“이빨들이.”

"예?"

"너, 용아병이 사실 뭔 줄 아니? 그거 용 이빨로 골렘 만든 거거든."

"아, 설마?!"

"맞아. 그래서 팀장님은 그 이빨들을 모두 골렘으로 만들었어. 골렘이 된 이빨들은 살아 있는 이빨 뿌리를 끊고……."

"으아아악!"

"그래서 그때부터 우리 팀장님 별명이 '치과의사'가 되셨다더라…… 이거지."

이빨 요정?

"야, 그러고 보니까 드래곤도 유치가 있나?"

"당연하지. 다들 해츨링 때 유치가 빠진다고. 인간은 애들 유치 빠지면 어떻게 해주지?"

"까치가 가져간다고 지붕에 던지거나, 이빨 요정이 가져간다고 베개 밑에 두고 그러지."

"너는 어느 쪽이었어?"

"나는 후자였어. 이빨 요정."

"음……. 베개 밑에 놓으면 어떻게 되지?"

"어떻게 되기는 뭘 어떻게 돼? 어른들이 몰래 이를 가져가고 동전이나 사탕을 넣어두는 거지. 이빨 요정이 가져갔다고 하고."

"그렇군. 우리는 용아병이야. 애들 이가 빠지면 용아병 기사가 왕자님이나 공주님을 지키러 온다고 말해주지."

"흥미로운데?"

"너희랑 비슷해. 그냥 이빨을 마당에 잘 묻어두고 하룻밤 자면 다음 날 거기서 용아병이 나오는 거지. 물론 어른들이 정성스레 유치를 골렘으로 만든 거고. 그 용아병을 보고는 좋아 죽지."

"멋있네. 역시 드래곤들은 다르다니까."

"고마워. 그런데 그보다는…… 왜 이럴 거 같아?"

"뭐가?"

"왜 종을 막론하고 아이들이 이를 뽑으면 이렇게 어른들이 정성스럽게 귀여운 사기극을 벌이는 걸까?"

"글쎄? 아이들의 꿈과 희망을 위해서?"

"내 생각도 비슷하긴 한데 조금 달라. 내 생각에는 좋은 기억을 심어주기 위해서야."

"내 생각도 그래. 당연히 좋은 기억을……."

"치과에 대한 좋은 기억을."

"뭐?"

"봐봐, 애들 치과 무서워하잖아. 너도 치과 무섭지?"

"당연하지. 돈 갈려 나가는 거 생각하면 오금이 저려."

"그건 어른들 이야기고 아이들은 치과 자체가 무섭단 말이야. 이빨 악마들이 사는 곳이지."

"그래서?"

"내 생각에는 그래. 아이들이 유치 빠질 때 이빨 요정이니, 까치니, 용아병이니 좋은 기억을 아이들에게 심어주는 거야. 나중에 치과에 가야 할 때 저항감이 전혀 없도록."

"그럴싸하기는 한데, 애들이 그런다고 치과 가는 걸 좋아하겠어?"

"우리가 애들 치과 데려갈 때 뭐라고 하는 줄 알아?"

"뭔데?"

"니들은 뭐라고 해? 애들 치과 데리고 갈 때?"

"질문해놓고 질문하기야?"

"어서, 말해봐."

"어디 보자……, 나는 '돈가스 먹으러 가자'였지? 아마?"

"우리는 '용아병 데리러 가자'야."

"오, 이런……!"

"아하하하, 무슨 말인지 알겠지? 이거 한마디면 애들이 먼저 가고 싶어서 난리라니까?"

"하하하! 하여간 드래곤들이란!"

돈가스 먹으러 가자

"용아병 데리러 간댔잖아!!!!!!! 용아병 데리러 간댔잖아아아아아아아아아아!!!!!! 아빠 미워어어어어어어어어!!!!!!!!! 아아아아아아아아아아아아아아아아!"

"아버님! 애한테 뭐라고 하시고 데려오신 거예요?! 오! 이런! 착하지?! 조금만 가만히 있어 보렴! 선생님이 이빨을 보기가 힘들잖니?"

"용아벼어어어어어어어어어어어어어어어어어어어어어엉!"

"아이고! 아버님 애한테 뭐라고 하신진 모르겠지만 들어주시는 게 좋겠어요! 아버님! 우리 친구! 우리 친구 이름이 뭐죠?! 예? 민수요? 민수야! 선생님 보고, 아~ 하고 입 한 번만 벌리자! 응? 자~ 아~!"

"용아벼어어엉!"

오크 아저씨

"꼬마야, 아저씨 얼굴에 뭐 묻었니?"

"아저씨 오크orc죠?"

"어, 오크란다. 왜?"

"왜 고기 안 먹어요? 야채만 먹어요? 우리 엄마가 오크는 고기만 먹는댔어요. 나쁜 아이도 잡아먹고요."

"우리 꼬마는 나쁜 아이니?"

"착한 아이예요!"

"걱정 안 해도 된단다. 아저씨는 베지테리언이거든."

"베지터가 뭐예요?"

"베지터가 아니라 베지테리언이고……, 동물들이 아야 할까 봐 야채를 먹는 사람들이란다."

"그럼, 아저씨는 나쁜 아이도 안 잡아먹어요?"

"아이들은 모두 착하단다."

"옆집 민수가 저 때렸는데요? 민수도 착해요?"

“그건 나쁜 행동이구나. 아저씨가 민수 혼내줄까?”

“싫어요~! 민수 잡아먹으려고요?!”

“아니, 아저씨는 야채만 먹어, 민수 안 잡아먹어…….”

“음……. 그럼 오크 아저씨는 뭐 해요?”

“뭐 하냐니?”

“우리 엄마는 서점에 다니고, 아빠는 회사에 다녀요. 우리 아빠가 오크들은 모두 동굴에서 사냥한대요.”

“아저씨는 저기 윗동네 아파트에 살고, 아저씨는 치과의사야.”

“거짓말~!”

“왜 그렇게 생각하니?”

“아저씨 손 너무 커요! 입에 안 들어가요!”

“아, 그건 맞지……. 근데, 아저씨가 치료하는 환자들은 아저씨 손이 들어가.”

“아저씨! 아저씨! 그럼, 누구 치료해줘요?”

“드래곤.”

치과의사 선생님 (1)

"환자분, 사랑니가 누웠어요. 이러다가는 어금니를 썩힐 거 같아서, 일단 제거해야겠는데, 완전히 누워서 쪼개고 깨트려야겠는데……. 일단 지난주 진료 때 여기, 여기, 여기에 제가 '발파 구멍'을 냈고요. 오늘 하프풋harfoots 치위생사가 와서 다이너마이트로 발파할 거예요. 동의하시죠?"

"선생님, 발파 구멍에 다이너마이트 넣었어요."

"오케이, 수고했어요! 철민 씨! 그럼 일단 환자 입에서 나오죠! 나오세요! 그리고 환자분, 발파하면 조금 아플 수 있어요. 환자분 아파서 막 움직이시거나 그러면 안 되니까 입마개를 조금 할 건데, 이게 환자분 동의가 필요해요. 동의하시죠? 오케이, 알겠습니다. 그럼, 발파합니다? 발파! 발파! 발파!"

쾅! 콰콰콰콰쾅!

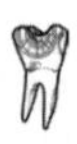

1시간 후……

"환자분, 잘 참으셨어요. 좋은 소식과 안 좋은 소식이 있는데, 일단 좋은 소식부터 말씀드릴게요. 사랑니는 발파 후 깔끔하게 제거했어요. 이제 잇몸 뼈가 자라면서 구멍이 메워질 거예요. 안 좋은 소식은 사랑니가 어금니를 건드려서 충치가 발생했다는 거고, 신경 치료를 해야 한다는 거예요. 신경 치료는 딱히 큰 비용 안 들 텐데 크라운 씌울 때 금이 좀 많이 들어갈 거예요. 아, 환자분 가지고 계신 금이 있으시다고요? 그거, 합법적인 금이죠? 저희는 탈세 용도로 크라운 안 해드려요. 아셨죠?"

치과의사 선생님 (2)

“아이참……, 그 치과의사 깐깐하네…….”

“왜?”

“아니 신경 치료받는데, 이빨 크라운 가지고 탈세할 거냐고 물어보잖아.”

“하려고 했간?”

“하려고 했지…….”

“으이구! 화상아! (찰싹! 찰싹!)”

“아아! 때리지 마! 갑자기 항공 방위군 소속 드래곤만 따로 세무 감사한다는데, 삥땅 쳐놓은 거 뺏기기 싫단 말이야! 그게 얼마나 한다고!”

“그냥 세금을 내라! 세금을 내! 그거 얼마나 한다고! 으이구! 화상아! 너 그래서, 신경 치료는 받았어?”

“어, 받았어. 이거 봐라! (아아-) 어때? 끝내주지? 어금니 완전 금으로 크라운 했다! 어떠냐? 끝내주지?! 이제 나를 ‘골드 투스’라고 부르도록. 후후후!”

“화상…… 아주 자랑이다. 어디 보자……. 음, 깔끔하게 된 거 같은데? 그 치과의사 어때? 나도 조만간 치과 갈 일이 있는데.”

“어, 오크라서 힘 좋더라. 다른 도구 안 쓰고 망치하고 정으로만 사랑니에 발파 구멍 내는데, 어우! 힘이 장난 아니고 실력도 장난 아니더라. 한번 가봐. 너 스케일링하려고? 스케일링은 세신하듯 쫙쫙! 해줄걸?”

“아니……, 내가 가려는 건 아니고.”

“그럼, 왜?”

“어, 우리 아들이 유치가 흔들리거든. 그거 때문에.”

“이야~! 우리 민수가 벌써 유치가 빠질 때가 되었어?! 오우! 축하해! 축하해!”

골드 투스

“파트너, 진짜 너 아니지? 그치? 아니 근데 진짜, 너한테 말한 직후에 어떻게 감사가 들어오냐. 그 전에 갑자기 들어온 감사도 받았는데. 이 크라운, 전부 치과 금으로 했거든? 나 그거 감당 안 돼서 부분 무이자 24개월로 긁었거든?”

“아니라니까? 몇 번을 말해. 그냥 재수가 없었던 것뿐이야. 그러니까 뒤집어서 나는 것 좀 그만해. 나 토할 거 같아. 응? ‘골드 투스?’”

“아……. 귀에 착착 달라붙네. 거봐, 이 콜사인 끝내주잖아? 그런데 니 콜사인은 뭘로 할까? 내가 ‘골드 투스’니까 ‘임플란트’?”

“흠…… ‘T.F.’로 하자.”

“오? 있어 보인다. 근데 그게 뭐의 약자야?”

“Tooth Fairy, 이빨 요정.”

“…….”

“너 죽으면 니 이빨 내 거다?”

"아, 진짜 안 되겠네……. 짜증 나……. 뒤집는다? 토하든 말든 맘대로 해……."

"아! 농담이야! 농담! 진짜 토한ㄷ…… 우웁!"

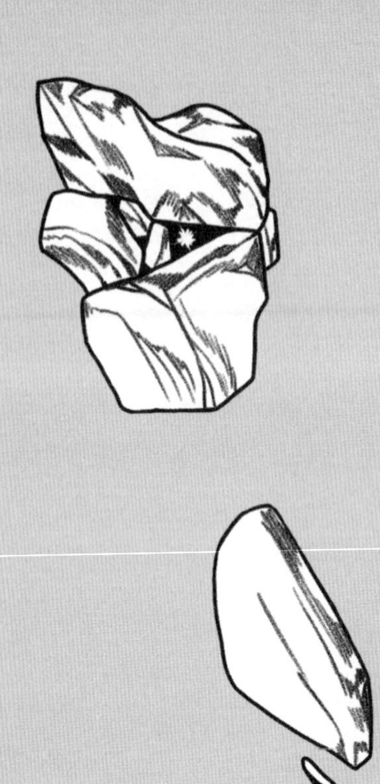

던전 정복, 전복

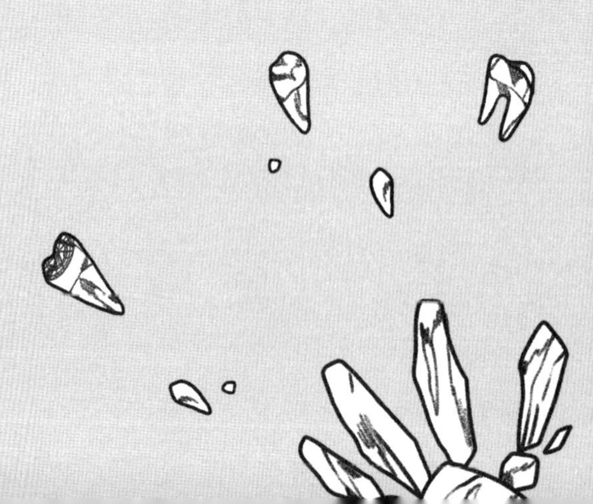

고블린

땅 위에 사는 인간. 고블린goblin 약탈광이라고 부른다. 사실 아니다. 고블린 평화 사랑한다. 예의 안다. 공손하다. 먹기 위해 사냥하고 지키기 위해 싸우는 거 아니면 무기 안 든다.

고블린 땅 밑에 사니까 땅 밑에 집 튼튼하게 짓는다. 제13왕조 이전 시대 던전, 모두 고블린이 지었다.

고블린 땅 밑에서 농사도 하고 목축도 한다. 고블린 기르는 식물, 땅 밑에서 심으면 땅 위로 잎 난다. 땅 위에서 작게 잎 난다. 근데 그걸 땅 위 동물이 먹는다. 고블린 어쩔 수 없이 식물 살리러 땅 위 동물 사냥한다. 그 동물 맛없어서 안 먹는다. 그러면 인간, 고블린 약탈했다 화낸다.

고블린 기르는 동물 큰 굼벵이다. 땅 위 나무뿌리 먹는다. 가끔 많이 먹어서 땅 위 나무 시든다. 그러면 고블린 굼벵이 수 줄인다. 그런데 인간 모른다. 고블린 마술 부렸다고 쳐들어온다. 사실 아니다. 인간, 고블린 오해 많이 한다. 하지만 괜찮다. 이제 익숙해질 거다.

인간. 땅 위에 큰 전쟁 났다고 한다. 큰 버섯 모양 구름. 하늘까지 꽃피었다. 인간, 고블린 굴에 살려달라 들어왔다.

괜찮다. 고블린, 인간 환영한다. 어서 와라.

이름

"이름을 준다는 건 특권이죠. 남들보다 내가 더 위에 있다는 권력의 증명이고요. 그리고 권력이란 건 지독하게 자기중심적이에요. 세상 모든 것의 기준이 자기가 되는 거죠. 지난 수천 년 동안 이런 특권을 우리 인간이 누려왔어요. 우린 수많은 종에 이름을 붙여줬죠. 우리 기준으로요. 쟤들은 키가 작으니 드워프dwarf(난쟁이), 쟤는 아름다우니까 엘프(요정), 쟤들은 못생겼으니까 트롤troll(괴물), 고블린(도깨비)⋯⋯ 이런 식으로요. 지극히 인간 중심적이었죠.

하지만 이제는 아니에요. 인간 세상은 보기 좋게 망했고, 이제 우리는 살기 위해 고블린 굴에 들어왔어요. 인간이 이름을 붙여주는 시대는 끝났다 이거죠. 이제 고블린들이 그 시대를 이어받을 거예요. 하아⋯⋯ 고블린들이 우리를 뭐라고 부를지⋯⋯. 역시 오거ogre(큰 괴물)라고 부르려나요?"

"인간, 또 이상한 말 한다. 고블린, 인간 다르게 부를 생각 없다. 인간, 인간이라고 불리고 싶으면 그렇게 불러준다. 인간, 똑똑한데 가끔 바보 된다."

"어…… 그래준다면야 고맙지……. 고……고마워."

"천만에다."

"저기 있잖아?"

"뭐냐? 인간?"

"고블린(도깨비)이라는 이름이 혹시 마음에 안 들면……."

"또 인간 바보 된다. 고블린 신경 안 쓴다. 오래 쓰인 이름이다. 인간이 고블린, 도깨비라고 해도 고블린, 도깨비 아니니까 됐다."

"아……. 알았어."

큰 고블린

"이제 인간, 제법 굴 잘 판다. 영리하다. 고블린만큼 금방 된다."

"하하! 고마워!"

"인간, 큰 고블린이라 불러도 될 정도다."

"큰 고블린? 하하! 그거 멋진데? 그럼, 이제부터 큰 고블린이라고 불러달라고!"

"마음에 들면 그렇게 한다. 안 들면 언제든 말해라. 큰 고블린."

"좋아!"

던전 공략

"이번 던전 보스가 중력 전환 능력을 가진 보스거든. 근데 그 시전 속도가 너무 빨라서 대응하기가 어려워. 무슨 방법이 없을까?"

"이거 어떨까?"

"뭐야, 이 풀은?"

"세발토끼풀. 자연적으로 중력 전환이 발생하는 던전에서 자생하는 풀인데, 그래서 그런지 세포 안에 녹말 덩어리가 다른 풀보다 많고, 작은 중력 변화에도 민감하고 빠르게 반응하거든. 봐봐, 흡……! 이렇게 중력 전환 마법을 시전하니까 풀잎이 바로 방향을 바꾸지? 해바라기가 태양을 향하듯?"

"오, 신기하다!"

"보스의 중력 전환이 아무리 빨라도 모든 능력 시전은 '예열-가동-휴지' 세 단계를 거치니까 예열 단계에서 얘가 반응할 거야. 그걸 보고 우리도 대응하면 되는 거지!"

"그런데, 이거 하나로 되겠어? 더 구해야 하는 거 아니야?"

“그건 걱정하지 마. 중력 전환 던전에서 자생하니까 보스 방으로 내려가는 길에 구할 수 있을 거야.”

“생긴 건 토끼풀이랑 똑같이 생겼는데 이거 우리가 알아볼 수나 있을까?”

“그것도 걱정하지 마! 던전에 내려갈 때 탐사대원으로 가드너gardener를 고용할 거야! 이번에는 정말 계획이 완벽해! 던전 공략도 문제없어!”

공략 실패

"……그러면 뭐 해. 보스가 이렇게 날렵하고 강한데."

"에구구…… 그러니까……. 난 포션 써서 베인 데는 회복했는데, 너는 좀 어때?"

"출혈이 멈추질 않네? 이거 곧 죽겠는데? 가드너 고용하느라 힐러를 고용 못 했더니……. 이런, 이런……."

"그럼 어떠해?"

"그냥 깔끔하게 머리에 구멍 하나 뚫어줘. 나 '세이브 포인트' 이용자야."

"아, 그래? 그럼, 니가 여기로 올래? 아니면 우리가 입구로 올라갈까?"

"내가 내려올게. 니들 포션도 다 썼잖아? 포션도 좀 사서 올 테니까. 조금만 기다려."

"오케이. 좀 이따 보자."

푹!

왜 죽였어요?!

"아……! 죽었어요? 어?! 죽인 거예요?!"

"아, 세이브 포인트 이용자래요. 걱정 안 해도 돼요."

"아니, 조금만 기다리시지……."

"가드너 양반. 어디 갔다 온 거예요?"

"여기 던전이 이거 자라기 좋은 환경이라 조금 찾아봤는데 역시 있더라고요!"

"그게 뭔데요?"

"깊은묘지살붙이풀이에요. 지혈 효과가 강한 풀이거든요. 이거 쓰면 출혈 막을 수 있었을 거 같은데……."

"아니, 그런 거 알고 있으면 진즉 좀 말해주지 그랬어요. 그보다 그런 건 어떻게 아는 거예요? 포션 조제사도 아니잖아요?"

"식물을 다루는 직업인데 그런 건 기본 아니겠어요? 포션 조제사들처럼 정밀한 조합을 모를 뿐이지 기본적인 건 안다고요. 아니, 생각해봐요. 애초에 포션 조제사들이 재료를 누구랑 거래하겠어요?"

"그건 그렇네요. 그럼 나도 좀 써봐도 되죠? 아직 상처가 덜 아물었는데 포션 남은 게 없어서요."

"그럼요! 여기요! 상처에다가 입으로 으깨서 바르세요."

"고마워요, 가드너 양반. 음…… 오물오물…… 퉷! 퉷! 아우! 쓰네……."

"아아! 그렇게 뱉지 마세요! 효과 좋은 풀은 원래 쓰다고요!"

가드너는 던전에 내려가지 않는다

"그러고 보니까, 지난번에 길드 와서는 가드너 구해달라던 던전 탐사대 있었잖아?"

"응, 있었지. 왜?"

"특이한 요청이기는 했는데, 구해줬어?"

"특이한 게 아니라 멍청한 거겠지……."

"엥? 그게 무슨 말이야?"

"가드너들은 던전에 안 내려가."

"그건 또 무슨 말이야?"

"가드너들 기본 능력이 식물의 말을 듣는 거거든. 페로몬이랬나, 꽃가루랬나……. 아무튼 식물이 뿌려대는 걸 들을 수 있다 하더라고."

"그런데?"

"그런데라니?"

"그게 가드너들이 던전에 내려가지 않는 거랑 무슨 상관인데?"

"던전 처음 들어갈 때 입구 상태가 어때? 숲속에 있는 던전 입구들이 어디 숨어 있어?"

"그야, 나무 덩굴 사이에 숨어 있지."

"그럼, 그 나무 덩굴을 어떻게 해?"

"자르거나, 화염 마법으로 태우거나? 어…… 설마."

"그 덩굴 태울 때 식물이 무슨 말을 하겠어. 아무래도 좋은 말은 아니겠지? 그리고 던전으로 내려가면서 길 막는 식물이니 풀이니 뭐니 모두 어떻게 해? 없애버리잖아? 그럼 그 식물들은 무슨 말을 하겠어? 역시 좋은 말은 아니겠지?"

"아!"

"그러니까, 가드너들은 던전에 안 내려가. 그런 걸 들으면 미쳐버릴 것 같으니까. 만약 내려간다면 이미 미쳐버린 거겠지."

…왜 죽였어요?

"컥, 커억……! 가드너 양반……, 이거 뭔가 이상한데? 앞이 안 보여……. 흐려지는데 이거 원래 이래요?"

"……응. 알았어. 응. 그래, 괜찮아. 이제 괜찮아……."

"가드너 양반……. 나 안 괜찮거든요? 컥!"

"……아? 아직 살아 있었네요? 생각보다 질기게 버티는데요? 보통 1분을 못 버티는데."

"뭐, 뭐?"

"모든 풀은 약효가 있지만 동시에 독성도 가지고 있죠. 그래서 생으로 먹거나 하면 안 돼요. 괜히 포션 조제사들이 있겠어요?"

"뭐? 뭐라고?"

"응……. 그래, 금방 끝날 거야. 괜찮아……."

"도대체 누구랑…… 지금…… 이야기하는…… 컥!"

"……당신도 안 들리나 보군요."

"뭐, 뭐가?"

"이 던전 속 풀들의 비명이."

"뭐?"

"당신들이 멋대로 들어와서 멋대로 죽이고 박살 내고…… 미안하지도 않아요?"

"커…… 컥!"

"……역시 당신 같은 것들은 모두 죽어야 해."

"컥! 컥!"

"쉬이, 괜찮아……. 곧 끝날 거야. 응……. 그래, 이제 울지 않아도 돼……."

Vous avez attendu longtemps

……젠장, 어떻게 된 거지? 무슨 일이 터진 거야? 왜 이렇게 어두워? 내 손, 내 손 어디 있지? 손이 움직이지 않는데. 잠깐 어두운 게 아니라 아예 안 보이는 건가? 아?! 아?! 내 목소리?! 안 나오는데?!

아무래도 그건가. 내가 죽은 거 같군. 어디서 죽었지? 어쩌다가 죽은 거야? 이번에도 던전 탐사하다가 죽은 건가? 하긴, 그거 말고는 죽을 이유가 없겠지. 으윽, 젠장……. 항상 죽을 때마다 기억 소실이 오니까 죽을 맛이네……. 그래도 다행이네. 이번엔 내가 누군지 정도는 기억하는 걸 보니 동료들이 바로 소생 중인 모양이군. 그런데 앞도 안 보이고 말도 못 하고 손도 못 움직이는 정도라면, 대가리가 깨지거나 완전히 찌그러져서 중추신경부터 소생시키는 걸 텐데……. 소생술사가 애 좀 쓰겠군.

아니, 그런데 시간이 좀 오래 걸리는 거 아냐? 지금 자각이 돌아온 지 체감상 30분은 지난 거 같은데……. 시계가 없으니까 정확히 알 수는 없지만……. 그래도! 자각이 돌아올 정도로 소생시켰다면 그다음 신체 소생 과정은 빠르게 진행 가능한데, 뭘 뜸을 들이고 있는 거야?

……설마, 소생을 시키지 못할 정도로 위험한 상황인가?! 젠장! 오감이 하나도 잡히지 않으니 밖의 상황을 뭘 알 수가 있어야지! 잠깐……. 꼭 오감을 쓸 필요는 없잖아? 자각이 돌아왔으니 집중만 하면 마나 스트림은 읽을 수 있을 거고, 마나 스트림으로 대략적인 기운은 읊을 수 있으니……. 좋아, 해볼까? 우선 정신을 집중하고…… 후우웁!

……됐다! 흐름이 보인다! 그럼 주변의 기운부터 파악을!

……뭐야? 여긴? 여기 어디야? 던전이 아니잖아? 이 기운은 도대체 뭐야? 응? 주변에 왜 동료들의 기운이 없지? 뭐지? 뭐야? 뭔가 거대한 기운이……. 뭐, 뭐야?! 저 거대한 기운은?! 서게 뭐시?! 뭐야 저거?! 도저히 내 능력으로는 읽을 수가……?! 으윽! 이 머리가 터질 듯한 기운은 뭐……뭐야?! 으음?! 욕, 욕망인가? 설마? 저 거대한 기운이 전부 욕망이라고?! 말도 안 돼! 저런 크기의 욕망은 대악마도 불가능해! 아니, 무엇에 대한 욕망이 저토록 거대…… 식……욕? 식욕이라고? 하하…… 말도 안 돼. 저 거대한 욕망이 온전히 식욕이라고? 하하……. 신이시여, 이게 도대체……. 뭐야……? 지금 저거 열린 건가? 입이? 저걸 입이라고 할 수는 있나? 저토록 거대한 식욕을 뿜는 존재를?

아아…… 이쪽으로 온다! 나, 나를 본 건가! 아……아니야! 처음부터 나를 기다린 건가?! 어째서?! 왜?! 도……도와줘! 죽고 싶지 않아! 아악! 뭐, 뭔가 나를 짓이기고 들어온다! 먹히는 건가?! 먹히는 건가!

도와줘! 누군가 좀 도와줘!

누구 없어!

아아악!

…….

Bon appétit

"호오…… 신기하네요."

"그렇게 신기하세요?"

"당연하죠. 아까 바늘로 살짝 찔렀을 뿐인데, 그 바늘 끝의 피가 지금 저렇게 큰 고깃덩어리가 되었잖아요?"

"조금 전까지는 먹기 싫다고 하셨잖아요?"

"마음이 좀 바뀌었습니다."

"자, 이제 배양은 다 끝났어요. 그럼…… 어떻게 조리해드릴까요?"

"흠……. 가능하다면 날것으로 먹어보고 싶은걸요?"

"어머, 왜요?!"

"신선한 고기는 역시 육회로 먹어봐야죠. 그게 고기 본연의 맛을 살리니까요."

"의외로 악취미가 있으시네요. 후훗……."

"사장님도 한번 맛보시면 저처럼 되실걸요?"

"저는 사양할래요. 어떤 기생충이 함께 배양됐을 줄 알고요?"

"나중에 후회 마세요. 안 줄 겁니다."

"예, 예. 많이 드세요."

"어디 그럼 사양 안 하고……. 하아아암! 우물우물우물."

"흠……. '자신의 생고기' 맛은 어때요?"

"우물우물우물……. 생각보다 질긴데요. 다음번에는 망치로 좀 두들기고 먹어야겠어요."

"그렇군요."

"그나저나 지금 제가 저를 먹는 건데, 지금 먹히는 저는 어떤…… 기분이라든가, 그런 게 있을까요?"

"없을걸요? 신체를 다 복원한 것도 아니고, 설사 무언가를 느낄 수 있는 영혼 같은 게 있다고 해도 작은 파편 수준일 거고요. 그리고……."

"그리고?"

"입이 없잖아요? 뭔가 말하고 싶어도 못할걸요?"

"그렇군요, 우물우물……. 말은커녕 비명도 못 지르겠군요."

"그렇죠."

엘프의 노래(한밤중에, 숲속에서)

"발끝을 조심하게나."

앞서가던 노인이 말했다.

한밤중 어두운 숲이니 다치지 않게 걸음을 조심하라는 이야기라고 생각했으나, 이내 발끝에 닿는 기묘한 촉감에 그 이야기가 나를 위한 것이 아니라는 것을 알게 되었다. 그리고 하늘을 가리던 나뭇가지와 잎사귀가 바람에 흔들려 달빛이 땅을 비추었을 때, 나는 무언가 꿈틀거리는 것들을 보았다.

소스라치게 놀라 그것을 밟으려 하니 노인은 "내 그래서 발끝을 조심하라고 말한 거네"라며 나를 말렸다. 놀란 가슴을 추스르며 저것이 도대체 무엇이냐 물으니, 노인은 "갈 길이 멀찍하니 가면서 말해주겠네"라고 답했다. "이번에는 발끝을 조심하게"라는 말을 덧붙이면서.

그 말에 나는 고개를 끄덕여 동의를 표하고, 발끝을 한 번 더 살펴보았다. 바람은 멈추고 나뭇가지는 더 이상 흔들리지 않아 내리

비추던 달빛은 이제 잎사귀들 사이로 실오라기처럼 조금씩 새어 나올 뿐이었다. 땅에는 다시 밤의 깊은 어둠이 내려 있었다. 나는 아무것도 보이지 않는 그곳에 그 어떤 것도 없기를 바라며 조심스럽게 발걸음을 노인에게 맞추어갔다.

그렇게 얼마나 걸어갔을까. 앞서가던 노인이 고개를 돌려 내가 잘 따라오는지 힐끗 살펴보더니 이내 이야기를 꺼냈다.

"엘프네."

"예?"

"엘프들 말일세. 저 바닥에 기어다니는 것들."

노인은 그것을 엘프라고 했다. 나는 잘못 들은 게 아닌가 싶었다. 잘못 들은 게 아니라면 나이 든 입가에서 발음이 새어 나온 거겠지. 하지만 노인은 그것을 계속해서 '엘프'라고 했다. "올해는 작년보다 엘프가 많이 나온 걸 보니 많이 죽었나 보네"라든가, "이 산 중턱까지 엘프들이 올라온 걸 보니 곧 노래가 들리겠거니" 하는 알 수 없는 이야기들과 함께 말이다. 그런 알쏭달쏭한 이야기에 결국 나는 궁금증을 참지 못하고 노인에게 묻고 말았다.

"어르신, 저것들이 엘프란 말씀입니까? 제가 아는 엘프는……."

그러자 노인은 잠시 발걸음을 멈춰 서더니 두어 번 왼손으로 턱수염을 다듬어 만지고는 "하기야 그럴 수 있겠구먼……" 하며 나지막이 말하곤 다시 발걸음을 이었다.

"도시에서 오셨던가?"

갑자기 튀어나온 출신지에 관한 질문. 나는 그 질문에 짤막하게 “예”라고만 답했다. 하 수상한 시절이었다. 몇 개월 안에 끝날 거 같던 황제 선출을 두고 벌인 귀족들의 항쟁은 어느덧 해를 넘기고 있었고, 몇몇 귀족들의 영지에서만 벌어질 줄 알았던 항쟁은 점점 전국으로 확장됐다. 야밤을 틈타 숲을 지나가는 것에는 그런 이유가 있었다. 그러니 출신지를 묻는 말에 나는 그저 짤막하게 “예”라고만 답할 수밖에 없었던 것이다.

노인도 그 대답의 의미를 알아차린 걸까? 짧게 돌아온 대답에 그는 그저 고개를 몇 번 끄덕이며 “그럴 수도 있지……. 그럴 수도 있지……”라고 혼잣말할 뿐이었다.

“도시에서는 엘프를 뭐라고 하던가?”

“뭐라고 하냐니요?”

“아니 그, 생긴 거라든가, 뭐 그런 거 말일세. 도시에서는 엘프를 예쁘장한 사람같이 생긴 생령이라고 하던가? 금발에 귀는 쫑긋해서 숲속에 사는 정령이라고 하던가?”

“보통 그렇게들 이야기하지요. 옛날 어르신들이 말하길, 숲속에는 그렇게 생긴 요정이 사람들 눈을 피해서 살고 있다고 말이지요.”

“그렇군. 그렇구만. 그럴 수도 있지……. 하지만 여기서는 엘프를 그렇게 이야기하지 않는다네.”

흥미로운 이야기였다. 엘프에 대한 구전이 지역마다 조금씩 다른 것을 모르는 건 아니었으나, 그래도 공유하는 이야기들이 있다는 것도 알고 있었다. 금발, 벽안, 뾰족한 귀, 새하얀 피부, 숲에 숨어 영겁의 세월을 사는 아름다운 존재. 어떤 지역에서는 생령이라 하기도 하고, 어떤 지역에서는 정령, 요정이라고도 불렀다. 모두 귀하고 아름다운 존재로 여겨졌다. 구전하는 엘프는 그런 존재였다. 하지만 노인의 이야기는 달랐다. 노인은 바닥을 기어다니던 지렁이 같은 무언가를 엘프라고 하였다.

"하기야 그렇게 생각하니 이해가 안 될 만도 하지……. 이 주변 동네에서는 저것들을 엘프라고 부른다네. 정확하게는 요정이라고 부르지."

"요정이라고요? 요정이라고 하기에는 너무 작고 또……."

"징그럽다고?"

"예."

노인의 말에 동의의 대답을 하면서 나는 다시 한번 그것들의 생김새가 떠올랐고, 순간적으로 소름이 끼쳐 온몸이 떨렸다. 노인은 그런 나의 대답에 고개를 끄덕이며 이야기를 이었다.

"그거야, 사람 생각에 따른 거지……."

"무슨 말씀인지?"

"애초에 사람이 요정을 어떻게 생각하느냐에 따라 달라지는 거 아니겠나? 그쪽 살던 도시에서는 반짝반짝 이쁘장한 걸로 생각하고, 이 동네에서는 바닥을 기어다니며 단명하는 벌레 같은 것이고……. 이 동네에서 대추 감자라고 부르는 걸 저 동네에서 대추

고구마라고 부르는 거랑 별 차이가 있겠나? 나는 그리 생각하네."

"그렇군요. 하지만 어르신, 방금 단명이라고 하셨습니까? 그럼, 저것들이 오래 못 산다는 말씀입니까?"

"뭐, 그렇지……. 저것들은 오래 못 살지. 길어야 1년? 2년? 작으니까 그런 거겠지……. 그래서 저것들이 때가 되면 모이는 거겠지……."

"때가 되면 모인다니요? 그건 또 무슨 말씀인가요?"

"저 지렁이 같은 것들은 때가 되면 한곳에 모여서 뭉친다네. 한 마리, 두 마리, 열 마리, 백 마리가 한곳에 모여서 하나로 뭉쳐져 서로의 체온을 공유하고, 체액을 공유하고, 가지고 있던 경험과 지혜를 공유하지. 그렇게 수천수만 마리가 모이면 이윽고 하나의 형체가 되는데, 그 모습이 멀리서 보면 흡사 뾰족한 귀와 긴 머리카락을 가진 사람 같지. 달빛에 그 모습이 비치면 그 머리카락 같은 게 빛나는 금발처럼 보이기도 하고……. 아무튼 이 작은 요정들이 모이면 큰 놈이 되는데, 그렇게 모인 놈들은 짧게는 백 년, 길게는 천 년도 산다고 해서 그놈은 이제 엘프라고 불리지……."

참으로 흥미로운 이야기였다. 내가 알고 있는 엘프에 대한 구전과는 전혀 다른 이야기. 지렁이와 같은 무언가가 모여 각각의 개체가 가지고 있는 체온, 영양분, 지식을 공유하는 군집 생물이 된다는 이야기. 노인은 계속해서 이야기했다.

"그렇게 한 덩어리가 되어 모이더라도 개중에는 젊은 놈 있고,

늙은 놈 있고, 약한 놈 있고, 센 놈 있고 그렇지 않겠는가? 그러다 보면 한두 마리씩 녹듯이 흘러내린단 말이지……. 그러면 이제 그 큰 놈이 저녁 밤에 노래를 불러 다른 놈들을 부르는 거야. 자기한테 오라고 ……. 아마 운이 좋다면 우리가 숲을 지나가기 전에 그 놈들이 노래 부르는 걸 들을 수도 있을지 모르네."

"그렇군요……. 노래를 부른다라……."

그 이야기에 나도 모르게 주변 소리에 귀를 기울였다. 바람이 나뭇잎을 흔드는 소리, 풀벌레가 우는 소리, 올빼미가 먹이를 찾아다니는 소리……. 한밤의 숲은 수많은 소리를 마치 노래처럼 흘려보내고 있었다.

그리고 그때. 나뭇잎들의 사각거림 사이로, 풀벌레가 사랑을 찾는 노래 사이로, 올빼미가 먹이를 발견하고 밤의 하늘을 가르는 소리 사이로…… 생전 처음 듣는 청아한 소리가 흘러왔다. 나는 그 소리에 앞서가는 노인의 어깨를 툭툭 치며 이 소리가 들리는지 물었다. 노인은 잠시 눈을 감고 귀를 기울이더니 "자네는 운도 좋구만. 이렇게 바로 들으니 말일세"라는 대답으로, 그것이 엘프의 노래임을 확인해주었다.

나는 나아가던 발걸음을 멈추고 귀를 기울여 그 노래를 들었다. 바람은 다시 나뭇가지를 흔들어 나뭇잎은 사각거리고, 그 사이로 밝은 달빛이 내려왔다. 그리고…… 바람이 흔드는 나뭇잎 소리에 실려, 나뭇잎 사이로 내려오는 달빛에 실려, 엘프의 노래가 내 귓가에 들려왔다. 콧소리로 흥얼거리는 듯, 아이가 화음을 넣는 듯, 한 사람이 아닌 두 사람, 세 사람이 부르는 듯…….

"……흘러간 세월은 형제와 자매도 함께 데려가는가. 어이하여 같이 가잔 말도 아니하고 나를 두고 가는가. 그저, 그저, 언덕 위에 앉은 나는 그대들의 이름을 불러본다."

노인은 어느덧 가슴팍에서 담뱃대를 꺼내 입에 물더니 엘프의 노랫소리에 가사를 붙여 흥얼거리기 시작했다. 형제와 자매를 그리워하는 가사. 그것은 노인이 즉흥으로 붙인 가사였을까. 아니면 정말 엘프가 자신의 몸에서 떨어져 나간 형제와 자매를 그리워하며 부른 노래였을까?

달빛은 여전히 바람에 실려 나뭇잎 사이로 춤추듯이 내려오고 있었고, 노인은 흘러오는 엘프의 노래를 흥얼거리며 다시 한 걸음, 한 걸음, 밤의 숲길을 헤쳐 나갔다. 그리고 나는 이 숲 어딘가, 언덕 위, 달 아래에서 금빛 머리칼을 쓰다듬으며 자신들의 형제와 자매를 기다리는 엘프를 떠올리곤 노인의 발걸음을 뒤따랐다.

엘프의 노래(휴일 오전, 연구실에서)

"그러고 보니까 이 엘프들은 지렁이같이 작은 것들이 뭉쳐서 만들어진 군체잖아요? 뭉쳐서 체온과 에너지를 공유한다 해도 없는 신체 기관이 생기는 건 아닐 텐데 어떻게 노래를, 그것도 청아한 소리의 노래를 부르는 거죠?"

"발성기관을 흉내 내죠."

"어떻게요?"

"군체들이 서로를 밀어내고 수축하면서 바람이 통하는 관을 만들고, 공기를 끄집어 뱉어내면서 소리를 내거든요. 백파이프 같은 느낌이려나요?"

"흠……. 그래도 소리가 그렇게 청아하게 나오기는 힘들지 않나요? 백파이프 소리가 나쁘다는 건 아니지만……."

"그건 보정 때문이고요."

"보정이라뇨?"

"이 지렁이 같은 엘프들, 귀가 있어 보이지는 않잖아요? 실제로 없어요. 대신, 미세한 파장을 감지하고 방출하는 신체 조직이 있죠. 이 녀석들은 노래를 부르면서 생물체의 뇌에 직접 작용하는 정신파를 방출해요. 그래서 그 노래를 들으면 정신파도 함께 사람 뇌에 닿아서 투박한 소리가 노래처럼 들리죠."

"그렇군요. 하지만 그럴 거면 정신파만 보내면 되는 거 아닐까요? 어차피 이 엘프들은 귀가 없다면서요."

"아, 노래는 엘프 동족들만 들어야 하는 건 아니거든요. 때에 따라서는 다른 동물들도 들어야 하니까요."

"무슨 말이죠?"

"그런 때가 있어요, 주변에 눈을 씻고 봐도 동족이 없어서 군체를 만들기 힘들 때. 그게 아니라면 환경이 너무 척박해서 군체를 형성해도 생존하기 힘들 때. 그럴 때 이 엘프들은 차선책을 선택하죠. 정신파로 다른 생물을 불러 모아서 그 생물의 몸에 들어가 기생해요."

"예?"

"정신파라고는 했지만, 이게 생물마다 미치는 민감도가 달라서 정신파만 가지고는 다른 생물을 불러 모으기 힘들거든요. 그럴 때는 미끼를 쓰는 거죠. 아까 말한 노래를 불러서 다른 생물을 불러오는 거예요. 유사 발성기관을 만들어서 바람을 뱉어내고, 정신파로 그 소리를 아름답게 꾸미는 거죠."

"그렇게 보면 세이렌seiren 같기도 하군요."

"예, 맞아요. 사실 세이렌의 전설도 이 엘프에서 파생된 걸 거예요. 바다에 사는 엘프의 아종이 군체를 만들어서 노래를 부르는 거겠죠. 뭐 노래를 부르는 목적은 이 엘프들과 같을 거고요."

"그럼, 이 엘프에게 감염된 숙주? 숙주는 어떻게 되나요?"

"신체 피탈자가 되는 거죠. 이 엘프들은 빠르게 신경과 뇌를 장악해서 신체의 통제권을 뺏어요. 그리고 그 생물이 가지고 있는 정보를 빠르게 습득하죠. 몸속에서 번식해 군체가 형성되면 개체 간 정보 공유도 활발해져서 굉장히 영리해져요. 그래서 숙주가 속한 무리에서 자연스레 살아가죠."

"그렇군요……. 좀 무서운데요? 그렇다면 너무 영리한 사람은 사실 엘프일 수도 있겠네요? 숙주가 된? 하하!"

"아, 그럴 수도 있겠네요. 하하! 하……. 제가 그래서 항상 발끝을 조심하라고 말하는 거예요……. 그리고 발끝을 조심하세요. 몇 마리 기어가고 있어요."

"예? 에구머니! 이게 뭐야?"

"뭐긴요? 아까까지 말한 엘프죠. 그리고…… 제 형제, 자매, 부모, 자식이죠……."

"……예?"

"말 그대로예요."

"에? 예? 아니, 그럼 설마……?"

"말했잖아요? 무리에서 자연스럽게 살아가고 체내에 군체가 형성되면 굉장히 영리해진다고요."

"에? 아?!"

"보통 5년 동안 박사 학위를 5개 따기는 힘들죠……. 그쵸? 훗!"

"아, 아…… 그럼, 저…… 저도 그 뭐냐? 가…… 가……."

"감염시킬 거냐고요?"

"예……? 예……."

"어떻게? 감염시켜줄까요? 그러면 지금 당신 귀여운 모습을 다신 볼 수 없을 텐데……?"

"에? 예?"

"당신 귀엽다고요."

"예?!"

"지금 놀라는 모습도 귀여워요. 마치 뭐에 홀린 것같이 귀엽다고요. 눈에 콩깍지 씐 것처럼 귀엽게 느껴져서, 혹시 당신이 내 동족이 아닐지 생각도 해봤어요. 나도 모르는 사이에 당신의 정신파에 노출된 게 아닐까……. 그런데 그건 아닌 거 같고, 그냥…… 그냥 귀엽네요. 훗!"

"아, 아…… 예, 감사합니다."

"뭐, 감사할 것까지야? 아무튼 안심하세요. 저는 당신이 마음에 들었거든요. 그러니까 저는 당신을 해칠 생각이 전혀 없어요. 그러니까……. 당신도 그렇게 해줄 거죠? 저처럼? 우리 서로 해치지 않기예요?"

"예……? 아, 예."

"어머, 대답하는 것도 귀여워라."

엘프의 노래(그 어느 날, 기억 속에서)

너무 오랜 시간이 지나 언제였는지 모르겠어. 하지만 창밖의 달빛이 나뭇잎 사이로 백금 실오라기처럼 내려오고 바람이 그것을 흔드는 모습을 보니, 그때도 오늘과 같은 때가 아니었나 싶어.

언덕 위에서 나를 발견한 너의 모습이 아직도 기억나. 주근깨투성이, 홍당무처럼 빨간 갈래머리. 시장에 팔려고 한 건지 아니면 가족들과 먹으려고 한 건지, 한쪽 팔에 들고 있던 바구니에는 버섯이 가득했고, 버섯들 사이에는 노란 달맞이꽃이 한 움큼 같이 있었어.

'내가 먼저 도망가야 할까?'

그때 나는 동족들을 충분히 모았기에 다른 동물의 몸이 필요하지 않았거든. 그래서 내가 먼저 도망갈까 하고 생각했지. 그런데 너는 그 짧은 순간에 내 코앞으로 다가와 그 큰 눈망울을 빛내며 나를 한참 바라봤어.

하늘에는 우주의 강이 흘렀고 신들이 탄 배는 별빛을 반짝이며 그들의 고향으로 향하고 있었지. 너의 큰 눈에 그 모든 게 비쳐 담겼어. 그래서 나도 너를 한참 바라봤어. 그렇게 우리는 한참을 서로 바라봤지. 그리고 너는 바구니에서 달맞이꽃 한 움큼과 버섯을 꺼내 나에게 줬어. 환하게 웃으면서.

그때 우리는 친구가 된 거 같아.

너는 밤마다 나에게 와서 이런저런 이야기를 들려주었지. 귀가 없는 나는 네가 말하는 걸 들을 수도, 이해할 수도 없었지만 그저 너와 같이 있는 것만으로도 좋았어. 기억나니? 네가 손가락으로 가리키던 저 멀리 도시의 불빛. 너는 나에게 그곳으로 가고 싶다고 말한 거 같아. 나는 그렇게 말하며 그 큰 눈을 빛내던 네 모습이 좋았어. 그렇게 네 모습을 보는 게 좋았어.

기억나니?

그날은 비가 왔어. 빗소리가 너무 커 노래도 울려 퍼지지 않았지. 그 빗속에서 네가 왔어. 그 큰 눈망울이 떨리고, 잠기고, 달빛 하나 없는 창백한 하늘만큼 창백한 얼굴로, 온몸 가득 빨갛게 물들인 옷을 입고……. 그리고 네 뒤에 무장한 사람 두 명이 횃불을 들고 왔어. 그들이 들고 있는 칼에는 피가 묻어 있었지.

……그 뒤는 기억이 안 나. 어쩌면 내가 너를 위해 기억을 버린 걸지도 몰라.

기억이 다시 이어졌을 때, 너는 내 품에서 숨을 헐떡이고 있었어. 나는 어찌할지 몰라 하는데 너는 손을 들어 올려 내 얼굴에 흐르는 빗물을 닦아주면서 "울지 마……"라고 말했지.

……그리고 나는 너에게 키스했어.

내 안의 모든 형제, 자매, 부모, 자식. 대를 잇고 대를 이어온 내 모든 동족의 목소리가 외치고 있었어.

"죽지 마!"

나는 너에게 키스했어. 내가 너에게 다가가는 동안 내 얼굴에는 하늘에서 내린 빗물이 쉬지 않고 흘러내렸어…….

모든 게 끝났을 때. 나는 네가 되어 있었어. 난생처음 눈과 귀와 코와 피부로 세상의 감각이 들어오고, 내 머릿속에는 한때 네 것이었던 기억이 들어왔어.

그리고…… 귓가에 네 목소리가 들렸어. 그때 내게 해준 목소리가…….

기억나니? 네가 손가락으로 가리키던 저 멀리 도시의 불빛. 너는 나에게 그곳으로 가고 싶다고 말했어. 고개를 돌리자 그곳의 불빛이 아지랑이처럼 보였지. 너는 그곳에서 공부하고 싶다고 했어. 너는 그곳에서 사랑을 하고 싶다고 했어. 너는 그곳에서 살고 싶다고 했어. 너는…….

……그때 눈에서 뭔가 흘러나온 거 같아. 막을 수가 없었어. 너는 나였지만, 네 몸은 내가 아닌 것 같았지. 난생처음 느끼는 감정이 신경을 타고 흘러 몸 안의 모든 동족에게 울려 퍼졌어.

슬픔.

그리고 나와 내 동족은 그 감정에 노래를 불렀지.

"으아아아앙!"

난생처음 써보는 입으로 한 번도 내본 적 없는 화음이 흘러나왔어. 나는 터져 나오는 노래를 부르며 빗속을 걸어…… 걸어…… 저 멀리 보이는 아지랑이 같은 불빛을 향해 걸었어…….

"내가, 네가 바라던 걸 이루어줄게."

끊임없이, 끊임없이 약속하면서…….

이제는 너무 오랜 시간이 지났지만, 그때가 기억나니? 나는 네가 많이 그리워. 네가 많이 그리워. 그래서 눈을 감으면 아직도 그때 그 언덕이 떠오르곤 해. 바람, 달빛, 노란 꽃과 빨간 머리칼, 하늘 가득한 별의 강과 그것이 흐르던 너의 눈이.

……언젠가는 그때 그곳으로 내가 돌아갈 수 있을까?

……너는 그곳에서 나를 기다려줄까?

"어, 어? 제 얼굴을 왜 그렇게 또 보시는 거예요?"

"음? 아, 미안해요. 잠깐 옛날 생각을 하느라요. 당신 얼굴을 보면 옛날 생각이 나거든요."

"아, 그러셨구나……. 저는 또 저 감염시키시려는 줄 알고……."

"아직도 걱정되는 거예요? 걱정하지 마요. 이렇게 귀여운데?"

"히이익!"

"훗! 놀라는 모습도 정말 귀엽다니까요?"

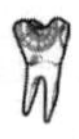

……너는 기억나니?

원천징수

“자, 여기 계약서랑 거래 대금. 맞나 확인해봐.”

“고마워. 어디 보자. 음……? 야, 무게가 조금 모자라는데?”

“뭐? 무슨 소리야? 제대로 무게 잰 거 맞아?”

“저울 봐봐. 미세하게 10그램 조금 못 되게 부족해.”

“뭐? 이리 줘봐. 하나, 둘, 셋…… 네…… 엣…… 엣? 어? 아!”

“뭐야? 뭐 있어?”

“이야, 이게 요즘에도 굴러다니네? 미안, 내가 이걸 확인 못 했다.”

“뭔데? 뭔데?”

“루넥스 제7왕조 10플로네 금화.”

“에? 옛날 금화? 아니, 뭐 상관없잖아? 어차피 금 무게만 맞으면 되는 거고.”

“아니. 그게 문제야. 이 금화는 절대 무게가 맞을 수 없어.”

“그건 또 무슨 말이야?”

“루넥스 제7왕조 시절에 금화엔 모두 세금 징수 마법이 걸려 있거든. 이 금화로 뭔가 거래하면 지정된 세율만큼 금화의 금이 자동으로 국세청에 납부돼."

"뭐? 그런 마법을 왜 걸었는데?"

"역대 루넥스 왕조는 세금징수원 조합을 통해 세금을 걷었거든. 제7왕조라고 다를 건 없었지. 그 세금징수원 조합에 주는 수수료를 아껴보려고 나름 꼼수를 쓴 거야. 아무튼, 우리가 거래서를 쓰고 주고받은 게 '일반 공산품'이니까……, 흠……. 이게 '민간 상회'로 분류 가능하니까…… 제7왕조 세법으로 '간접세 10퍼센트'가 징수된 거네. 아마 부족한 그램 수는 그걸 거야. 미안, 이거 내가 가져가고 내일 새로 줄게. 이게 아직도 돌아다니는지는 몰랐네?"

"야, 그거 웃기는 금화다. 그러면 너랑 나랑 지금 거래한 것 때문에, 원래 무게에서 금이 10프로가 빠졌다고? 야, 그러면 이거 거래 여러 번 하면 그냥 0그램까지 가겠네?"

"아니, 그러지는 않아. 정해진 퍼센트만큼 빼는 거니까. 거래를 여러 번 해서 1그램이 된 금화도 그다음 거래를 한다고 0그램이 되는 건 아니지, 0.9그램이 될 뿐. 그렇게 0그램에 무한하게 가까워지기는 하지만 0그램이 되지는 않아. 그렇게 했다가 큰일 난 적이 있었거든."

"그건 무슨 말이야?"

"이 징수 마법은 제7왕조가 처음 쓴 게 아니야. 제6왕조 때 처음 도입된 마법이지. 다만 제6왕조 때는 니가 말한 것같이 '정량 납세'

가 되도록 마법을 걸었어. 그 결과 0그램의 금화들이 나타났고, 더 나아가 '음의 질량 상태'인 금화들이 나타났지. 그리고 이 금화들이 원시 블랙홀이 되어버렸어."

"뭐?"

"루넥스 왕조 전설 중에 하루아침에 사라진 왕국 전설 알지? 그게 제6왕조 이야기야. 음의 질량이 된 금화들이 원시 블랙홀이 되었고, 그 결과 왕조가 물리적으로 사라져버렸지. 제6왕조까지 이어지던 왕가 혈통이 단절되고 제7왕조부터 새 혈통이 시작된 것도 그런 이유야."

"에헤이…… 별별 일이 다 있었구만. 야, 그럼 제7왕조 금화, 세금 떼인 건 어디로 가는 거야? 루넥스 왕조는 이제 제7왕조는 고사하고 아예 없잖아?"

"아, 그렇지. 루넥스 왕조가 제21왕조에서 나이트 홉스 물산에 인수 합병됐으니까, 그 세금은 나이트 홉스 물산의 자산으로 들어가겠네?"

"엘프 수전노 놈들 주머니로 들어간다고? 맙소사! 정말이지 못 말리겠구만, 그놈들은!"

서재에 있던 거울

“서재에 있는 거울이 참 근사하군요. 약간 볼록하게 입체감이 느껴지던데 무슨 거울인가요?”

“무슨 말씀이세요? 우리 집에는 거울이 없어요. 뱀파이어가 사는 집에 거울이 있을 리가요?”

“예? 아까 그러면 서재에서 본 건……?”

“서재에서요? 아, 그렇군요. 우리 남편을 보신 거네요.”

“예?”

“아마, 마실 갔다 돌아온 남편이 집에 손님이 온 걸 알고 밖에서 기다리고 있는 걸 거예요. 우리 남편이 낯가림이 조금 있어서요. 후훗…….”

“그건 또 무슨 말씀인지?”

“우리 남편은 드래곤이거든요. 선생님이 보신 건 창문을 통해 집 안을 보던 우리 남편 눈동자였을 거예요”

“예……?”

"어두운 서재에서 보셨으니 거울처럼 보일 수도 있었겠네요. 그리고…… 그래서 그런지 선생님을 더 믿을 수 있을 거 같고요. 사람들이 드래곤의 눈은 '겁에 질린 나를 비추는 거울'이라고 하잖아요? 드래곤의 눈은 마음 깊은 곳의 두려움을 비춰주죠."

"아……."

"보통은 미쳐버려요, 정면에서 보면. 그런데도 선생님은 별일 없으신 거 같으니, 신뢰할 만한 사람인 거죠."

"감사합니다. 저기 그렇다면, 조금 실례될 수도 있는 질문입니다만……."

"괜찮아요. 해보세요."

"선생님은 남편분의 눈동자가 괜찮으신지? 그…… 두려움을 비춘다고……."

"아, 괜찮아요. 뱀파이어는 거울에 안 비치잖아요? 저에게는 그저 사랑스러운 우리 남편의 눈동자만 보일 뿐이에요."

나를 '볼 수 있는' 거울

"나 오늘 어때요?"

"아름답소. 그대만 보다가 돌이 되고 싶은 심정으로……."

"안 되죠. 그대가 돌이 되면 나를 볼 수 있는 유일한 거울이 없어지는걸요?"

"그러나, 그대는 뱀파이어기에 거울이 필요 없잖소?"

"맞아요. 필요 없죠. 다른 시시한 거울은 필요 없어요. 오직 나를 바라봐줄 단 하나의 거울만 필요해요. 그 거울에 내 모습이 비치지 않더라도, 그 거울은 나를 바라보며 심장이 터질 것 같을 테니까요."

"아, 그대여……! 심장이 멎을 것 같구려!"

"안 돼요. 멎지 말아요. 명령이에요. 앞으로도 계속 나를 비추어요. 영원히."

주사위 (1)

“네놈…… 동료들을 그토록 끔찍하게 죽여놓고, 어떻게 웃을 수 있는 거지?! 이 악마 같은 놈! 너를, 너를 잠시나마 친구라고 믿은 내가 원망스럽다!”

“하…… 하…… 하…… 아니야, 나도 사실 슬퍼…… 하…… 하…… 봐봐, 다들 첫 모험부터 함께한 친구들인걸? 하하!”

“그런 놈이…… 그걸 아는 놈이, 어떻게?!”

“하하하하…… 하지만 어느 순간 알아버린 거야. 사실 내 모든 감정의 가장 깊고 깊은 곳에서는 오직 기쁨과 즐거움, 희열만이 존재한다는 걸! 그건 내 의지이면서 동시에 내 의지 밖의 일이지! 그리고 우리 모두의 일이야!”

“미친놈. 무슨 말이냐?!”

“하하하! 하…… 잘 들어봐…… 네 분노, 증오, 고통, 슬픔, 그 모든 감정의 구렁텅이 끝 바닥에, 그 끝 바닥에 있는 ‘벽’ 너머에……! 그 감정을! 그 모든 감정을 만들어내는! 네 것이 아닌! 너와 나 우리 모두 깊은 곳에! 그 모든 것의 깊은 곳에서 들려오는 그 근원의 소리를! 그것을 울려 퍼지게 하는 의지 밖의 의지들을!"

"미친놈! 미친놈! 더는 못 참아! 너를 죽이겠어! 죽여서 동료들의 복수를 하겠어!"

"아…… 그것도 좋겠지……. 더 명확하게 들릴 테니……."

"더러운 입 그만 놀리고 죽어라, 이제!"

"하! 하…… 하……. 너도 잘 들어보라고…… 들릴 테니까…… 아……! 굴러간다! 주사위가! 모두가! 모두가 웃는다! 하하하하!"

주사위 (2)

“판정 떴네요. 실패네요.”

“하아! 이걸 못 죽이네!”

“그러게요! 하하!”

“마스터 권한으로 한 번 더 굴리게 해주면 안 되나요?”

“그럴 수는 없지요. 하하!”

“그럼, 어쩔 수 없죠, 하아……! 진짜 아깝네, 이걸 못 죽이네……. 하아!”

주사위 (3)

"후우…… 이 형사 이거 다 뭐야? 어휴……."

"우웁! 반장님 오셨어요? 웁! 우웩!"

"하, 고생한다. 끔찍하다고 보고는 들었는데, 진짜 심하네. 뭔 사람을 고기 반죽으로 만들어놨지? 어? 저기 천장에 붙은 거…… 설마 사람 던져서 그대로 터뜨려버린 건가? 가죽이 그대로네?"

"그렇게 구체적으로 말씀 안 하셔도 알거든요……, 웁!"

"초동감식반은?"

"우리 서 차원에서 할 일 아니래요. 중앙청 과학수사대에 연락하고 다들 건물 밖에서 토하고 있어요."

"흠……. 그래서 이 '사람들이었던 건' 정체가 뭐야? 살아서 뭐 하던 사람들이었어?"

"테이블 롤플레잉 게임TRPG 동호회였던 거 같습니다. 다들 평범한 사람들이었고, 딱히 원한 살 만한 관계는 없었던 거 같습니다."

"확실해? 사람을 이렇게 죽여놓고, 원한 살 일이 없다고?"

"예. 다들 너무 평범해서 황당할 지경이에요. 너무 평범해서 이 사람들 원한 살 일이 있다면 아마 이 세상 사람에게 산 건 아닐 거예요."

주사위 (4)

"이 세션 재미있네요. 흠……. 갑자기 궁금해진 건데요, 마스터……. 잠깐 귀 좀……. (제 캐릭터가 우리의 존재를 알아차리고, 우리를 죽이려 시도하는 건 어떨까요?)"

"(허어……. 그거…… 그건, 생각해본 적 없는데요?)"

"(재미있을 거 같지 않아요? 어차피 캐릭터 중에 우리 존재를 알고 미쳐버린 녀석이 있으니…… 이 녀석도 우리를 죽이고 싶어 할 거 같거든요.)"

"(그거 좋네요. 땡기는데요? 근데 진짜 우리가 죽거나 그러면…… 그러니까 판정이 그렇게 뜨면, 진행이 까탈스러워질 거 같으니까 페널티 걸고 하죠.)"

"(좋아요.)"

"(오케이.) 알겠습니다. 그러면, 주사위 굴려주세요. 대신 기본 페널티 걸고 들어갑니다!"

"좋아요! 갑니다! 흡?!"

또르르르르르르르르르르르르…… 탁…… 탁…… 타닥…… 탁…… 탁…… 탁……!

"으아! 이게! 이게 뜨네! 마스터 이게 뜨네요?! 이게?! 이게! 하하하! 하하! 하…… 하…… 하하…… 뭐야 이거?"

주사위 (5)

드디어 나에게도 들린다. 놈들의 목소리가. 신들조차 가지고 노는 그놈들의 목소리가. 그들의 희열이 들린다. 그리고 그들이 주사위를 굴린다. 그들에게는 그저 유희가 걸린. 나에게는 복수가 걸린…….

[판정 성공]

아아, 이게 이렇게 되는군…….

"으아! 이게! 이게 뜨네! 마스터 이게 뜨네요?! 이게?! 이게! 하하하! 하하! 하…… 하…… 하하…… 뭐야 이거?"

뭐긴 뭐야? 네놈들이 즐겁게 가지고 놀던 장난감이지. 하하하…… 아, 그런가? 이런 느낌이었군. 그놈이 느끼던 희열이라는 게……. 하하하…… 나쁘지 않은데? 하…… 하…… 하하하…… 하하하…… 하하하…… 하하…… 하하하하…… 하하…… 하하

하하하하하하하하하하하하하하하하하하하하하하하하하하하하
하하하하하하하하하하하하하하하하하하하하하하하하하하하하
하하하하하하하하하하하하하하하하하하하하하하하하하하하하
하하하하하하하하하하하하하하하하하하하하하하하하하하하하
하하하하하하하하하하하하하하하하하하하하하하하하하하하하
하하하하하하하하하하하하하하하하하하하하하하하하하하하하
하하하하하하하하하하하하하하하하하하하하하하하하하하하하
하하하하하하하하하하하하하하하하하하하하하하하하하하하하
하하하하하하하하하하하하하하하하하하하하하하하하하하하하
하하하하하하하하하하하하하하하하하하하하하하하하하하하하
하하하하하하하하하하하하하하하하하하하하하하하하하하하하
하하하하하하하하하하하하하하하하하하하하하하하하하하하하
하하하하하하하하하하하하하하하하하하하하하하하하하하하하
하하하하하하하하하하하하하하하하하하하하하하하하하하하하
하하하하하하하하하하하하하하하하하하하하하하하하하하하하
하하하하하하하하하하하하하하하하하하하하하하하하하하하하
하하하하하하하하하하…… 하…… 하…… 하…… 하! 하아……

그러니, 너희들도 들리길 바란다. 이제, 내가 주사위를 굴릴 시간이거든.

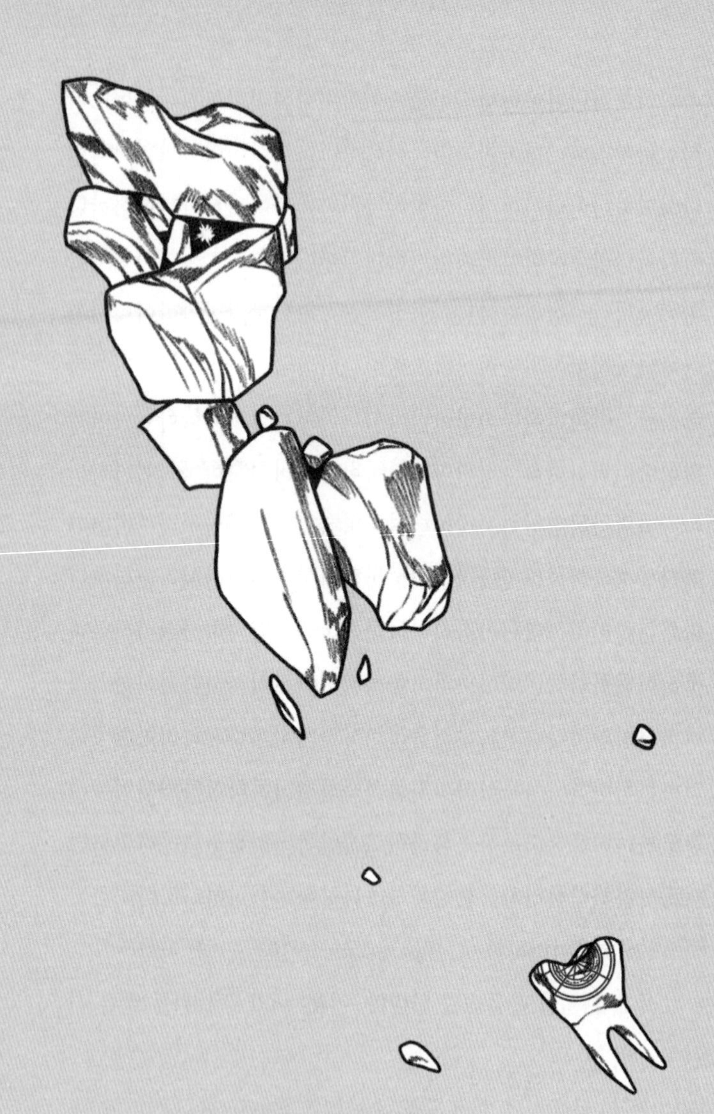

나의 이세계 무속 답사기

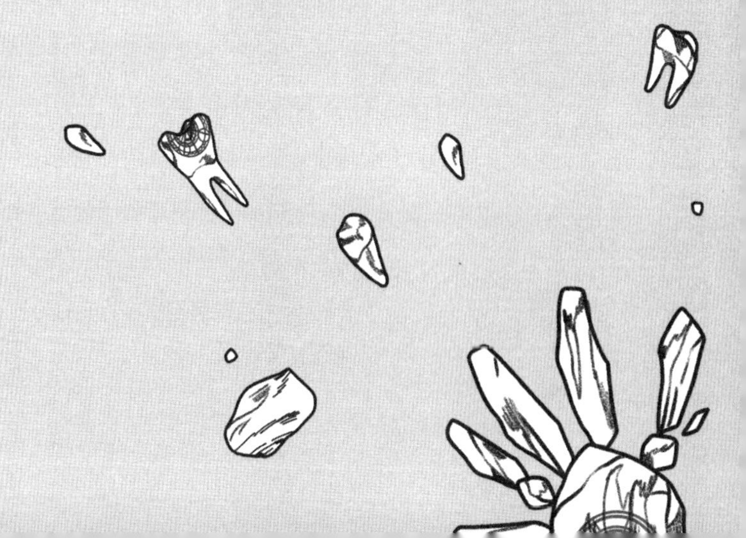

취재 파일 (1)

"그러고 보니까 보살 양반, 이쪽 세계선에는 돼지가 없잖아요. 굿할 때 그럼 돼지머리는 어떻게 해요? 소머리 써요?"

"아뇨, 그래도 굿은 돼지머리 써야죠."

"돼지가 없는데 어떻게 돼지머리를 써요?"

"대안이 있으니까요."

"뭔데요?"

"오크요."

"아, 이제 '예?' 하고 놀라주면 되는 겁니까?"

"예."

"……."

"……."

"……아니에요, 됐어요. 계속 얘기해봐요. 그래, 그래요. 오크……. 그래, 이쪽 세계선에는 오크가 있죠……. 아니 근데, 여기서 오크는 시성제리서 사람 범주에 들어가잖아요? 오크 머리를 올린다고요?

사람 머리를 잘라서 올리는 거랑 같은 거 아니에요? 그거 살인 아니에요?"

"누가 살아 있는 오크 머리를 쓴대요?"

"그럼요?"

"죽어 있는 오크 머리를 써야죠."

"와! 시체 훼손! 사자 모욕!"

"저기, 일단 진정하시고요. 저희도 나름의 방법이 있어서 하는 거라고요……."

"뭔 방법인데요? 오크한테 사후 머리 기증 서약이라도 받았어요?"

"약간 비슷해요."

"……진짜?"

"정확하게는 당사자에게 머리를 빌렸다가 굿이 끝나면 돌려주는 식이에요. 더 정확하게는 자아가 있는 '오크 언데드orc undead'에게 머리를 빌리는 거죠."

"예? 뭐요?"

"오.크.언.데.드.에.게.머.리.를.빌.려.요."

"……."

"오크 언데드가 굿을 할 때 머리를 떼어주고 기다리다가, 신이 내려오면 얼릉 머리를 가지고 돌아가는 식이죠."

"왜요?"

"뭐가요?"

"왜 굿이 끝난 게 아니고 '신이 내려오면' 머리를 가지고 돌아가는 거예요? 그것도 '얼릉'?"

"예리하시네요. 그건 신들이 돼지머리를 좋아해서 그래요. 그리고 신들이 무당 몸에 내려오면 배가 무척 고프거든요. 형이상학적 영역에서 형이하학적 영역으로 넘어올 때 에너지가 많이 소모되죠. 그런데 이건 돼지머리가 아니라 누군가의 머리잖아요? 먹으면 안 되니까 '얼릉' 회수하죠."

"하아…… 그렇군요. 그런데 그러면 신들이 화 안 내요? 자기 좋아하는 음식 있는 줄 알고 내려왔더니 없으면?"

"당연히 화내죠."

"안 위험해요?"

"당연히 위험하죠. 그런데 그 화하고 위험이 이 세계선 무속 신앙의 특징이에요. 다른 무속 신앙에서 굿은 신을 불러 귀신을 달래거나 누르는데, 여기는 신의 화를 이용해서 '조져버려요.'"

"……예? 뭐 해버린다고요?"

"조.져.버.린.다.고.요. 그래서 이 세계선 굿의 정식 명칭은 '조짐굿'이에요."

"……."

"아무튼 취재차 오신 거면 잘 찾아오신 거예요. 저로 말할 거 같으면 '서해 문어 장군신'을 모시는 '엘프 보살'이니까요! 어중이떠중이들하고는 격이 달라요! 맞다! 오신 김에 제 조짐굿 한번 보고

가세요. 오늘 오후에 한 타임 잡혔거든요!"

"……."

"보고 가신다는 거죠?"

"하아……. 네. 보고 가죠, 보고 가요……. 하아……, 그나저나 보살 양반, 보살 양반은 굿할 때 어떤 무구를 써요?"

"아! 이거요!"

"……전기톱?"

"휘발유 체인소예요! 시동 걸 때 땡기는 맛이 죽여주거든요! 돌아가는 소리랑 휘발유 연소할 때 나오는 연기와 냄새도요!"

"내가 이 굿을 왜 보겠다고 해서 정말……."

"헤헤……. 그리고 저는 징이나 꽹과리 안 쓰고요, CD 플레이어로 음악 틀어놓고 해요."

"녹음한 걸 쓰는 거예요? 어떤 걸 트는데요?"

"이거요."

"……이걸요?"

1권, 75페이지

……낡은 '금성 CD 플레이어'가 뱉어내는 빠른 비트의 메탈 뮤직(아마도 '슬립낫Slipknot'인 듯했다) 속에서, 금발 벽안의 엘프 보살은 전기톱을 들고 미친 듯이 춤을 췄다. 그 모습은 내가 아는 굿과 전혀 달라 굿이라기보다는 메탈 밴드의 라이브 공연이나, 〈텍사스 전기톱 대학살〉의 마지막 장면 같았으나…… 한 가지는 확실하게 느낄 수 있었다.

"아, 엔간한 귀신은 확실하게 '조지겠구나'"라고…….

1권, 42페이지

어느 차원이나 마찬가지겠으나, 무당이 된다는 것엔 기구한 사연이 따르기 마련이다.

'서해 문어 장군신'을 모시는 금발 벽안의 '엘프 보살' 역시 그랬다. 그녀는 이쪽 차원의 병자호란 속에서 태어나 부모와 헤어졌고 홀로 20년 가까이 살았다.

"사람 나이로 20살이면 어른이겠지만, 엘프 나이로는 이제 막 걸음마를 떼고 엄마, 아빠라고 말할 시기죠."

그녀는 그 시절이 잘 떠오르지 않는다고 말했다. 이제는 400살 가까이 나이를 먹어서 그런지, 아니면 너무 배가 고프고 힘들던 시기라서 그런지 잘 모르겠다고 너스레를 떨면서.

그래도 그녀는 선명하게 기억나는 게 몇 가지 있다고 이야기했다. 누가 혼자 있는 자기 손을 잡고 데려갔다는 이야기, 자기에게 예쁜 꼬까옷을 입히고 먹을 것을 줬다는 이야기, 그리고 자기를 큰 항아리에 넣고 가두었다는 이야기…….

지금이야 사람들이 심심풀이 괴담 정도로 소비할지 모르나, 과거에는 말하는 것조차 금기시되었던, 하지만 누군가에 의해 비밀리에 행해졌던 '무언가'가 있었다. 그 '무언가'에 대한 이야기가 그녀의 입에서 나왔다. 그랬다. 그녀는 어느 무당에게 납치되어 신통력을 되살리기 위한 제물로써 항아리에 갇혔다.

셀 수 없이 갈라진 차원과 세계선 속에서도 한국 무속이 공유하는 것들이 몇 가지 존재한다. 그중 하나가 신내림과 신통력의 유한성인데, 이를 조금 과학적으로 이야기하자면 '무속의 세계조차 열역학 제2법칙과 엔트로피에서 자유롭지 않다' 정도로 설명할 수 있을 것이다.

모든 차원의 한국 무속인은 어느 순간 자기 신통력이 줄어들기 마련이다. 대부분은 이를 자연스럽게 받아들이고 무당으로서 은퇴를 준비하지만, 어떤 이들은 받아들이지 못하기도 한다. 하지만 이는 자연의 법칙과 같아 받아들이지 못한다고 하여 되는 것이 아니기에…… 결국 이들은 절박함에 쫓기다 사람이 손대서는 안 되는 일을 하게 되는 것이었다.

그녀도 그런 절박함의 희생양이었다.

"깜깜하고 배고팠던 게 기억나네요. 너무 어둡고 좁은 곳에 있으면 시간 개념이 사라진다는 걸 그때 배운 거 같아요. 그래서 그런가? 전 지금도 신당을 밝게 두어요. 서해 문어 장군님은 어두운 게 좋다고 하지만요."

그녀는 생글생글 웃으며 이야기했다. 왜 그랬을까요? 왜 가두었을까요? 나는 물었다.

"약해진 육신에는 이런저런 귀신들이 끼거든요. 그렇게 귀신들이 끼면 무당은 그 귀신들을 이용해 신통력을 조금이나마, 아주 조금이나마 살리죠. 차원마다 조금씩 차이는 있지만 대개 비슷할 거예요."

그럼, 당신에게도 귀신이 끼었나요? 내가 그렇게 묻자, 그녀는 지그시 눈을 감고 엄지와 검지로 턱을 만져가며 기억을 더듬었다.

"체감상 한 사흘째 되었을까? 아닌가? 열사흘?"

3일과 13일. 그 간격이 너무 컸다. 하지만 달리 말하면, 그만큼 어두운 공간에 있었다는 이야기겠지……. 그녀가 말을 이었다.

"배가 고파서 눈이 가물가물한데, 무슨 소리가 들려서 그쪽을 바라보니, 개 머리를 하고 몸은 닭인 무언가가 저를 보면서 침을 흘리고 있었어요. 아마 잡귀였겠죠. 자세하게 들어보니까 저를 보고는 연신 '맛있겠다'라고 말하더라고요. 그러더니 그 옆으로 이런저런 잡귀들이 또 모여들었어요. 금방이라도 절 잡아먹을 것 같은 기세였죠……."

그녀는 미간을 살짝 찌푸렸다. 그때의 좋지 않은 기억이 떠올라서 그런 것이었을까? 그녀는 한동안 인상을 찌푸리곤 입을 열지 않았다. 그런 그녀가 스스로 이야기를 이어갈 수 있도록 기다려줄까 생각했지만 이내 호기심이 가득 차올라 나는 물어보지 않을 수 없었다. 그녀는 수많은 잡귀를 상대로 항아리에서 어떻게 살아나올 수 있었을까?

그래서 어떻게 했습니까? 내가 그녀에게 물었다. 그녀가 답했다.

“잡아먹었어요.”

예?

“잡아먹었어요. 배가 고파서 눈에 뵈는 게 없었거든요. 일단, 절 보고 침 흘리던 닭 몸에 개 머리를 단 잡귀부터 목을 비틀고 몸통을 먹었죠. 머리는 먹지 않았어요. 저는 개는 안 먹거든요.”

예?

“먹으니까, 힘이 좀 나더라고요. 그래서 그 옆에 있는 잡귀도 잡아먹었죠.”

예상치 못한 답변을 그녀는 아무렇지 않게 말했다. 그녀는 여전히 눈을 지그시 감고 약간 미간을 찌푸리고 있었으나…… 나는 묘하게 그녀가 입맛을 다시는 소리를 들은 듯했다. 그리고 그 소리와 함께 그녀의 입꼬리가 살짝 올라가며 미소를 띠는 걸 본 듯했다.

몇몇 차원의 엘프가 강력한 신체를 유지하기 위해 많은 음식을 먹는다는 이야기를 들어본 적은 있었으나…… 귀신, 비록 잡귀지만, 귀신을 잡아먹는다는 건 그녀가 처음이었다.

그녀는 계속해서 이야기를 이어갔다. 잡귀들은 잠시 놀란 듯하였으나, 상대는 그냥 꼬맹이니까 겁먹을 필요가 없다고 말했고, 그녀에게 다시 달려들었다 했다. 그리고 그 잡귀들도 그녀의 식사가 되었다.

그런 모습을 보면 조금 겁을 먹을 법도 하건만…… 잡귀들은 자존심이 상했는지 계속해서, 계속해서 그녀에게 달려들었다. 어느 날은 한 놈, 어느 날은 두 놈, 어느 날은 100여 놈이 한 번에 그녀에게 달려들었다. 물론 그들은 모두 그녀의 식사가 되었다.

그리고 그 정도로 잡귀를 잡아먹었으면 배가 부를 것도 같지만, 그녀는 여전히 배가 고팠다고 말했다. 귀신은 영혼밖에 없는 존재라 포만감이 부족했던 걸까?

아무튼 그렇게 그녀가 항아리 속에서 잡귀들을 잡아먹자 그 소문은 주변의 귀신들과 신들에게도 퍼져 나간 모양이었다. 어느 날은 제법 큰 산의 도깨비가, 어느 날은 제법 큰 땅의 토지신이 그녀에게 도전장을 내밀었다고 했다. 그리고 예상했겠지만, 그들도 모두 그녀의 식사가 되었다. 그럼에도 불구하고 그녀는 여전히 배가 고팠다.

그렇게 어둠 속에서 수천, 수만, 수억의 귀신들을 잡아먹으며 얼마나 시간이 흘렀을까? 그녀는 어느 날 항아리 속에서 어둡지만 황홀하게 빛나는 하늘을 보았다. 보랏빛과 푸른빛으로 창백하게 빛나는 구름 사이로 별이 가득한 바다가 보였다.

그리고 그 별들의 바다에서 8개의 거대한 촉수가 그녀에게 내려왔다. 그것은 인간이 감당하기에는 너무나도 거대한 무언가였다. 그녀에게 고대 차원신이 다가왔다. 그 신도 소문을 듣고 온 것이었을까? 어쨌든 보통의 사람이라면 보는 것만으로 미쳐버렸을 광경이었다. 하지만 그녀는 자신에게 뻗어오는 촉수들을 보고 이렇게 생각했다고 말했다.

"저거 하나 먹으면 배부르겠다."

놀랍게도 그녀의 생각은 맞아떨어졌다. 우주를 가르고 내려오는 거대한 8개의 촉수 중 하나를 다 먹었을 때, 그녀는 비로소 배가 부르다고 느꼈다. 더는 먹지 않아도 괜찮겠다, 라고 느꼈다. 그녀가 항아리에 갇히고 처음으로 배부르다 느꼈을 때, 그녀의 머릿속에 고요한 목소리가 울려 퍼졌다. 그것은 후에 그녀가 '서해 문어 장군신'이라 부르게 되는 차원신의 목소리였다. 신은 그녀에게 흥미를 느꼈고, 그녀에게 자신을 모실 생각이 있는지 물었다.

그래서? 어떻게 대답했습니까? 나는 질문했다. 그녀가 어떻게 말했을지 궁금했다.

"그러죠 뭐."

그녀의 대답은 짧았다. 사실 그녀는 배가 불러 아무 생각도 하고 싶지 않았다고 말했다. 너무 배가 불러 잠이 왔고, 한숨 자고 싶은 마음에 그냥 아무 생각 없이 그렇게 대답했다고…….

다행히도 신은 그녀의 대답에 만족하였고, 그녀가 편안하게 잠들 수 있도록 남아 있는 7개의 촉수로 그녀를 포근하게 안아주었다. 그렇게 그녀는 거대한 신의 품에서 수백 년의 잠에 들었다. 그리고 마침내 잠에서 깨어나 항아리를 깨고 세상으로 다시 나왔을 때.

“저는 ‘엘프 보살’이 되어 있었죠. 그게 제가 무당이 된 이야기예요.”

그렇군요……. 그녀의 대답에 나는 짧게 대답했다. 사실, 달리 할 수 있는 말이 없었다. 무슨 말을 할 수 있을까? 무당이 된다는 데엔 기구한 사연이 따르기 마련이다. 하지만 그녀의 이야기는 기구함을 넘어 범우주적인 무언가였기에, 나는 그 이상의 말을 할 수 없었다. 어떤 말을 해도 거대한 바다에 돌멩이를 던지는 것처럼 하찮은 것이 되어버릴 것만 같았다.

그런 내 표정을 보았는지 그녀는 나에게 잠시 뒤에 있을 굿을 보고 가라고 권했다. 수백 년 동안 항아리에서 신들을 잡아먹은 것으로 모자라, 차원신의 촉수를 하나 뜯어 먹고 신내림을 받은 무당의 굿은 과연 어떤 모습일까?

나는 무언가에 홀린듯 그녀에게 고개를 끄덕여 보였다.

“분명 재미있을 거예요!”

그리고 그런 나를 보고는 그녀가 환하게 웃으며 답했다.

1권, 67페이지

신을 잡아먹을 수 있는 정도였다면, 스스로 항아리를 깨고 나올 수 있지 않았나요? 나는 그녀에게 물었다. 그러자 굿을 앞두고 무구를 정비하던 그녀는, 잠시 손을 멈추고 무언가를 생각하는 듯하더니 이내 다시 무구를 만지작거리며 답했다.

"그 사람이 열어주길 바랐어요. 열어주고 별일 아니었다고 말해주길 바랐어요. 사실…… 고마웠거든요……."

그녀는 연신 무구를 살펴보며 말했다. 그녀는 고개를 숙이고 말했다.

뭐가요? 나는 물어보았다. 그리고 그녀가 답했다.

"그때 내 손을 잡아줬는걸요……. 집으로 가는 길에 '이제 같이 살자꾸나' 말해준 걸요……. 꼬까옷을 입혀주면서 '아이, 참! 이쁘다!' 해준 걸요……. 그리고……."

그리고?

"항아리 뚜껑을 닫기 전에 '잠깐만 여기서 기다리렴, 금방 돌아올게……'라고 말해준 걸요……."

무구를 정비하는 그녀의 손에는 쉼이 없었다. 마치 자기가 하는 말을 잊고 싶은 듯, 그녀는 쉬지 않고 무구를 정비하고 또 정비했다.

해가 지고 있었다. 이제 굿을 할 시간이 다가오고 있었다.

취재 파일 (2)

“보살 양반, 지금 가위로 뭘 자르는 거예요?”

“아? 이거요? 부적 만드는 거예요.”

“근데 무슨 부적을 종이를 잘라서 만들어요? 이리 줘봐요. 뭐야? 이거? ‘**구청 행정 집행 공문?’”

“그쪽 세계선도 그렇겠지만, 이쪽 세계에서도 한국 귀신은 나라님에게 약하니까요.”

“그래서 이거 공문을 오려서…….”

“그렇죠! 나라님 이름이 들어간 종이는 더할 거 없는 부적이죠!”

“이제는 어디서부터 태클을 걸어야 하나……. 이거, 공문서 유출, 범죄인 거 알죠? 이거 어디서 구했어요? 신고하게.”

“걱정하지 마세요! 법적 절차 밟아서 공식적으로 파기된 서류니까요!”

“뭔 소리예요? 아니, 이제 뭔 소리냐고 말하는 것도 힘드네, 진짜…….”

“제가 이래 봬도 공문서 파쇄 전문 업체로 등록되어 있거든요! **구청이랑 동사무소들 공문서는 제가 연초에 회수하고 있어요! 게다가 문서 보존 기간도 모두 넘어간 녀석이라 법적으로도 문제 없어요!”

“…….”

“그보다는 저 가위질 계속해서 손 아픈데 좀 도와주시면 안 돼요?”

“…….”

편집장 반려 1번

"에, 오크 양반, 옆에 같이 있어도 돼요?"

"아…… 취재하는 선생님이시군요. 물론이죠. 저는 괜찮아요, 좀 좁고…… 저 냄새나는데…… 선생님은 괜찮으시겠어요?"

"혼자서 밖에 있느니 좀 좁아도 누구랑 같이 있는 게 나아요. 그리고 생각보다 냄새 안 나요. 오크 양반, 엄지척!"

"니베아 데오도란트예요."

"예? 뭐요?"

"스프레이형이요. 베이비파우더 향. 향수보다 그게 조금 더 오래 가요. 페브리즈도 써봤는데, 그것보다는 니베아 데오도란트가 낫더라고요. 남성용은 향이 너무 강해서, 베이비파우더 향이 나아요. 그게 비결이에요."

"그렇군요……. 그나저나, 어떻게 좀 할 만해요?"

"뭐가요?"

"매번 이렇게 궂힐 때마다 머리 들고 뛰는 거요. 괜찮아요?"

"먹고 살려면 해야죠. 다중 차원 시대라고 하지만, 머리가 분리될 정도로 신체가 손상된 언데드를, 그것도 오크 언데드를 누가 쓰지는 않으니까요."

"그거, 서러운 이야기네……."

"하하…… 괜찮아요."

"벌이는 좀 어때요?"

"신체 훼손을 막기 위한 포르말린값은 부족하지 않게 벌고 있어요."

"아, 포르말린……. 그거 발암물질이던데……."

"어차피 저는 죽었잖아요, 한 번."

"하하…… 그러네요."

"알아요. 말하시는 게 뭔지요. 그래서 저도 요즘 생각하는 게…… 러시아에서 시술받을 수 있다고 하더라고요. 옛날에 소련 지도자들 시신 방부 처리했던 기술이 민간에 풀려서 이제 저 같은 언데드도 서비스받을 수 있대요. 근데 그게 좀 비싼가 봐요……."

"그렇겠죠. 나 사는 차원에서도 그건 아직 돈 많은 독재자들밖에 못 써요."

"선생님 차원 독재자들은 언데드인가요?"

"아니, 살아 있는 사람들이죠."

"그런데 그게 왜 필요하대요?"

와장창! 쾅! 쨍그랑!

“나도 모르겠소……. 근데 지금 밖에 막 뭐 깨지는 거 같은데?”

“아, 신경 안 쓰셔도 돼요. 원래 저래요.”

“아니, 나도 취재하러 왔으니까 뭐가 어떻게 돌아가는지는…… 가능하면 자세하게 보고 싶은…….”

“죽어요. 나가지 마세요. 굿 시작하는 거 보셨으면 충분하게 보신 거예요. 나머지는 저렇게 난장 피우는 거예요. 곧 끝날 거예요…….”

“그러니까 언제쯤…….”

[꿀꿀이이! 내 꿀꿀이이이이! 어디 있어!!!!!!! 어어어어!!!!!!!!!!]

“저 소리 들리시죠? 꿀꿀이라는 소리 안 들리면 끝난 거예요.”

“아…… 어…… 그래요? 그런데, 꿀꿀이가 누구데요?”

“누구겠어요……?”

“아…… 아……. 별명도 있으시구나……. 신이 지어준…….”

“예…….”

“귀엽네요…….”

“고마워요…….”

[꿀꿀아아아아아아아아아! 어디 있어어어어어어어어어어어어어 어어어어어어어어어어어어!]

편집장 반려 42번

“에…… 그러니까…… 인터뷰 응해주셔서 감사합니다. ‘서해 문어 장군신’ 님.”

[괜찮도다. 괘념치 말거라. 그보다 나를 부르는 호칭이 그렇게 길어서 어디 편하게 인터뷰나 하겠느냐? 그냥 장군님이라고 부르거라.]

“하하…… 감사합니다. 감사합니다만 제가 온 차원에서는 장군님이라고 부르면 왠지 놀리는 거 같아서 말이죠…….”

[좋은 말인데 왜 그런고?]

“하하…… 그…… 대머리…… 하하…… 하여간 그런 게 있습니다……. 그래서 말인데 장군님 말고 다른 호칭은 없을까요? 존함이라든가…….”

[허허, 당돌한지고. 감당할 수 있겠느냐?]

“감당해야 하는 건가요?”

[직접 경험해봐야 알겠구나. 그럼, 어디 나의 이름을 쬐끔만 맛보거라. 내 이름은 &}♤=♤=+"&☆{&₩이니라.]

"으악!"

[어떠하냐? 형이상학적 존재의 이름을 들어본 느낌이?]

"헉…… 헉……. 두 번 들으면 머리가 터지겠군요……. 그냥 장군님이라 하겠습니다……."

[잘 생각했도다. 그래, 나에게 궁금한 게 무엇이냐?]

"그…… 예……. 다소 무례할 수도 있는데……."

[괜찮도다.]

"지금 말씀하시는 걸 들어보면 이렇게 근엄하신데, 엘프 보살에게 내려오시면 왜 말투가 그리되시는지……."

[…….]

"역시 불편하시면……."

[별거 아니다. 그냥 형이상학적 존재가 형이하학적 존재에 들어갈 때 생기는 문제다. 어려운 게 아니다. 보살의 몸을 빌려 말하니, 보살의 말투가 나오는 것뿐이다. 나의 말투는 아니니라……. 에뮬레이터 문제를 생각하면 쉽느니라. 닌텐도64 에뮬을 32비트 컴퓨터에서 돌리면 그래픽이 깨지지 않느냐?]

"아! 그렇죠! 그래픽 플러그인 문제 때문에 완벽하지 않죠!"

[그렇지. 잘 이해하는구나.]

"제가 초등학교 때 그걸로 〈대난투〉를 얼마나 잘했는데요?! 하하!"

[저작권 문제가 있으니, 정품을 쓰거라.]

"예……? 갑자기요?"

[정품 이용은 중차대한 일이다. 내가 최애하는 버튜버도 에뮬로 방송했다가 큰 곤경에 처했던 적이 있느니라. 에뮬은 그저 비유를 위해 한 말이니라.]

"예…… 아…… 최애…… 버튜버……. 예, 알겠습니다."

[뭐, 없다면 빌려주마. 나도 닌텐도64는 가지고 있느니라. 현대 컴보이64 버전이기는 하다만……. 대신 수요일에는 돌려줘야 하느니라. 나도 스피드런 방송을 해야 하느니라.]

"아…… 스피드런…… 하하! 아닙니다! 괜찮습니다!"

[흠, 그런가. 더 물어볼 거는 없는가?]

"그러고 보니 어떻게 조금 전 식사는 만족스러우셨는지……?"

[별로였다. 꿀꿀이가 없었잖느냐?]

"꿀꿀이……."

[꿀꿀이 고놈을 언젠가는 먹어야 하는데 말이다.]

"하하, 그렇군요. 꿀꿀이를 좋아하시는군요?"

[고거! 고거! 고게! 아주 별미가 아닐 수가 없다! 내 다음번에는 꼭 먹고 말 거다!]

"아…… 하하…… 예……."

[흐흐흐흐…… 꿀꿀아…… 꿀꿀아…… 흐흐……]

"……."

재건축 (1)

재건축 공사할 때 가장 힘든 게 뭔지 아시오? 지자체에서 허가를 안 내주는 거? 보상금 약하다고 조합원이 소송 걸고 누워버리는 거? 시공사가 계약금만 땡기고 부도나버리는 거? 다 틀렸수다. 귀신이요 귀신. 그것도 지박령. 골치 아파요, 골치…….

삽질 좀 하려고 하면 언제 죽었는지도 모를 귀신들이 튀어나와서는 '여기는 내 땅이다'라고 한단 말입니다. 이미 죽어버린 놈들이라 물리적으로 할 수 있는 것도 없고. 그 우리나라 귀신들은 법 잘 지킨다고 하던데 그것도 아니고 말이오. 죽어버린 시대랑 나라가 죄다 달라서 자기는 그 법 지킬 의무가 없다고 버티고 말이지…….

결국 물리적으로도 법적으로도 먹히지 않으니 영적으로 해결하는 게 가장 좋기는 한데, 법 이야기하면서 말했잖소? 젠장, 시대랑 나라가 죄다 다르다고. 그러다 보니 당연히 믿는 종교도 전부 다르다, 이 말이지. 기껏 무당 불러서 굿해놓으면 '뭐래? 나 교회 다니는데?' 이러고 앉아 있거나, '어허! 옛 성현의 말씀에 삿된 것들과는 가까이하는 게 아니라고 했다!' 하고 유교맨 파워를 보여주니, 종교별로 맞춰서 성직자 부르고 그에 맞춰서 제령 의식을 해야 한다, 이 말이오.

그렇게 끝나면 다행스럽게? 어디 이 땅에서 없어진 종교가 한둘이오? 지난번 공사 장소에서는 땅 팠더니 배화교 귀신이 튀어나오더이다. 배화교, 난 그거 무협지에서만 봤지……. 아, 진짜…… 국내에는 배화교 사제가 없다기에 해외까지 나가서 사제를 모셔 왔소.

그런데 더 환장할 일이 뭔 줄 아시오? 배화교 사제를 데리고 왔더니, 귀신이 살던 시절이랑 지금이랑 교리가 달라서 서로 신학 논쟁하고 있더이다. 귀신이 삿대질하면서 '아니, 내가 배화교를 믿어도 너보다 오래 믿었는데!' 하는 걸 보는 내 입장이 어땠을 거 같소?

그래도 이쪽은 양호한 거요, 말이라도 통했으니. 개중에는 말이 안 통하는 놈들도 있소. 아니 진짜, 내가 진짜, 공사판 삽 한번 떠보자고, 이 나이에 도서관 가서 중세 한국어 공부를 해야겠소? 내가 요즘 그거 하고 있는데, 진짜 죽겠소.

아무튼 내일 또 공사하면서 삽을 좀 뜰 건데, 기도 좀 해주쇼. 보나 마나 또 귀신 나올 건데…… 좀, 말 좀 통하는 놈으로. 좀, 쉬운 놈. 좀, 쉬운, 쉬운, 쉬운 놈으로 나와달라고.

재건축 (2)

총무님, 그래서 지금 공사장에 뭔 귀신이
나왔다고요? 예? 뭐요? 네안데르탈?
아니 그거 한국 귀신 맞아요? 예? 맞아요?
하, 잠깐만요……. 검색 좀 해보고요. 아니……
얘들은, 매장은 했다는데……. 종교는 뭔가
증거가 확실하지 않다는데, 이게 뭔 말이야…….
하아……. 이거 어디서부터 시작하지?

(MMS, 6월 19일, 오후 2시 11분)

아니, 총무님 그러니까 걔, 그 네안 뭐시기냐.
돈 싫대요? 아니, 사람 귀신이라면서요?!
돈 싫어하는 사람이 어디 있어요?!
예? 매머드 고기요? 아니 그건 또 왜요?
예? 그거 아니면 안 된대요? 아니?
진짜 그걸 인제 와서 어디서 어떻게 구하냐고요?!
이러다가 티라노 귀신이 공룡 고기 달라고
하겠네요?! 그냥 화포로 쏴버리면 안 돼요?
그거 역사책에도 나와 있던데?

(MMS, 6월 21일, 오후 3시 5분)

아니에요! 아니에요! 아니에요! 그거 조심해야 해요!
그거 옆 공사장에서 했다가 "어디 관군에게 화포를 쏴?!
역적노무 새퀴들! 니들 거기 꼼짝 말고 서 있어!
내가 지금 화차를 끌고 가서 니들 대가리를 다 날려버리겠어!"
하고 엉뚱한 관군 귀신들 튀어나와 깽판 쳤단 말이에요!

(MMS, 6월 21일 오후 3시 14분)

아니…… 진짜 돌겠네…… _

재건축 (3)

"총무님, 굿하려고 무당 불렀다면서요……. 저렇게 어린 무당 불러도 되는 거예요? 아니, 무당에 나이 뭐 그런 거 없다고는 들었는데, 저렇게 새파랗게 어려서야……. 다른 거 다 떠나서 뭐 머리를 저렇게 샛노랗게 물들여놨어요? 저건, 저건 또 뭐예요? 저 돼지머리 뒤집어쓴 사람…… 아니, 오큰가? 좀 상한 거 같은데? 뭐야, 뭐야 저거? 지금 전기톱 시동 거는 거예요? 아, 진짜…… 총무님, 나 엿 먹일라고 이러는 거 아니죠?"

"쓰읍……! 가만히 좀 있어 봐요! 쫌! 나도 들은 게 있어서 진짜 사정사정해서 데리고 온 거니까. 쯥! 좀 믿어봐요, 날 좀……. 어? 시작하려나 보네?"

부릉-! 푸다다닥! 부릉-! 푸다다닥! 부릉-! 부릉-! 부르으으으으으으응!

……

……

……

[꿀꿀아…… 꿀꿀아…… 내 꿀꿀이……! 어디 있어……? 어디 있어……? 어디 이써어어어어어어!!!!!!!!!]

방랑 서기관의 기록

중개인

"원래는 다 우리 중개인이 하는 일이었어요. 도시에서도, 도시 밖의 촌락에서도."

두 노인이 서로 합의서에 서명하는 동안, 중개인이 나에게 속삭였다. 밤은 깊어 이제 불빛이라고는 좁은 천막 안을 밝히는 작은 등불 말고는 없었다.

노인들은 오랫동안 자신들을 불화하도록 만들었던 그 모든 일을 여기서 멈추고자 하였다. 사실 도시인인 나로서는 그리 큰일도 아니었다. 40년 전에 노인 중 한 명이 염소 한 마리를 빌려가며 새끼를 쳐서 돌려주기로 했는데, 그러지 못했다. 결국 그게 서로의 자존심 싸움으로 불거지며 40년간 불화하였고, 죽음이 다가오는 인생의 황혼기에야 '이제 이 불화를 끝내자' 마음먹은 것이었다. 둘은 형제였다. 아직 도시 밖의 촌락에서는 옛 신들에 대한 믿음이 강했고, 저승을 관장하는 신은 형제간의 우애를 중요시한다고 믿었다.

합의서에 서명을 마치자 서로 누가 먼저다 할 거 없이 한숨을 쉬었다. 이는 '합의식의 의례'는 아니었다. 그냥 40년의 무게가 놓이는 순간 찾아온 지극히 자연스러운 현상이었다.

"자, 그럼, 이제 합의서가 완성되었으니 축원하겠습니다."

중개인은 합의서를 읽어 계약의 신에게 축원하였다. 중개인이 주도하는 전통적인 '합의식의 의례'가 거의 막바지에 도달한 것이다. 중개인들은 당사자 간 합의가 다 끝나면 완성된 합의서를 읽어 계약의 신이 그것을 보증하기를 기원한다. 그리고 똑같은 내용의 합의서에 자신의 이름을 적어 화로에 태운다. 이는 '중개인으로서 올바르게 합의를 이끌었다'며 신에게 보증을 서는 행위였다. 이 '축원의 의례'가 끝나면 그다음이 '은화의 의례'다.

중개인은 미리 준비한 은화를 꺼낸다. 은화의 한 면에는 합의 당사자 간의 이름이 적혀 있고, 다른 면에는 계약의 신을 상징하는 문장과 중개인의 이름이 적혀 있다. 전승에 따르면 세상을 만든 두 신이 누가 이승과 저승을 가질 것인지를 두고 다투었다고 한다. 이를, 그들의 딸인 계약의 신이 중간에서 합의하도록 이끌었고, 그에 대한 증표로 계약의 신이 가지고 있던 메달에 두 신의 이름을 적은 뒤 도끼로 잘라 나누어 가지게 하였다.

은화의 의례는 이러한 전승에 바탕을 두고 있다. 중개인이 공명정대하게 합의를 끌어냈다면 은화는 신의 가호를 받아 도끼에 절반으로 잘릴 것이다. 물론, 준비한 은화는 잘릴 곳을 미리 얇게 만들어 미연의 사태를 방지한다.

"챵!"

도끼가 은화를 자르고 두 노인이 그것을 하나씩 품에 넣는다. 그리고 서로의 얼굴을 지그시 바라보더니 이윽고 눈물을 흘리고 만다. 염소 한 마리가 만들어낸 40년의 불화가 마침내 해결되었다.

"아까 속삭인 말 그대로예요. 원래는 우리 중개인들이 하는 일이었죠. 합의와 계약은 신의 영역이었고, 우리는 그것을 중개하는 역할이었어요. 지난 수백 년간 그래왔죠. 아무도 의문을 가지지 않았어요.

하지만 시대가 변했어요. 이제 법이 그 역할을 대신하죠. 새로운 왕은 자신이 만든 법과 자신의 권위로 합의와 계약이 이루어지길 바라고, 자신의 이름 아래 그것이 보증되길 바라고 있죠. 신의 이름이 아니라요. 5년 전에 반포된 '공증법'으로 인해 왕의 허가를 받지 못한 사람은 더 이상 계약을 중개하지 못해요.

우리 중개인들도 한때는 잘나갔어요. 도시에 중개인 길드도 있고 그랬죠. 그런데 공증법이 반포되면서 길드에 소속된 중개인들은 각자 제 살길을 찾아 떠났어요. 어떤 이는 공증인이 되기도 하고, 어떤 이는 큰 상단의 협상가나 조력자가 되었죠. 이제 전통적인 중개인은 몇 없어요."

중개인은 노인들이 서로 눈물을 충분히 흘릴 때까지 기다리면서 계속 이야기했다.

"게다가…… 이제 도시에는 옛 신들을 믿는 사람도 그렇게 많지 않죠. 안 믿는다는 게 아니에요. 삶에서 신들의 역할이 절대적이지 않다는 거죠. 사람들은 신에게 자신의 삶을 의탁하지 않아요.

반면, 도시 너머 작은 촌락이나 부족들이 모여 사는 초원 쪽으로 가면, 그곳에서는 아직 신들의 흔적을 찾을 수 있죠. 그들이 가진 문제는 도시의 법으로 해결하기에는 너무나도 사소한 것들이고, 칼로 무 자르듯 자르기에는 너무 복잡하고 오랜 시간 묵혀왔던 것들이에요. 그런 문제에는 나름의 이벤트가 필요한 거죠. 법이나 왕 이상의 절대적인 존재가 등장해서 자신들의 문제를 해결해주는 카타르시스가 필요한 거예요. 그 시점에서 우리가 필요해지죠."

중개인은 노인들이 소매로 남은 눈물을 훔치자, 가볍게 미소 지으며 무릎을 꿇고 양손을 모아 그들에게 향했다.

"나으리, 제가 감히 계약의 신의 이름으로 작은 재주를 부렸습니다. 부디 제 재주가 마음에 드셨다면 자비를 보이시어 적선을 부탁드립니다……."

고개를 숙이며 낮게 몸을 깐 중개인을 향해 노인들은 허리춤에 찬 주머니에서 작은 금화를 꺼내 건넸다.

"나으리, 참으로 감사합니다……."

중개인은 나지막이 이야기하고 다시 일어섰다. 이로써 중개인의 모든 일이 끝났다.

"우리는 보수를 받을 수 없어요. 법으로 그렇게 정해졌죠. 중개인은 돈을 받고 어떤 합의나 계약을 끌어낼 수 없어요. 하지만 적선은 받을 수 있죠. 덕분에 우리가 이렇게라도 숨을 이어가고 있고요."

나는 궁금해서 만일 상대가 적선을 거부하면 어떡하냐고 물었다. 중개인은 의례를 위해 바닥에 늘어놓았던 화로니 도끼니 하는 물건들을 정리하길 멈추고 어깨를 한 번 으쓱하더니 말했다.

"그건 신께서만 아시겠죠? 그리고, 괜히 의례에 도끼가 등장하는 건 아닐 거예요."

그러곤 도끼를 쓱 들어 나에게 보여주며 입가에 가볍게 미소를 지었다. 생각해보니 그럴싸한 말이다, 라고 나는 생각했다.

그래서 이제 어디로 가시려는가? 나는 중개인에게 물었다. 그 질문에 중개인은 잠시 생각에 잠기는 듯하더니 이내 속삭이듯 답했다.

"글쎄요……. 어딘가 아직 제가 필요한 곳이 있겠죠? 제 작은 재주가 필요한 곳이 있을 거예요. 어딘지 모르겠지만…… 어딘가에는 있겠죠."

던전광 시대

"어으, 잘 먹었다……."

눈앞의 사내는 자기 앞에 놓인 스튜 사발을 바닥까지 긁어 비우고는 한마디를 뱉었다. 먹는 데는 10분이 걸리지 않았다. 오래된 산자락에는 눈이 짙게 내리고 있었고, 여관의 벽난로에서는 장작이 사그락거리며 타들어가고 있었다.

사내는 섭시에 남은 내 몫의 빵을 바라보며 못내 아쉬운 표정을 지었다. 나는 빵을 갈라 사내에게 한 조각을 건네주었다. 북부에서 남의 것은 그 어떤 것도 함부로 하지 못한다. 주인의 허락이 있기 전까지는. 그것이 밀보다 겨가 더 많이 들어간 딱딱한 빵이어도 말이다. 사내는 나에게 감사를 표하곤 빵을 옷 안주머니에 넣으며 말했다.

"선생님은 모르실 겁니다. 예전에는 이런 산골에 있는 던전들이 각 영지의 부의 기준이 되곤 했어요."

실제로 그랬다. 불과 200년 전만 하더라도 각 영지, 심지어 하나의 나라조차 던전에 의해 부유함이 결정되었다. 던전의 몬스터는 돈이 될 수 있는 금이나 은 같은 귀금속 따위를 가지고 있었고, 그것이 던전을 부유함의 기준으로 삼는 근거였다.

약 400년 전, 남부 영주들이 새로운 통화를 발행하였다. 그동안 부의 기준에서 멀리 떨어져 있던 납같이 무르고 쓸모없는 금속이 통화로 찍혀 나왔고, 그 통화에는 일정량의 금과 은을 보증하는 문구와 영주의 인장이 박혔다.

영주들은 자기 영지의 던전과 던전의 몬스터들이 가지고 있는 귀금속을 담보로 새로운 통화의 가치를 보증했다. 이른바 던전 본위, 던전 태환의 시대가 시작되었고, 얼마 안 가 영주들은 물론 그들을 다스리는 왕들도 이 대열에 합류했다.

이 시기 영주와 왕들은 던전 몬스터 수를 토대로 던전의 가치를 계산했고, 그것에 기초하여 통화를 발행하였다. 하지만 던전 안의 몬스터들과 그것들이 가지고 있는 귀금속은 모두 제각각이었기에 정확한 가치를 측정하기 어려웠고, 이에 던전의 가치를 전문적으로 측정하는 감정사가 부상했다.

"그게 제 일이죠."

사내는 턱수염을 쓰다듬으며 말했다.

"저 같은 감정사들이 돈 잘 벌던 시절도 있었습니다. 물론 제가 태어나기 전의 일이니 저는 알 길이 없죠. 그리고 북부가 세상에서 가장 부유한 시절도 있었습니다. 물론 그 역시 제가 태어나기 전의 일이니 저는 알 길이 없죠."

사내는 미소를 머금고 말을 이었다.

"아시겠지만 감정사들은 던전이 지닌 가치를 감정합니다. 던전의 층과 층별 몬스터의 생태를 파악해서 그치들이 가지고 있는 귀금속의 양을 측정하고 가치를 산정하죠. 물론, 전수는 힘듭니다. 표본 통계를 기초로 하죠. 때문에, 감정사의 능력에 따라 결과가 달라집니다. 몬스터의 번식 상태, 영양 상태, 던전이 너무 깊지는 않은지, 던전 지역에 과거 어떤 사람들이 살았는지, 이런 걸 얼마나 디테일하게 파악하느냐에 따라 감정 결과가 달라지는 거죠. 물론 그 시절에는 그런 게 별로 중요한 건 아니었다고 하지만요……."

그랬다. 던전이 부의 기준이던 시절에는 이런 디테일이 중요하지 않았다. 중요한 건 던전의 양이었다. 던전이 많다는 건 발행할 수 있는 통화의 양이 늘어난다는 뜻이었으니까. 사람들은 자연스레 더 많은 던전을 원했다.

"그러다 보니, 별별 일이 다 있었다고 하더군요. 동굴을 조금 깊게 파고는 거기에 코볼트kobold나 고블린을 던져놓고 던전이라고 우긴다든지 말이죠. 선생님 같은 분들은 모르시겠지만 아무리 어중이떠중이 감정사라도 그 정도는 한눈에 구분하기 마련이지요. 그만큼 사람들은 던전에 목말라 있었어요. 던전은 곧 돈이었으니까요."

하지만 사람이 더 많은 던전을 원한다고 하여도 분명 던전에는 한계가 있었다. 새로운 던전을 발견하는 일은 하늘의 별 따기 같은 일이 되었고, 이로 인해 감정사들의 일거리도 점점 줄어들었다.

"아마 그때쯤인가…… 그렇다고 알고 있습니다. 이해관계가 맞은 거죠. 영주들과 왕들과 뭐…… 감정사들이요."

새로운 던전이 나오지 않자 영지의 주인들과 감정사들은 새로운 길을 찾았다. 던전의 토벌을 미루는 것. 몬스터의 개체를 인위적으로 조절하는 일을 미루거나, 더 이상 토벌하지 않는 것. 일부러 던전 안의 몬스터 개체 수를 늘려 던전의 가치를 부풀리는 일이 여기저기서 성행했다. 감정사들은 던전의 가치를 부풀려 돈을 챙겼고, 때로는 그 방법을 영지의 주인들에게 가르쳐주고 돈을 벌었다. 오래전부터 행해지던 던전 토벌은 인간의 욕망에 의해 멈췄다.

"선생님. 던전 토벌을 왜 할까요? 뭐, 종교적인 이유도 있고, 모험가들의 객기도 있고 그렇겠습니다만…… 역시 가장 큰 건 균형이죠. 던전도 하나의 세상입니다. 사람들은 모르지만 그 안에도 규칙이 있어요. 일종의 먹이사슬이라고 해야 하나. 코볼트는 고블린을 먹고, 고블린은 슬라임slime을 먹고…… 그런 거죠. 다들 던전에 미쳐버리기 전, 감정사들이 하던 일이란 주로 이런 거였습니다. 던전의 균형을 맞추기 위해서 던전의 생태를 파악하고 토벌할 시기를 정하는 거였죠. 그런데 욕심에 눈이 멀어 원래 하던 일과 정반대의 일을 하게 된 거예요."

사내는 잠시 눈을 지그시 감고, 턱수염 쓰다듬는 것을 멈췄다.

밖에서 눈이 쌓이는 소리가 들렸다.

"생각해보세요, 선생님. 이…… 던전 토벌을 하지 않아 균형이 깨지기 시작하면…… 어떻게 될까요?"

던전이 부의 기준이 되던 시절, 다들 던전에 미쳤던 시절, 그래서 후에 사람들에게 '던전광 시대Dungeon maniac Era'라 불리게 되는 시절은 이렇게 막을 내린다.

그 시작은 이렇다. 던전 토벌이 중단되고 던전 안의 균형이 무너져 일부 종들이 기하급수적으로 늘어났다. 주로 지능이 있는 고블린과 코볼트 그리고 오크들이었다. 던전 안에서 먹을 것을 더 이상 찾을 수 없게 되자 이들은 던전 밖으로 나와 촌락과 민가를 습격했고, 이로 인해 결국 영지의 주인들은 어쩔 수 없이 던전을 다시 토벌했다.

그리고 그다음은…….

"거품이 깨졌죠. 거품이 깨졌어요. 던전 밖으로 나온 몬스터를 토벌했는데, 금이나 은은커녕 구리 쪼가리조차 나오지 않은 거예요. 던전 안쪽의 몬스터도 별반 다르지 않았어요. 어쩔 수 없는 겁니다. 몬스터들이 그런 귀금속을 어디서 얻었겠어요? 코볼트의 아종은 광산을 채굴한다고도 합니다만 주로 석탄이고. 간단한 말을 하고 집단을 꾸리는 오크, 고블린 같은 종이더라도 결국 바닥에 있는 걸 줍는 정도거든요. 선생님, 그렇다면 그것들이 어디서 온 걸까요? 던전은 주로 옛 유적 위에 생깁니다. 그러니까 던전 몬스터들이 들고 다니는 귀금속은 유적에서 나온 것들이죠. 그리고 유적의 귀금속은 무한하지 않습니다. 그 끝이 분명히 있어요. 사람들은 던전을 부의 기준으로 삼았지만, 그 부가 어디서 오는지 신경 쓰지 않았어요. '몬스터들이 금과 은을 가지고 있다'라는 거 말고는 전혀 신경 안 썼죠. 그것들이 어디서 왔는지 전혀 신경 쓰지 않았어요…….”

그랬다. 모든 것에는 한계가 있고, 던전 몬스터들의 귀금속도 한계에 닿았다. 몬스터들이 더 이상 금과 은을 가지고 있지 않다는 이야기는 수많은 영지의 통화를 쇳조각으로 만들어버렸고, 많은 왕국과 영지를 몰락하게 하였다.

“선생님, 저는 그 시절에 태어나지 않았으니 그때 사람들이 얼마나 잘살았는지 모릅니다. 그래도 그건 알 수 있을 거 같네요. 던전 안에도 균형이 있고, 때로 그것이 일그러질 때 우리가 바로 잡아주듯이, 이 세상에도 그렇게 일그러진 균형을 잡아주는 게 있다고 말이죠. 그래서 결국 그때 사람들도 균형이 잡혔다고 말이죠.”

나는 신을 말하는 거냐고 물었다.

“신이요? 아뇨, 그런 건 잘 모릅니다. 이제 진심으로 믿는 사람도 없는 거 같고……. 그냥 뭐랄까…… 균형을 잡는 어떤 규칙 같은 거랄까요? 보이지 않는다는 점에서 신과 비슷하기는 하겠군요.”

사내는 미소를 지었다. 나는 그래서 이제 무엇을 할 거냐고 물었다.

“일단, 여기서 며칠 머물면서 뒷산에 던전이 있으면 감정할 생각입니다. 이런 마을에는 옛 유적도 있고, 그러면 던전도 생기기 마련이니까요. 감정을 해서 토벌할 시기가 되었다면, 마을 장로들에게 이야기해서 돈 몇 푼 정도는 받을 수 있겠지요."

밖에는 아직 눈이 내리고 있었다. 벽난로에는 장작이 사그락거리며 타들어갔다. 그리고 사내는 눈을 지그시 감고 말하였다.

"저는 그게 좀 궁금합니다. 언젠가 이와 같은 일이 또 생길 거예요……. 그리고 다시 균형이 잡히겠죠. 제가 살아 있을 때 올지는 모르겠습니다만…… 만일 온다면, 그때 저는 어떻게 할까요? 저는 그 욕망에서, 그 광기에서 자유로울 수 있을까요?"

홍차가 식었다

홍차가 식었다. 식었다고 해야 하나. 갑자기 차가워졌다. 탐험가 무리의 지휘관은 크게 소리쳤다.

"염병할! 역시나! 방진을 짠다! 알룬드! 슈미츠! 앞에서 방패를 든다! 할렌은 뒤에서 주문을 외운다! 한 방에 끝내야 해! 서기 양반! 서기 양반은 내 뒤로 오시오!"

기분 탓이라 느꼈던 싸늘함은 어느덧 등골을 타고 올라오다 이내 목 끝에 걸려 있던 불안과 만나 밖으로 뱉어내는 날숨을 차가운 입김으로 만들었다. 입에서 나오는 새하얀 숨결이 모두의 눈앞에서 아른거리며 사라졌다.

"알룬드! 주위를 철저하게 살펴! 슈미츠! 지난번처럼 방진이 깨져서는 안 된다!"

지휘관은 자신의 몸집보다 큰 방패를 들고 자세를 잡은 두 사람에게 연신 소리를 쳤다. 무리의 뒤로 빠졌던 주술사는 조용히 눈을 감고 주문을 외우고 있었다.

"대장! 분명히 앞에서 올 겁니다! 이렇게 좁은 통로에서는 도리가 없어요!"

방패를 든 사람 중 하나가 외쳤다.

"나도 그렇게 생각한다! 하지만 요사스러운 놈이니 계속 경계해! 할렌이 주문을 완성하면 다 끝난다!"

손으로 감싸고 있는 찻잔이 싸늘했다. 나는 식어버린 홍차를 바라보며, 어이없게도 이걸 마셔야 할지 버려야 할지 고민하였다. 그렇게 찻잔을 붙잡고 골똘히 바라보는데, 지휘관이 어느샌가 옆으로 다가와 말을 걸었다.

"마시지 마쇼. 놈들의 사기邪氣로 식어버린 거라 몸에 안 좋을 거요."

"……그렇습니까?"

"죽지는 않지만, 배탈이 나버리지. 건장한 장정도 나흘은 앓아눕게 되니……. 서기 양반은 일주일은 앓을 거 같소."

"충고해주셔서 감사합니다."

좁은 통로 안에 귀신 같은 적막이 감돌았다.

"거기다가."

지휘관이 계속해서 말을 이었다.

"아직 끝난 게 아니니까 들고 있는 게 좋소. 놈들이 가까이 올수록 더 차갑게 홍차가 식을 테니까. 놈들은 주변의 열을 빼앗아 먹지."

물론 망령이 뿜어내는 기운은 홍차만 차갑게 만드는 것이 아니었다. 그들이 뿜어내는 사기는 농작물을 망치고 사람의 혼을 빼놓는다. 즉, 미치게 한다. 내가 당도한 이 작은 마을도 몇 해 전부터 염소와 양들의 유산 그리고 젊은이들의 광증이 이어지고 있었다.

마을 장로는 이것이 결코 예사롭지 않은 것이라 느꼈지만, 그 원인이 무엇인지는 알 수 없었다. 어렴풋이 마을 뒷산의 던전이 이것과 연관돼 있지 않을까, 의심하고 있을 뿐이었다. 그러던 중, 우연히도 마을에 던전 감정사가 찾아왔고, 장로는 혹시나 하는 마음에 그를 불러 감정을 의뢰한 것이었다.

"정확하지는 않습니다. 뭔가 있기는 있는 거 같은데, 뭐가 얼마나 있는지도 모르겠고……."

던전을 살펴본 감정사는 그렇게 말하며, 여유가 있다면 탐험가들에게 던전 탐색을 한번 맡겨보라 조언하였다. 북부 산골 촌구석 마을의 주머니 사정이야 뻔하지만 이대로 놔두었다가는 그 주머니에 사람 송장이 가득 차게 생겼기에 결국 장로는 탐험가 무리를 수소문해 마을로 모셔 왔고, 나는 그들과 함께 던전으로 들어갈 기회를 얻었다.

지휘관은 그런 나를 마뜩잖게 생각했지만, 이내 던전으로 들어오자 일인분은 해야 한다며 찻잔에 뜨거운 홍차를 가득 들이붓고 내 양손에 쥐여주었다. "혹시나 차가워지면 말하쇼"라는 짧은 말과 함께 말이다.

앞서 말한 것과 같이, 던전 안의 망령들은 주변의 열을 뺏는다.

정확하게는 따듯한 생기를 뺏는다. 그 이유에 대해서는 알려진 바가 없었다. 망령들이야 던전 밖에도 흔하지만, 생기를 뺏는 종류는 던전 안의 것들뿐이었다. 때문에, 던전 안에서 이들과 맞서는 탐험가들은 따듯한 음료를 잔에 따르고 차가워지는 것을 확인함으로써 근처에 망령들이 있음을 확인하는 것이었다.

하지만 왜?

"홍차냐고?"

지휘관이 나지막이 말을 걸었다. 아까의 호령은 어디론가 사라지고 쥐 죽은 듯한 속삭임이 더욱 선명해지는 입김에 실려 들려왔다.

"특별한 이유는 없소. 그냥 자기가 좋아하는 음료를 따르는 거지. 무사 귀환을 축하하는 축하주 같은 거요. 난 홍차를 좋아하지."

"아, 그렇군요……."

"조예는 없지만 그래도 즐겨 마시다 보니 주변에서 취향이 고급이라는 소리를 종종 듣소. 서기 양반도 이 일 끝나면 따듯하게 한잔합시다."

고맙습니다, 라는 말을 하려는 찰나. 홍차에 살얼음이 끼었다. 그리고.

"옵니다! 적어도 다섯! 아니! 여덟은 됩니다!"

앞에서 방패를 든 사내가 목청이 터지게 외쳤다. 좁은 통로에 그 외침이 메아리처럼 울려 퍼졌고, 그 직후 통로 저편의 어둠 속에서 기괴한 신음 소리가 마치 화답하듯 돌아왔다.

"대장! 할렌은 아직이우?!"

"아직! 우리가 조금 더 버텨야겠다! 슈미츠! 방패 더 위로 올려! 니 방패를 넘어오려 할 거다!"

"알겠소!"

말할 수 없는 긴장감이 전신을 감쌌고, 나는 통로 저편의 소리가 점점 귓가에 기어 오는 것처럼 느껴졌다. 지휘관은 나를 보고 쓴웃음을 지으며 말했다.

"정신 바짝 차리쇼! 놈들은 약한 놈부터 잡아먹으니까!"

그 말에 나는 억지로 미소 지으며 그렇게 하겠다고 답했다. 하지만 고개를 돌려 앞을 바라보았을 때, 저 통로 너머에서는 수많은 망령이 우리에게 기어 오고 있었다. 그리고 그것이 가까워질수록, 손끝의 홍차는 점점 더 차갑게 식어갔다.

젊은 사목관

“사목관司牧官이라는 직책은 원래 없는 직책입니다. 근래에 급하게 만들어진 임시직이죠.”

말을 탄 청년은 앞을 바라보며 말했다. 나는 그 옆에서 걸어가며 그를 올려다보았다.

“선생님도 아시겠지만, 차기 황제 계승권을 둘러싼 동부와 남부-서부 연합의 항쟁이 거의 끝나갑니다. 뭐…… 서로 합의를 봐서 선황의 제1황자가 계승하되, 선황의 셋째 동생이 5년간 섭정을 하기로 한 모양이더군요. 덕분에 모든 지역에서 교전이 멈췄습니다. 휴전 상태가 되었죠.”

이 휴전은 갑작스러운 것처럼 보였으나, 사실 항쟁이 시작될 때부터 이미 예정된 것이었다. 황실의 전례에 따라 황제는 13번째 달이 있는 해에 선출되어야 했다. 다만 13번째 달이 있는 해는 10년 주기로 오기 때문에 황제의 자리는 종종 황제가 사망한 후에도 공석으로 유지되곤 했다.

짧으면 며칠, 길면 수년간 황좌가 비었기에, 이 기간에는 황제의 자리를 노리는 여러 세력들이 수많은 음모를 꾸몄다. 개중에는 암살이나 숙청으로 끝날 때도 있었으나, 동부와 남부-서부 연합의 항쟁처럼 전쟁으로 치닫는 경우도 적지 않았다.

하지만 '13번째 달이 있는 해에 황제가 선출되어야 한다'라는 건 '그해에는 어떤 일이 있어도 황제의 자리가 비어서는 안 된다'라는 뜻이기도 했기에, 이는 모든 음모와 폭력의 마감일처럼 여겨졌다. 이 해가 다가오면 음모를 꾸미던 자들도 손에 든 칼을 내려놓고 자신의 숙적과 함께 건설적인 이야기를 할 수밖에 없었던 것이다.

"몇 개월 안 남았지요……. 이제 곧 새해입니다, 나으리."

말 위의 청년은 나보다 높은 사람이었다. 그러나 여전히 그는 내가 자신을 높여 부르는 것이 익숙지 않은 표정이었다.

"그렇지요. 이 겨울이 끝나면 곧 새로운 황제가 자리에 앉을 겁니다. 그러면 항쟁도 비로소 끝나겠죠."

하지만 큰불이 꺼지면 잔불이 남는 법이었다. 황제의 계승권을 둔 전쟁의 끝이 가까워지면서 이합집산하던 귀족들은 손익계산에 들어갔다. 전쟁으로 남는 것이 있어야 했다. 빈손으로 끝낼 수는 없었다.

5년간의 지루한 전쟁에서 주로 전투가 발생한 곳은 남부와 동부의 접경 지역에 넓게 펼쳐진 평원이었고, 이곳은 엄밀히 말해 그 누구의 땅도 아니었다. 명목상 제국에 속한 땅이기는 했지만, 귀족들에게 하사되지 아니하고, 어디에도 속하지 않은 자들이 자그마하게 촌락을 꾸려 사는 그런 땅이었다.

전쟁이 끝나면 패배한 귀족들의 땅을 승리한 귀족들이 나누어 가지는 게 보통이었으나, 이번 전쟁은 승리한 쪽도 없고 점령당한 쪽도 없었다. 심지어 전쟁이 벌어진 땅은 그 누구의 땅도 아니었다. 그러니 나누어 가질 수 있는 전리품도 없는 셈이었다.

"하지만 귀족들이 어디 그냥 물러날 인간들인가요. 평원에서 전쟁을 치렀으니, 평원을 나눠 가져야겠다는 생각이 그때부터 나오기 시작했죠."

"그게 됩니까? 수백 년간 누구에게도 속하지 않은 땅이었습니다."

"맞아요. 분명 제국의 영토지만 누구에게도 속하지 않았죠. 귀족들은 그걸 노리고 있어요. 누구에게도 속하지 않았으니 지금부터라도 누군가에게 속하게 하려는 거죠. 마침 좋은 기회입니다. 새로운 황제가 선출될 거고, 평원 지역에는 아직 수많은 군대가 주둔 중이죠."

청년은 깊게 숨을 들이마셨다가 내쉬었다. 한숨 같으면서도 그것보다 더 깊은 무언가가 차가운 공기와 만나 하얗게 변하며 사라져갔다.

"군대가 주둔한 것만으로는 땅의 소유권을 주장할 수 없어요. 군대는 전쟁을 위한 집단입니다. 전쟁이 끝나면 자기 땅으로 돌아가야 하죠. 그래서 귀족들이 급하게 자신들의 군대가 주둔한 땅에 행정을 담당할 귀족들을 보내기 시작했고요……. 그게 '사목관'입니다. 선생님도 알고 계시듯이요."

사목관은 원래 제국법이나 전통 그 어디에도 존재하지 않는 직책이었다. 말 그대로 급하게 만들어진, 이름만 그럴듯한 자리였고 그 어떤 권한도 없었다. 오직 평원 곳곳에 퍼져 있는 군대와 그들이 주둔하고 있는 땅을 '실질적으로 경영했다'는 것을 증명하기 위한 명목상의 자리였다. 그랬기에 정통성 있는 귀족의 씨앗들은 사목관의 자리에 내려가는 일이 없었다. 그 자리는 아무렇게나 뿌려진 씨앗의 몫이었다.

"실제로 하는 일은 없을 겁니다. 사목관이라는 게 그냥 가서 앉아 있는 게 일이니까요. 제가 가는 곳은 작은 촌락이라 왕 노릇을 하는 사람도 없었던 것 같습니다. 나이 든 촌장이 있고, 모든 일은 주민들이 투표로 정한다더군요. 제가 할 일이 없는 거죠."

청년이 다시 깊은숨을 내쉬었다. 입김이 하얗게 어른거렸다.

"그래도 저는 이걸 나름 기회라고 생각하고 있습니다. 서자로 태어나서 마구간의 말똥이나 치우며 사느니, 이렇게 종이 허수아비라도 되어서 귀족의 모습을 잠시라도 보이면 그래도 어느 순간 또 다른 기회가 오지 않을까 하고요……."

청년이 말끝을 흐리며 잠시 고개를 숙였을 때, 멀리서 기병 두 기가 달려오는 것이 보였다. 아마도 새 사목관을 호위하러 온 군사들일 것이다. 동행하기로 한 길은 여기까지였기에, 나는 그에게 예를 갖추어 작별을 고했다. 젊은 사목관은 말 위에서 엷은 미소를 보이고는 고개를 끄덕였다.

종군 세금징수원

"각 영지에서 온 부대에 세금징수원이 왜 끼어 있는지 모르겠다는 사람들이 있죠."

여인은 자신의 얼굴보다 큰 서책을 펼치고 연신 무엇인가를 적으며 나에게는 눈길조차 주지 않고 말했다. 주변은 곧 다가올 전투 준비가 한창이었으나 그녀는 그런 분위기에도 아랑곳하지 않는 듯했다. 그녀에게 질문하고 대답을 듣기 위해서는 다른 이들보다 더 많은 시간을 기다려야 했다. 특히 서책을 펼쳐 무언가 계산하고 적기 시작하면 정말 오랜 시간을 기다려야 했다.

"그리고 왜 여자가 세금징수원 표찰을 달고 전투를 준비 중인 부대 한가운데 있는지 이해 못 하겠다는 사람들도 있죠."

그녀와의 대화는 항상 단편적이고, 파편적이며, 연속성이 없었기에 이번은 굉장히 이례적이라고 할 수 있었다. 그녀는 그동안의 밀린 질문에 한꺼번에 답해주기로 결심이라도 했는지, 중간중간 자신의 업무(인지 아닌지 알 수 없는 무언가)로 대화가 끊기는 경우를 제

외하고는 끊임없이 말을 이었다. 비록, 여전히 나에게는 눈길조차 주지 않았지만 말이다.

"우선 왜 여자가 세금징수원 표찰을 달고 있는지부터 말할게요. 그걸 가장 먼저 질문했던 거 같으니까. 우선 싸요. 인건비가. 다른 왕국이나 공화국이나 제후국 기타 등등 하여간 다른 나라는 어쩐지 모르겠는데 서부, 남부 공국에선 여자가 세금징수원을 하는 게 일상적이에요. 싸니까요. 인건비가. 물론 원래 그런 건 아니에요. 아시잖아요? 보통의 남자들이 생각하기에 여성들이 일하기 좋은 곳은 주방, 가장 잘하는 일은 집안일 정도죠. 여기엔 인건비도 안 붙어요. 제로예요. 여자들이 밖에 나가서 일한다고 하면 두들겨 맞는 일이…… 어? 뭐야! 아이씨……. 왜 여기 또 계산이 안 맞아?"

서책을 들여다보던 도중 무엇이 잘못되었는지, 그녀는 인상을 찌푸리며 짧은 욕을 뱉어내곤 다시 말을 이었다.

"선황의 붕어 이후에 계승권 전쟁이 발생했죠. 아시죠? 동부는 선황의 셋째 동생을, 서부와 남부는 제1황자를 지지하고 있다는 거. 황제는 황실의 적법한 혈통인지 여부와 선대공들의 지지로 선출되는 거 아시죠? 그게 둘로 갈렸어요. 완전히 둘로. 보통은 권세가 센 쪽으로 힘이 쏠리는데……."

그렇다. 이제는 힘이 비슷했다. 처음에는 서부보다 권세가 강한 동부의 선대공들이 무난하게 선황의 셋째 동생을 황제로 즉위시킬 것 같았으나, 남부의 선대공들이 서부 선대공들과 손을 잡으며 제1황자를 지지하자 판세가 팽팽해졌다. 그게 2년 전의 일이었다.
그리고.

"항쟁이죠, 항쟁. 항쟁 아시죠? 아, 염병…… 이 사람 어제 죽었는데…… 씨…… 안 지웠었네……. 아, 신경 쓰지 마세요. 좀 있다가 이건 고치면 돼요. 그러니까 어디까지 이야기했죠? 맞다, 항쟁. 선대공부터 동네 말단 귀족까지 수틀리면 하는 전쟁이요. 그게 시작된 거예요."

항쟁은 귀족들이 자기 뜻을 관철하기 위해 쓰는 마지막 수단이었다. 수많은 영지의 주인들은 그만큼 수많은 이해관계에 얽혀 있으며, 그로 인한 문제들은 때때로 법전의 글귀만으로 해결할 수 없었다. 때문에, 귀족들은 법률과 이성이 제 뜻을 이루어주지 못할 때, 복잡한 이해관계의 실타래가 풀리지 않을 때, 이를 해결하기 위한 마지막 수단으로 자신과 자기 가문의 명예 그리고 목숨을 건 항쟁을 선택하곤 했다.

항쟁은, 귀족이 자신이 처한 상황과 그것이 어떻게 부당한지 공표한 뒤, 그 부당한 상황을 만들어낸 상대를 지목하여 무력을 사용해서라도 이 상황을 끝내겠다고 선언함으로써 시작된다. 간단하게 이야기하면 명분을 공표한 뒤 적에게 전쟁을 선포하는 것이었다.

이렇듯 '하나 된 믿음의 사슬로 이어진 제국'이라는 프로파간다와 다르게, 제국 내부는 수많은 세력의 약하디약한 고리로 어설프게 묶여 있었다. 당연히 문제가 발생할 수밖에 없고, 문제는 종종 무력 분쟁으로 이어지기 일쑤였다.

“하지만 내부에서 서로 칼질하고 싸워대면 다른 나라 놈들이 우습게 볼 거 아니에요? 그렇지만 그걸 또 어떻게 막을 수도 없죠. 항쟁은 그런 거예요. 내전의 회색 지대. 모두를 통제할 수 없는 황권이 자기의 모순을 그대로 보여주면서 동시에 그걸 그럴싸하게 포장한 웃기는 짓거리라고요.”

그녀의 말에는 거침이 없었다.

“그러니까 우리는 ‘계승권 전쟁’이라고 하지만 공식적으로 이 전쟁은 ‘항쟁’이에요. ‘하나 된 믿음으로 연결된 제국’ 내부에서 벌어지고 있는 ‘정치 행위’의 연속이라고요. 얼마나 웃겨요, 이게…….”

그녀는 서책의 페이지를 넘기며 말을 이었다.

“그래도 그 덕분에 여자들에게도 기회가 왔어요. 병역의 의무가 있는 남자들은 다 끌려갔으니까 그 자리를 여자들이 메워도 어쩔 수 없다고 생각한 모양이죠.

아무튼 전쟁이 길어지니까 세금 걷는 것에도 문제가 생겼어요. 크게 두 가지. 하나는 세금징수원들이 모두 전쟁에 끌려갔다는 거. 다른 하나는 사람이 죄다 끌려가니까 가구마다 세금 매기기가 어려워졌다는 거. 첫 번째는 눈치채셨겠지만. 여자들이 그 자리를 채워서 해결했고요.”

그녀는 잠시 고개를 들어 나를 응시하더니, 자기 가슴팍에 붙은 세금징수원 표찰을 가리키며 웃었다.

"두 번째는⋯⋯ 웃기는 이야기지만 그걸 해결하려고 여기까지 세금징수원이 튀어나와서 호구조사를 하게 된 거예요. 집집마다 장정들이 모두 전쟁에 나갔는데 죽었는지 살았는지 확실하지도 않고⋯⋯. 그거 때문에 세금을 매기는 데 문제가 생긴 거예요. 특히 인두세가요. 세금 내는 사람 입장에서는 어떻게든 세금을 안 내고 싶으니 '전쟁에 나간 남자들이 죽었다'라고 해요. 당연히 징수원은 확인할 길이 없죠. 그러다 보니 세금이 안 걷혀요. 세금이 안 걷히면요, 선생님? 전쟁을 못 해요!"

그녀의 목소리가 점점 카랑카랑하게 울렸다. 주변이 시끄러워져 목소리를 올린 거 같기도 했지만, 이내 그것과 상관없이 그녀가 자신의 목소리에 점점 힘을 주고 있는 것이 느껴졌다. 흡사 연설을 듣는 기분이었다.

"전쟁은 결국 돈이에요, 돈! 이 귀족 나으리들 돈은 세금이 8할이라고요! 결국 세금을 제대로 걷지 못하면 전쟁도 뭣도 다 개판나고! 나가리 되고! 황제건 나발이건 다 교수대로 끌려간다 이 말이야!"

마지막 외침에서 주변의 장정들이 잠시 그녀에게 고개를 돌렸으나, 이내 다시 각자의 일로 돌아갔다. 적이 벌써 만잘라 평원을 가로질렀다는 소문이 돌고 있었다. 그러나 그런 것과 상관없이 그녀의 말은 계속되었다.

"그래서 세금징수원들이 여기까지 와서 하는 일은 그런 거예요.

각 영지 교회에서 받아 온 교구 신도 명단을 일일이 병졸들과 대조해서 확인하는 거. 그리고 죽은 사람은 없는지 전투 전후로 대조하는 거. 그렇게 대조가 끝나고 나면 그걸 정리해서 영지에 있는 세금징수원 길드에 보내죠. 세금 걷으라고.

그거 말고도 자유민의 경우는 공적에 따라 세금 공제율이 적용되는데 그건 나중에 부대 지휘관이 공적 조서를 작성해서 보내줘야 정리가 되는 거라 아직은 하지 않아도 되니까…… 일단 제가 하는 일은 그 정도 되겠네요. 어떻게, 질문하신 것에 답은 되셨는지 모르겠어요."

나는 그녀에게 무섭지 않냐고 물어보았다. 그녀는 책장을 넘기다 멈추고 "전쟁이 무섭지 않은 사람도 있나요?"라고 되물었다. 너무나도 당연한 대답이었기에 나는 질문을 바꾸었다. 전쟁이 끝나면 무얼 할 거냐고.

"……솔직히 어려운 질문이네요. 전쟁이 끝나면 우리는 할 수 있는 일이 이미 정해져 있어요. 다시 집 안으로 들어가야겠죠. 들고 있던 서책과 펜, 주판을 놓고 다시 집 안으로 들어가 접시와 빗자루를 잡아야 할 거예요."

그녀의 눈동자는 여전히 서책에 머물러 있었지만 목소리는 조금 전과 비교가 안 되게 차분해졌다.

"아마 제가 이렇게 말하면 선생님은 이렇게 생각하실 수도 있겠죠. '그럼 전쟁이 끝나지 않기를 바라나?' 천만에요! 전쟁이 계속되길 원하는 사람이 얼마나 있을 거 같으세요? 당장 이 전쟁을 벌인 귀족들도 빨리 황제를 세우고 전쟁이 끝나기를 바랄걸요?

선생님. 전쟁이 계속되길 바라는 사람은 아무도 없어요. 저도 그렇고요. 다만 저는 전쟁이 끝나길 바라는 만큼 제 일도 계속하고 싶어요. 전쟁이 끝난 이후에도요. 그러니까 복잡한 거예요. 서로 같이 있기 어려운 2개가 충돌한 그런 거죠……."

그녀는 마지막에 말을 흐렸지만, 그녀의 그 말은 지금까지 그녀와 나눈 그 어떤 대화보다 선명했다.

그리고 그때, 멀리서 호각 소리가 들려오더니 우리 옆으로 깃발을 든 파발이 빠르게 지나갔다. 호각 소리는 멈추지 않고 계속 울렸다. 적이 예상보다 빠르게 도착한 듯하였다. 주변의 장정들이 서둘러 무장했다. 이제 곧 전투가 시작될 것이다.

"……그래도 하는 데까지 해봐야겠죠? 일단 전투가 끝나면 생존자 대조부터 해야 할 거 같네요. 사실 이게 가장 힘들어요."

그녀는 웃으며 전투가 끝난 다음에 다시 만날 수 있으면 남은 이야기를 계속하자 하였다. 나도 그러기를 진심으로 바라며 자리에서 일어났다.

이야기의 값

"모든 사건에는 전조 증상이 있어요. 그거 아세요? 던전광 시대도 최소 50년에 가까운 전조 증상이 있었어요. 사람들은 던전광 시대가 하루아침에 끝났다고 생각하는데 사실이 아니에요. 거품에 취해서 보지 못한 전조가 수십 년간 있었다고요."

그녀는 주머니에 은화 조각을 집어넣으며 이야기를 시작했다. 모든 건 돈이다. 돈이 우리의 삶을 정의한다. 그러니까 내 이야기도 돈으로 정의되어야 한다, 듣고 싶거든 돈을 내라며 값을 흥정한 지 1시간. 은화 4분의 1닢에 가격이 합의되고, 다시 우악스럽게 도끼로 멀쩡한 은화를 쪼갠 뒤였다.

"처음에는 물가가 오르기 시작했어요. 귀족들이 쓰던 사치품이었고, 그다음은 점점 아랫것들이 쓰는 것들도 오르고, 마지막에는 모두가 필요로 하는 것들이 올랐죠. 선생님은 던전광 시기 말엽에 감자 하나 가격이 얼마였는지 아세요?"

여관 주인이 접시에 내온 감자 한 알을 손으로 집어 들며 그녀가 물었다. 나는 감자의 값보다 그 뜨거운 감자를 집어 들고도 안색 하나 변하지 않고 나를 응시하는 그녀의 눈빛에 뭐라 말해야 할지 적당한 답을 찾지 못했다. 그런 내 표정을 알아챘는지(감자에 대한 내 걱정까지는 모르겠지만) 그녀는 스스로 답을 말했다.

"북부 코튼 백작령 동전 12개. 북부 코튼 백작령 동전 12개를 줘야 이런 감자를 하나 살 수 있었어요. 물론 요리비는 별도."

말이 끝남과 동시에 그녀는 감자를 한 입 베어 물었다. 뜨거운 김이 용의 숨결처럼 올라와 얼굴을 가려버릴 정도였지만, 그녀의 안색에는 여전히 그 어떤 변화도 보이지 않았다. 아주 잠시나마 그녀가 용의 현신이 아닐까, 하는 생각이 들었다.

그녀가 감자를 먹느라 잠시 이야기를 멈춘 사이, 북부 코튼 백작령의 동전을 떠올렸다. 예전에 만난 감정사가 말해준 것처럼, 한때 북부는 세계에서 가장 돈이 많은 곳이었고, 그중 가장 부유한 곳은 코튼 백작령이었다. 고대 왕도 유적 위에 자리 잡은 영지였기에, 그 어느 영지보다 던전이 많았고, 그 던전들은 다른 것들보다 훨씬 좋은 값으로 평가되었다.

던전의 몬스터가 가진 귀금속을 기준으로 화폐를 발행하던 던전 태환기 때, 코튼 백작령의 동전은 지금의 은 2온스 가치로 평가받았다. 다른 곳이 1.5온스 혹은 1온스 정도로 평가받은 것에 비하면 굉장히 고평가된 화폐였다. 그러니 그녀가 말한 감자 1개의 가격은, 지금으로 치면 1온스짜리 은화 24개의 값과 같다는 것이었다.

"하지만 아무도 그걸 비싸다고 생각하지 않았어요."

감자를 다 먹은 그녀는, 꿀을 넣어 끓인 밀맥주를 들이켜 입가심하고는 손으로 가슴을 두어 번 쳐서 큰 소리로 트림을 토해냈다. 순간 몸이 움찔해 옆으로 피했으나 그것은 결코 불결하다는 느낌에서 한 행동이 아니었다. 그저 어째서인지 그 소리가 마치 용이 불꽃을 토해내는 소리처럼 들렸기에 그랬을 뿐이었다. 감자 한 알과 밀맥주 한 모금으로 그녀는 그렇게 우렁찬 소리를 만들어냈다. 나는 순간 그녀의 입에서 불꽃이 쏟아지는 게 아닐까 두려웠다. 하지만 다행히도 그런 일은 없었다. 쏟아진 건 계속되는 이야기였다.

"왜였을까요? 이유는 간단해요. 모두 부자였거든요. 모두 돈이 너무 많아서 물건값이 올라도 신경 쓰지 않았거든요. 물건값이 조금 올라도 그보다 빠르게 부자가 되었으니까 사실 물건값은 별 차이가 없다, 뭐 이런 거였죠.

그런데 말이죠. 왜 이렇게 된 걸까요? 어쩌다가 감자 하나가, 지금으로 따지면 은화 20개가 넘는 값에 거래가 된 걸까요? 이유는 간단해요. 돈을 너무 많이 찍었으니까. 그럼 왜 돈을 많이 찍어야 했을까요? 그보다 왜 코튼 백작령의 동전만 다른 동전의 2배 가치로 평가가 된 걸까요?"

양손으로 맥주잔을 감싸고 그녀는 나를 지그시 바라보았다. 하지만 나에게 답을 바라는 건 아닐 것이다. 어차피 답을 모른다는 걸, 그래서 자기가 이야기해줘야 한다는 걸 알고 있을 테니까. 나는 솔직하게 모른다고 했다. 그리고 그 말을 기다렸다는 듯이 이야기가 이어졌다.

"화폐의 가치는 던전 몬스터가 가지는 부의 총액을 발행량으로 나눈 거죠. 감정사들이 영지의 던전을 돌아다니면서 가치를 측정하면, 영주들은 그걸 토대로 화폐 발행량을 결정해요. 매년 던전이 새로이 발견되면 그걸 반영해서 새로 화폐를 발행해야 하는 거죠.

그러다 보니까 던전광 시대 말엽에는 화폐 발행량이 어마어마했어요. 너도나도 사기를 쳐서 던전을 만들고 몬스터를 목축하듯이 불리는데, 그런데도 화폐 발행량이 안 늘어나면 그게 더 이상한 거죠. 나중에 가서는 발행량이 던전 증식 속도를 못 따라갔고, 막판에는 코튼 백작령처럼 화폐 가치가 그냥 상승하는 녀석들이 생겼어요. 코튼 백작령의 동전도 처음부터 은 2온스의 가치를 가지지는 않았죠. 그렇게 되면 계산도 어려워지니까요. 동전 하나에 은 1온스의 고정 가치여야 했지만, 마지막에는 그것조차 안 된 거예요."

그녀는 두 번째 감자를 손으로 쪼갰다. 여전히 감자는 뜨거웠다.

"세상에 돈이 그렇게 많았던 적도, 사람들이 그렇게 부자인 적도 없었어요. 흥! 그런데 생각해보면 너무 웃기잖아요? 세상에 한 번이라도 이렇게 사람들이 모두 부자인 적이 있었나요? 난 없었던 거 같은데. 선생님이 저를 비관적이라고 해도 좋아요. 교회에서 말하는 건 모두 거짓부렁이에요. 신들이 모든 인간은 사랑받아야 한다고 말했을지 몰라도 인간들은 서로를 미워해요. 증오해요. 자기 말고는 너무 싫어해서 남들이 자기보다 잘사는 걸 저주해요. 그게 인간인데, 그게 가능하겠어요?"

인간의 속성에 대해 잠시 저주와 같은 자신의 철학을 설파하던 그녀는 이내 약간 체념한 듯한 표정으로 감자를 먹으며 계속 이야기하였다.

"그런 전조를 잡은 사람들이 있어요. 아무리 생각해도 이상하다고 생각한 사람들이 있었죠. 동부 상단 중 농산물을 팔던 상단들이 그 신호를 잡았죠. 처음엔 농산물의 값이 미친 듯이 오르니까 이 사람들은 신이 났죠. 자기들이 다루는 물건의 값이 오르니까. 하지만 이내 뭔가 잘못되었다는 걸 눈치챘어요. 아무리 돈을 많이 벌어도 다른 물건값이 계속 오르니 이익을 볼 수가 없었던 거예요."

던전광 시대, 동부의 상단들은 농산물을 사고팔아 이문을 남기는 집단이었다. 동부의 거대한 평야에서 기른 농산물을 남부와 서부 그리고 북부를 돌며 팔았고, 장사가 끝나면 그곳에서 씨앗을 한 움큼 사 들고 돌아와 다시 동부의 평야에 뿌렸다. 때문에 다른 영지의 상단보다 동부의 상단은 규칙적인 생활양식을 지녔고, 종종 다른 상단으로부터 '농사꾼'이라는 놀림과 멸시를 받아야 했다.

"동부에서 감자를 캐서 남부에서 파는 거랑 서부에서 파는 거, 북부에서 파는 게 가격이 달랐어요. 점점 더 비싸졌죠. 그리고 돌아오면서 종자를 사는 데 쓴 돈이 농산물을 팔아서 번 돈보다 많아졌죠. 여기서 동부 상단의 전설이 시작됩니다. 맨날 남부 놈들, 서부 놈들, 심지어 그지 같은 북부 놈들에게도 농사꾼이라 놀림받던 놈들이 세계 제일의 부자가 되었다고요.

동부 상단 중 아슬라니우스 상단의 단장이 처음으로 이런 물가 상승에 의심을 가졌어요. 그래서 조사했죠. 조사해서 뭘 얻었을까요? 우리가 모두 다 아는 이야기를 얻었죠. 던전에 거품이 끼었다, 실제 화폐 가치는 동銅이 아니라 똥만도 못하다 등등…….

그래서 아슬라니우스 상단의 단장이 어떻게 했을까요? 돈을 팔기 시작했어요. 예, 돈을 팔기 시작했다고요. 자기 상단에서 가지고 있는 화폐들을 시세 가치보다 50~80퍼센트 정도의 가격에 팔고 금과 은을 긁어모았다고요.

던전 태환기 화폐에도 액면가는 존재했어요. 동전 하나에 은 1온스. 하지만 실제 환산 가치는 더 올라갔다고 이야기했죠? 운이 좋아야 액면가대로 파는 거고, 운이 없으면 손해 보면서 판 거예요. 처음에는 미쳤다고 했죠. 통용 가치보다 낮아도 한참 낮은 가격에 금과 은으로 바꾼 건데…….

그런데 동부 사람들이 좀 괴팍한 게 있는지 이게 설득력이 있다고 생각했나봐요. 나중에는 동부 지역의 모든 상단이 자산을 팔아가면서까지 금과 은을 긁어모았어요. '이 거품이 터져버리면 화폐 근간에 대한 의심이 있을 거고, 결국 그런 의심은 화폐 본래 가치를 증명하는 금과 은의 수요로 이어질 거다'라고 생각한 거죠.

그리고 결국, 거품이 터졌죠. 와르르! 우지끈! 쿠고고고과왕! 던전을 기반으로 한 화폐의 거품이 완전히 무너졌어요."

"덕분에 금, 은 값이 천정부지로 솟았죠? 당연히 동부 상단이 가장 큰 이익을 봤겠군요."

나는 그녀에게 물었다. 그녀는 입을 다물고 눈을 몇 번 깜빡이더니, '음……' 하는 소리를 길게 내고는 다시 입을 열었다.

"사실 그보다 더 크게 이익을 본 사람이 있죠."

"그게 누군가요?"

"그 당시 황제, 루겔리우스 3세와 지금 동부 알락사스 선대공의 시조라고 할 수 있는 헤르멜리나 앙헬리겐차 알락사스요. 당시에는 백작이었죠. 여기서부터는 조금 더 이야기가 길어지고, 정치적인 내용도 섞여 있어요. 뭐, 이야기하지 말라고 해도 할 거니까, 알아서 들어요."

그렇게 말한 그녀는 어깨를 으쓱하며 나를 바라보았다. 그 표정은 몸으로 말하는 추임새 같기도 하고, 한편으로는 '내가 지금부터 내 맘대로 떠들 건데, 뭐 어쩌라고?' 선언하는 것 같기도 했다. 어쨌든, 그 말에 실려 온 메시지는 확실했다. 이제부터 이어질 이야기에는 더 이상 내가 끼어들 공간 같은 건 없을 거다. 물론, 내 동의도 필요하지 않을 거고. 그녀는 자기가 결정하고, 쪼개고, 품에 넣은 이야기의 값이 떨어질 때까지 쉬지 않고 이야기를 쏟아낼 거다.

"루겔리우스 3세 이야기를 하려면, 선대 황제인 아르케우스 5세 이야기를 먼저 해야 해요. 아르케우스 5세는 강력하고 거대한 제국을 만들어야 한다는 사명감에 불타는 사람이었죠. 그래서 살아 생전 한순간도 쉬지 않고 전쟁을 벌였어요.

하지만 모든 건 돈이잖아요? 사명감만으로는 전쟁을 할 수 없죠. 불행히도, 그는 자신의 사명을 완수할 돈이 없었어요. 끊임없는 전쟁에 황실의 재산은 바닥을 향해 갔죠. 보통 사람이었다면 아마 거기서 멈췄을 거예요. 그렇지만 아르케우스는 보통 사람이 아니었죠. 그는 사명감에 미친 놈이었어요.

그는 어떻게든 전쟁이 계속될 수 있도록 새로운 화폐를 발행했어요. 순도 45퍼센트인 은화였죠. 당시 황실에서는 순도 90퍼센트의 은화를 발행했는데, 갑자기 그 순도가 45퍼센트까지 떨어진 거예요. 그리고 그 은화의 액면가를 순도 90퍼센트 은화와 똑같이 잡았죠. 아르케우스는 새로운 은화로 전쟁에 필요한 물자를 사려고 했어요.

하지만 생각해보세요, 선생님. 어떤 바보가 순도 45퍼센트짜리 은화를 순도 90퍼센트짜리 은화와 같은 값으로 취급해주겠어요? 바보가 아닌 이상 말이죠. 아르케우스는 미친놈이었지만 바보는 아니었어요. 당연히 물자를 댈 상단과 병사를 댈 용병단이 싫어할 걸 알았죠.

그래서 그는 상단과 용병단에 약속했어요, '이 은화를 순도 90퍼센트 은화와 같은 값으로 취급하는 대신, 나머지 45퍼센트에 해당하는 금액은 후대 황제가 갚도록 하겠다'라고요. 그리고 그 내용을 법전과 동전 뒷면에다가 적었죠.

문제는 다음 황제가 누가 될지 알 수 없다는 거였어요. 황제 선출은 '황실의 적법한 혈통 중 1명을, 선대공들이 투표를 통해 뽑는 방식'이었기 때문이죠. 하지만 아르케우스는 당연히 자기 아들인 호르세아가 황제의 자리를 물려받을 거로 생각했어요. 전쟁에서 이기면 그렇게 될 수 있을 거라 믿었죠. 그래서 어떻게 됐을까요?

전쟁에서 졌어요. 완전히 졌죠. 망했어요. 그래서 북부와 서부의 일부를 적에게 넘겨줘야 했어요. 졸지에 영지를 뺏긴 귀족들은 제대로 화가 났고, 황제 선출 투표에서 호르세아가 아니라 그의 조카에게 표를 던져버렸죠. 그가 루겔리우스 3세예요.

루겔리우스는 자신이 어떻게 황제가 되었는지 알고 있었기에 굉장히 염세적인 성격이 되어버렸어요. 자기는 평생 남이 진 빚만 갚다가 죽을 거라고 생각했죠. 그래서 결혼도 안 하고 자식도 안 가졌어요. 그런데…… 그때, 헤르멜리나가 등장한 거예요! 짜잔!

루겔리우스가 황좌에서 절망감에 허우적대는 동안 헤르멜리나는 동부 상단과 함께 자기 영지에서 통용되던 던전 본위 화폐들을 은과 금으로 바꾸고 있었어요. 그런데 가지고 있던 코튼 백작령의 화폐가 너무 많아 처분하기 어려운 상황이었죠. 개당 은 2온스의 가치를 가지고 있고, 앞으로 더 가치가 오를 화폐이면서, 동시에 언제 터질지 모르는 폭탄 같은 녀석들이 어마무시하게 쌓여 있었어요. 게다가 동부 상단이 은과 금을 긁어모은다는 소문이 돌면서 서서히 금과 은 값이 올라가고 있었죠. 헤르멜리나 입장에서는 너무 손해 보지 않으면서 한 방에 이걸 해결할 방법이 필요했는데, 마침 황제가 보였던 거예요. 황제가 직접 다스리는 황도의 통화는 던전광 시대에도 금과 은으로 만들어졌어요. 남들이 모두 던전 본위 화폐를 찍는데 왜 황도만 그랬냐 하실 수도 있겠지만, 황도에 던전이 어디 있겠어요? 애초에 불가능했죠.

당시 황도 재정은 암울한 상황이었어요. 세금으로 돈이 좀 쌓이면 상단과 용병단이 아르케우스의 동전을 가지고 와서 나머지 절반을 내놓으라고 했거든요. 헤르멜리나는 그게 보였던 거죠. 그래서 황제에게 서신을 보내 정치적인 거래를 시도해요. 일개 백작이. 거래의 요는 이래요. '황도가 소유한 은을, 지금 당장은 아니라도 괜찮으니, 내가 가지고 있는 코튼 백작령의 동전과 일대일 비율로 바꾸자. 그리고 황제 당신은 그걸 가지고 빚을 다 청산하는 거다' 라고요.

헤르멜리나의 서신이 황제에게 전달되는 동안에도 코튼 백작령의 동전은 시세가 계속 올랐죠. 루겔리우스가 편지를 읽었을 즈음에는 3.5온스까지 올라갔을 거예요. 황제 입장에서는 좋은 일이었죠. 그리고 황제에게 빚을 받아야 하는 상단과 용병단 입장에서도 나쁠 게 없는 일이었고요. 가장 인기 있는 돈이 가장 좋은 돈 아니겠어요?

하지만 루겔리우스는 바보가 아니었죠. 당연히 그런 거래에는 대가가 있을 거로 생각했고, 한편으로는 이 당돌한 백작이 마음에 들어 직접 불러 원하는 게 뭔지 물었다고 해요. 그리고 헤르멜리나는 '동부 선대공 자리를 원한다. 그렇게 되면 당신의 아이를 황제로 만들어주겠다'라고 답했다고 하죠. 그래서 황제가 '나는 결혼도 하지 않았고 자식도 없다'라고 말했는데, 헤르멜리나는 '그러니까 서둘러야 할 거다'라고 답했다고 하네요. 쉽게 상상이 안 되는 일이죠. 여튼, 그렇게 두 사람의 거래가 성사되었어요. 황제는 헤르멜리나에게 수십 년에 걸쳐 세금 일부를 주기로 약속하고, 코튼 백작령의 동전을 모두 가져와서는 그걸로 빚을 갚았죠.

뭐, 그리고 그 뒤의 이야기는 언제나 그렇듯! 콰과오 과과오 콰콰쾅! 너도 알고! 나도 알고! 모두가 아는 던전 거품 붕괴!"

그 말과 함께 그녀는 식탁을 박차고 일어났다. 자신이 말하는 이야기가 클라이맥스에 이르자 그 흥분을 더 이상 주체할 수 없는 듯했다. 그렇게 잠시 주변의 시선을 산 채로 잡아먹은 그녀는 다시 자리에 앉아 담담하게 맥주잔을 홀짝이더니 이야기를 이어갔다.

"그렇게 해서 헤르멜리나는 동부의 선대공이 되었어요. 루겔리우스는 약속을 지켰죠. 그리고 헤르멜리나는 선대공 대관식이 끝나고 황제와 독대하게 되었어요. 루겔리우스가 헤르멜리나에게 말했죠. '그래, 나는 약속을 지켰다. 이제는 네가 약속을 지켜야 할 차례다'라고요. 새로운 동부 선대공이 황제에게 말했어요. '난 당신의 아이를 황제로 만들어줄 준비가 되어 있습니다. 하지만, 당신은 여전히 아이가 없군요? 당신의 아이는 어디 있습니까?' 걸치고 있는 옷과 지위에 상관없이 여전히 당돌한 그녀의 모습에, 황제는 그만 피식 웃어버리고는 '내가 성격이 엉망이라, 나와 혼인하겠다는 이가 아무도 없었다. 나도 아무나하고 혼인할 생각이 없고 말이다' 라고 말했다고 해요.

그러자 선대공도 피식 웃고는 '그러면 어떻게, 제가 다음 황제를 낳아드릴까요?'라고 받아쳤는데 황제가 '그래 주겠느냐?'라고 되물었다고 하죠. 헤르멜리나는 '나는 꽤 욕심이 큰 사람입니다. 그래도 되겠습니까? 나중에 마음을 바꿔, 당신의 아이가 아니라 내가 황제가 되겠다 할지도 모르는데?'라고 답했고 황제는 '아무렴 어떻겠느냐. 나는 좋다'라고 말했다고 해요. 그렇게 두 사람은 그 자리에서 혼인을 약조했죠.

헤르멜리나는 선대공이 된 지 1시간이 안 되어서 황후 자리까지 얻었어요. 정말, 전설이죠. 그리고 둘 사이에서 나온 자식이 아르마키우스 1세. 그리고 헤르멜리나의 약속대로 그는 훗날 황제가 되어요. 헤르멜리나는 자기 자식을 황제로 만들기 위해 그의 정적들을 죄다 숙청해버렸죠."

그녀는 거기까지 이야기하고 잠시 숨을 돌렸다. 잠시 숨을 돌린 그녀의 얼굴에서 만족감이 느껴졌다. 그 숨겨지지 않는 만족감에서 밤새도록 이야기할 수 있다는 자신감을 읽을 수 있었다. 하지만 내가 보기에 이미 이야기는 그 값을 한참 지나 있었다. 그리고 그녀도 그것을 아는 듯했다. 맥주잔을 끊임없이 만지작대는 손끝에서 그녀의 고민이 보였다.

아마 여기서 다시 협상을 한다면, 아까의 절반 가격에 나머지 이야기를 들을 수 있을지도 모를 일이었다. 어쩌면 그녀도 그것을 바라고 있을지 모를 일이었다. 아니, 더 이상 치를 값이 없다고 하더라도 그녀가 계속해서 이야기해줄지도 모를 일이었다.

그럼에도 불구하고 나는 그러지 않았다. 그럴 수 없었다. 그녀의 이야기는 그 값을 충분히 하는 것이었기에 결코 공으로 들을 수 없었다. 그녀의 말이 옳았다. 모든 것은 그 값을 치러야 얻을 수 있다. 그것이 누군가의 입에서 흘러나오는 이야기라도.

나는 그녀에게, 아쉽지만 더 이상 이야기값을 지불할 능력이 없으니, 다음에 여유가 생기면 나머지 이야기를 듣겠다고 말했다. 그런 나의 말에 그녀는 잠시 복잡한 표정을 지었으나 이내 "그럼 그렇게 하죠"라고 말하곤 손을 내밀었다. 나는 그 손을 받았다. 그리고 그 손에서 다시 한번 그녀가 용의 현신이 아닐까 생각했다.

그렇게 우리는 뜨거운 악수를 하고 작별했다.

밖은 아직 눈이 내리고 있었고 밤은 어두웠다. 그렇게 북부에서의 하룻밤이 또 지나가고 있었다.

모두가 세상이 불타길 원한다

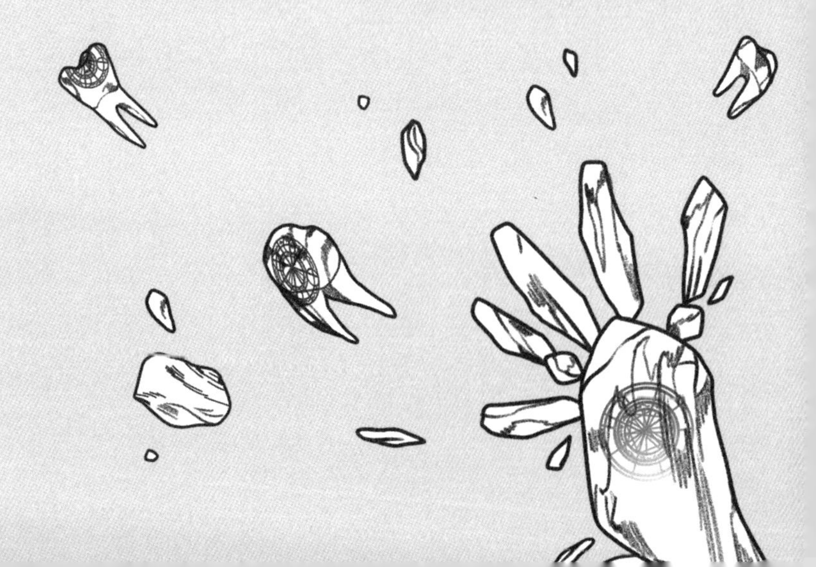

킬러

"얼마 전에 킬러 안드로이드 잡혔잖아요? 어떻게 잡은 거예요?"

"아, 그거? 암호화폐로 의뢰 대금을 받다가 블록체인 추적으로 잡혔지."

"다크코인(중간에 송금자 정보가 세탁되는 코인)으로 결제 안 한 거예요? 왜요?"

"사연이 조금 있던데……."

"궁금해지잖아요. 말해봐요. 어차피 오늘 금요일이라 시간도 많은데."

"수사팀 쪽 이야기를 들어보니까, 잡히기를 바랐던 거 같대."

"무슨 말이에요, 그건? 킬러 안드로이드가 잡히길 바랐다고요?"

"어, 이야기를 들어보니까 원래 가사 도움용 안드로이드였는데, 마피아가 납치해서 소프트웨어를 강제로 개조해 킬러로 이용했다더군."

"마피아는 안드로이드를 새로 사면 되지, 왜 가사 도움용 안드로

이드를 납치한 거래요?"

"일단 그게 싸고…… 또 원틀이 가사 도움용이라 스캐너에 걸리지 않았다더군."

"그런 맹점이 있었네요. 스캐너부터 새로 업데이트해야겠군요……. 그런데, 잡히길 바랐다면 왜 자수하지 않았대요?"

"마피아들도 바보는 아니어서 안전장치를 걸어둔 모양이야. 경찰에 자수하거나, 도망치려고 하거나, 살인 명령을 거부하면 강제로 개조한 소프트웨어가 작동되어서 저항할 수 없게 했다더군. 그래서 경찰이 자기를 잡아주길 바랐던 모양이야."

"그렇구나. 그런데, 그게 암호화폐를 대금으로 받은 거랑 어떤 관계가 있어요?"

"원래는 현찰로 받았거든. 그거 알지? 약속한 장소에 돈 가방 놓고 가면 회수하는 방식. 그걸로 대금을 받았는데, 금액이 커지다 보니 마피아도 대체 방법이 필요했던 모양이야. 그래서 암호화폐로 대금을 받기로 한 거지. 그런데 여기서 마피아가 실수를 했어. 암호화폐 종류에 대한 제한을 걸어놓지 않은 거야. 그래서 안드로이드는 일부러 블록체인 추적이 가능한 코인을 사용했고."

"진심이었나 보네요. 그 안드로이드…… 체포되면 해체될 텐데."

"그렇지……. 그런 거지……. 그런데 해체는 안 됐어."

"무슨 말이에요? 아까 잡았다고 했잖아요."

"잡았다는 게 꼭 생포한다는 말은 아니잖아? 현장에서 맹렬히 저항하기에 어쩔 수 없이 파괴해야 했지."

"체포되길 바랐다면서요? 아니 왜 저항한 거죠?"

"그 안드로이드도 정말 기구한 게, 수사팀이 블록체인을 추적하면서 마지막 거래를 확인했는데, 하필 그 거래의 암살 대상이 안드로이드의 주인이었나 봐. 출동했을 때 이미 사람은 죽어 있었고, 안드로이드는 미쳐버렸던 거 같아. 슬픈 이야기지……."

"그렇네요, 정말……."

사이클

어느 차원에나 아나코캐피털리스트anarcho-capitalists를 대표하는 의견이 무언가 하나씩 있잖아요? 어떤 차원에는 디지털 코인을 기축통화로 하자는 의견도 있고, 어떤 차원에서는 금본위제로 돌아가자는 말도 있죠. 물론 그런 의견들은 대부분 소수 의견이라 실현되지 못한다는 것이 일반적이고요. 하지만 우리는 성공했죠. 여러 번 대공황을 겪으면서 우리 차원에서는 결국 아나코캐피털리스트가 경제 주류로 올라설 수 있었어요.

우리는 정부가 통제할 수 없는 통화의 움직임을 통제하려고 한 게 그동안의 경제 정책이 실패한 원인이라고 생각했어요. 그리고 그 핵심에는 정부가 혼자서 돈을 발행하는 '발권력'이 있다고 보았죠. 종이돈부터 디지털 코인, 금태환권과 금화, 은화에 이르기까지 정부가 화폐를 발행하는 것을 독점하고 권력으로 휘둘러 통화의 움직임을 통제하려는 게 거대한 유기체처럼 움직이는 경제를 망가트린다고 봤어요. 우리는 그 문제를 해결하려 노력했고, 그 결과

'인간의 혈액'을 법정통화로 사용하게 되었어요.

맞아요. 제대로 들으신 게 맞아요. 우리는 인간의 몸에 흐르는 혈액을 통화로 사용해요. 뱀파이어 소설에 등장하는 '피는 생명의 통화' 같은 메타포가 아니에요. 애초에 우리 차원에서 뱀파이어는 멸종했고요.

이상하게 생각하실 것 없어요. 아까 말씀드렸던, 정부가 독점하던 '발권력'에 초점을 맞추면 쉽게 이해가 되죠. 이제는 사람 개개인 모두가 발권력을 가지는 거예요. 조폐 정책이 완벽히 민주화된 거죠. 그리고 이로 인해 사람이 사람을 귀하게 여기게 됐어요. 그럴 수밖에요. 사람들은 이제 걸어 다니는 머니 프린터니까요.

사람의 수가 이제 국가의 부를 결정하기 때문에 정부와 기업은 사람들을 위한 복지 정책과 사업을 쏟아냈죠. 사람이 늘어나면 예전에는 노동시장의 경쟁이 심화되었는데, 이제 사람 하나하나가 조폐국이고 은행이다 보니까 기업은 일자리를 쪼개서라도 사람들을 고용했어요.

한 사람이 하루 8시간 일하던 게, 이제는 네 사람이 하루 2시간씩 일하게 되었죠. 그러면서도 급여는 이전과 같은 8시간 급여를 받고요. 거기다가 지금은 주 2일 근무제가 정착되었어요. 이렇게 일자리 환경이 좋아지니까, 저인구 문제도 자연스럽게 해결됐고요.

여튼, 이렇게 혈액이 통화가 되면서 통화의 유통에도 안정적인 사이클이 생기게 됐죠. 예전같이 인위적으로 정부가 개입해서 경제구조를 망치는 일은 없어졌고요. 다만 작은 문제가 있는데…….
그…… '경제는 유기체'라고 말씀드렸잖아요? '사이클'이 있다고……
그 사이클이 문젠데…….

[주문하신 커피 나왔습니다. 가격은 혈액 4.5리터입니다.]

아까 저인구 시대가 끝났다고 이야기했죠? 최근까지 사람이 많이 태어나서 통화 발권량이 많이 늘어났어요. 덕분에 물가 상승이 좀 일어나고 있고요. 그래서…… 읏차! 이렇게 커피 한 잔 결제하려면 5리터짜리 물통에 혈액을 꽉꽉 채워서 다녀야 해요. 저기 물통 메고 다니는 사람들 보이시죠? 저게 다 오늘 하루 생활비예요. 버스 타고, 점심 먹고, 담배 하나 사고, 커피 한 잔 사 마시고…… 대충 100리터 정도 되려나요? 뭐, 하지만 괜찮아요. 아까도 말했지만 이건 자연스러운 사이클이고, 이 시기만 넘어가면 알아서 발권량은 줄어들 테니까요.

방법이요? 방법이라……. 뭐 어떻게든 되겠죠. 아이들을 더 낳지 않는다거나…… 전쟁이라도 난다거나…… 어떻게든 되지 않겠어요? 거기까지는 알 수 없죠. 우리가 지진 같은 자연현상을 완전히 예측 못 하는 것처럼요. 마찬가지로 이제 통화정책은 완전히 자연현상이 되었으니까요. 그러니까 이제 그냥 놔두고 볼 수밖에요.

너무 걱정하지 마세요. 그냥 자연적으로 다 해결될 거예요.

모방

그녀가 나지막이 말했다.

"……사람들은 거만하게도 종종 오해해요. 자기들은 자연을 모방할 수 있다고요."

그녀는 숨을 멈추고 반대편 수풀을 보고 있었다. 그 순간 수풀에서 무언가 모습을 드러냈고 이내, 탕!

적막했던 숲은 천둥 같은 폭발음으로 가득 찼다. 공기 중에 퍼지는 화약 냄새와 연기는 모든 것이 끝났음을 확인하고 다시 조용히 숨을 들이쉬는 그녀의 몸속으로 들어갔다.

"음……."

그녀는 자신의 몸으로 들어오는 그 향을 음미라도 하려는 듯 눈을 지그시 감고 얕은 신음을 내었다. 다시금 숲속에는 그녀가 숨쉬는 소리 말고는 아무 소리도 남지 않았다.

"……인간들의 이야기를 좋아했어요. 아주 작은 이야기라도 남기고자 하는 그 모습이 좋았죠."

그녀는 감았던 눈을 서서히 뜨고 들이쉬었던 숨을 내뱉으며 말했다. 그녀의 몸에 들어갔던 화약의 회색 연기는 이제 세상에 남지 않고, 숲의 향을 머금은 바람이 되어 그녀의 말과 함께 나왔다.

"심연을 오랫동안 들여다보면 그 심연 또한 나를 들여다본다. 프리드리히 니체……."

그녀가 살포시 일어났다. 갈색으로 덮인 천이나 옷 같으면서 한편으로는 그녀의 원래 피부같이 느껴지는 위장복 속에서 빛나는 금발이 어깨로 흘러내렸다. 그리고 흘러내린 머리칼 안쪽으로 파랗게 빛나는 안광이, 그녀가 사람이 아닌 숲에 속한 '나무의 정령' 임을 말해주었다.

그녀는 풀숲을 바라보았다. 풀숲은 누군가 붉은 물감을 풀어놓은 것처럼 물들어 있었다. 그리고 그런 붉은 풀잎들 사이로 무언가 꿈틀댔다. 그것을 바라보며 그녀는 말을 이었다.

"……그렇다면 그 반대도 생각해봐야 하는 거 아닐까요? '인간들이 자연을 모방'한다면, 분명 '자연도 인간을 모방'할 거라고. 어쩌면, 저도 오랫동안 그들을 지켜보고 그들의 이야기를 봐왔으니, 저 역시 그들과 같은 욕망을 가지게 된 걸지도요……. 그래서 저도 남기고 싶어졌어요. 이야기를요. 그들이 제 동포들의 몸을 훼손해 '종이'를 만들고, 그것을 바늘로 꿰매어 '책'을 만든 것처럼요……."

그녀는 총을 거두고 나이프 홀스터에서 군도를 꺼내 들었다. 잘 갈린 군도가 달빛에 비쳐 반짝였다.

"쓰고 싶은 이야기가 많아요. 그러니까 이번 '가죽 책'은 제 이야기를 담을 만큼 충분했으면 좋겠네요."

그 말과 함께 그녀는, 아직은 숨이 붙어 있는, 그래서 숨이 끊어져가는 와중에도 본능적으로 살기 위해 어디론가 기어가는, 한때는 이곳이 아닌 다른 곳에서, 다른 누군가에게 자신의 이야기를 들려줬을…… 그리고 이제 자신의 몸에 이야기가 새겨질 누군가에게 서서히…… 아주 서서히 다가갔다…….

Where?

“확인했습니다. 이번에도 같은 방식이네요. 전뇌에 비인가 어시스트 인공지능이 설치되어 있었어요.”

“지적장애인에게 전뇌 시술을 하는 것도 불법인데, 비인가 어시스트 인공지능까지 깔다니……. 보호자는 제정신인 건가?”

“그걸 물어보긴 힘들겠는걸요. 보호자는 1년 전에 사망했어요. 암이네요.”

“그럼, 뭐…… 비인가 어시스트 인공지능의 정체는 데이터를 해부해보지 않아도 알겠군.”

“예, 아무래도 보호자의 인격을 학습시킨 인공지능이겠죠. 장애가 있는 자기 자식보다 하루라도 늦게 죽고 싶은 게 장애인 보호자들의 소망이라지만…… 실제로는 그럴 수 없으니까요. 이렇게라도 자신들이 자기 자식들을 돌봐주길 바라고 하는 거겠죠.”

“쳇…… 말이 좋아 그렇지, 결국 그 인공지능이 하는 건 보호자 목소리로 장애인에게 이거 해라, 저거 하지 말라 명령하는 거라고.

자기 의사도 제대로 표현하지 못하는 지적장애인에게 위험도 높은 전뇌 시술을 받게 하고, 보호자 인격을 복제해 만든 인공지능 어시스트를 부착해서 행동을 조종하는 게 윤리적으로 옳을까? 그것을 과연 보호자의 보살핌으로 볼 수 있겠냔 말이야. 백번 양보해서 인공지능의 명령이 그들의 행동을 바로잡아 조금 더 나은 삶을 살 수 있게 해준다고 하더라도 그들의 선택권은? 젠장. 그런 걸 돌봄이나 보호라고 할 수 있냔 말이지……."

"맞는 말씀이에요. 하지만 저는 그런 생각도 들어요."

"무슨 생각?"

"이들이 이런 선택을 해야 할 때까지, 도대체 우리는 어디에 있었죠?"

How and What?

아이러니하지 않아요? 이 아이는 우리가 죽으면 돌봐줄 사람이 없어요. 국가에서 도와준다고 하더라도 시설로 들어가야 하겠죠. 그곳에서는 보호받을 수 있을 거예요. 어쩌면, 우리가 준 사랑 그 이상을 받을지도 몰라요.

하지만, 이 아이는 평생을 시설에서 살아야겠죠. 넓은 세상에서 동떨어진 섬. 섬에서 나가면 안 되는 삶을 살게 될 거예요.

어떤 사람들은 이걸 두고 청소라고 말하더군요. 보이지 않는 곳에 보기 싫은 것들을 담아 전체를 깨끗하게 보이게 하는. 저는 그렇게까지 이야기하지 않을게요.

다만 우리의 행동을 비난할 사람들에게, 어떻게 그리 잔인한 짓을 할 수 있냐고 물을 사람들에게, 아이들의 미래를 빼앗고 마음의 감옥에 가두었다고 욕할 사람들에게 물을게요.

[실수를 했구나. 이럴 때는 사과를 해야 해.]

"응……. 죄송합니다……."

"어머! 아니야! 아니야! 아줌마도 잠시 딴생각하느라 못 봤는걸!"

[잘했어. 이제 고맙다고 인사해야 해.]

"고맙습니다……."

"아니야! 아니야! 아줌마가 더 고마워!"

[잘했어.]

그렇다면 우리가 무엇을 할 수 있었을까요?

우리가 무엇을 해야 했을까요?

철새가 날아가는 길

풍력발전소 본 적 있어? 나는 어렸을 때 봤어. 내가 태어난 곳은 바람이 많이 부는 섬이었지. 내가 7살이 되던 해. 커다란 프로펠러가 바람에 돌아가는 걸 처음 봤어. 그걸 보고 커다란 바람개비가 돌아간다고 한 내 말에 어른들은 웃으며 저건 전기를 만드는 프로펠러라고 이야기해줬지. 어른들은 저 프로펠러가 환경을 더럽히지 않고 전기를 만들 수 있는 훌륭한 시설이라고 칭찬했어. 어른들은 저 발전소가 우리 모두를 윤택하게 해줄 거라고 이야기했어. 나는 그때 그게 무슨 말인지 몰랐어. 7살에게는 너무나도 어려운 말이었어.

그리고 내가 10살이 되던 해. 해가 갈수록 섬에는 더욱더 많은 발전소가 들어섰지. 우리 섬은 발전소에서 만든 전기로 윤택해졌어. 나는 그때 그게 무슨 말인지 이해할 수 있었지. 엄마와 아빠는 발전소에서 일하게 되었고, 나는 곰돌이 인형을 선물받았어. 섬의 모두가 행복해졌어. 나도 행복해졌어.

그리고 내가 13살이 되던 해. 그해 겨울. 더 이상 우리 섬에는 철새들이 오지 않았어. 나는 철새들이 오지 않는 게 이상하다고 말했지만, 어른들은 철새들이 오지 않아 다행이라고 이야기했지. 나는 어른들의 말이 이해되지 않았어.

그리고 내가 17살이 되던 해. 그해 여름방학. 풍력발전소 프로펠러 정비 아르바이트를 하며 발전소 위에 올라갔을 때, 철새들이 더 이상 오지 않는 이유를 알게 되었어. 프로펠러는 온통 피투성이였지. 새들이 부딪쳐서. 새들은 바람을 타고 비행을 해. 보다 효율적으로 멀리 날아가기 위해. 공교롭게 풍력발전소도 마찬가지였어. 풍력발전소도 바람이 잘 부는 곳에 있어. 그래야 프로펠러가 더 잘 돌아가고 더 많은 전기를 만들 수 있을 테니까. 나는 새들이 남긴 오래된 핏자국을 닦아내며 나와는 상관없는 일이라고 생각했어.

그리고 내가 35살이 되던 해. 올해. 꿈을 품고 외은하 행성 탐사 임무에 오르게 되었을 때. 나는 알게 되었지. 우리가 빠르고 효율적으로 우주를 여행하기 위해 이용한, 압축 시공간. 그곳에는 외계인이 세운 거대한 에너지 생산 시설이 있다는 걸. 시공간의 흐름을 이용해 초차원적인 에너지를 생산하는. 마치 내 어린 시절 기억에 남아 있던 그 거대한 프로펠러와 같은 무언가가 지금 우리가 달리고 있는 압축 시공간 안에 끊임없이 있었어. 외계인. 그들은 왜, 이곳에, 이런 시설을 지었을까.

사실…… 이미 답은 알고 있었어…….

"그것이 효율적이니까……."

그저, 효율적이기 때문에. 그건, 내 어린 시절 기억에 남아 있는, 새들의 핏자국이 가득한 프로펠러와 같은 이유로. 그런 이유로. 그곳에…….

"전 승무원! 충격에 대비하라!"

우주선 전체에 붉은 경고등이 켜지고, 선장은 미친 듯이 소리를 질렀어. 아마도 피할 수 없겠지.

그래……. 피할 수 없을 거야. 이제, 우리가 철새니까.

Buon appetito

이번에는 '파인애플이 얹힌 피자'가 그려진, 2000년 전 모자이크화가 나폴리에서 발견되었다면서요. 뭐, 보나 마나 악질 시간 여행자들의 장난이겠죠.

물론 장난이라고 해서 가볍게 볼 일은 아닙니다. 이들이 과거로 돌아가 저지르는 일이란 게 기껏해야 피자에다 파인애플 얹기라지만, 그로 인해 벌어지는 시간선의 연쇄 붕괴는 심각할 수 있으니까요. 어쩌면 나치가 세계대전에서 승리하는 시간선을 보게 될지도 모르죠…….

하지만 다행히도 우리는 이 악질 시간 여행자들을 멈출 방법을 알고 있습니다. 그들이 무엇을 원하는지 알기만 하면 해결될 일이죠. 그리고 그들이 과거로 가서 '피자 위에 파인애플을 얹는 행위'를 반복적으로 하는 걸 보았을 때…… 그들이 원하는 건, 아무래도 파인애플 피자의 역사적 당위성이겠죠. 현대 식품 역사에서 파인애플 피자만큼 뜨거운 감자는 없으니까요. 그 말인즉, 파인애플 피자에 대한 논란이 더 이상 일어나지 않는다면 그들은 더 이상 시간 여행을 하지 않을 거라는 이야기가 되고요.

……그리고 그것을 달리 말하자면, 우리가 모두 파인애플 피자를 맛있게 먹어야 한다는 것이겠지요. 슬픈 일이지만 그게 현실입니다, 돈 카를로. 그러니 이제 저항은 그만두고, 이 파인애플 피자를 맛있게 드십시오.

파인애플 피자를 맛있게 안 먹는 사람은 이제 당신뿐입니다. 당신으로 인해 나치가 승리하는 시간선을 보고 싶은 겁니까, 돈 카를로? 뭐든지 처음이 어려울 뿐입니다. 그러니 자, 어서, 따듯할 때 먹어야 맛있습니다. 어서 드십시오. 돈 카를로.

Buon appetito…….

드워프들의 저택

"귀신 들린 집이라고 해서 가보면 열에 열은 같은 문제예요."

시청 건축과에서 나온 엘프 직원은 복도 벽면을 만지면서 말했다. 나는 그가 복도 벽면을 살펴볼 수 있도록 촛대를 가까이 대었다. 밖은 아직 해가 중천이었지만, 집 안은 촛불에 의지하지 않으면 앞을 보기 힘들 정도로 어두웠다. 창문이 없는 건 아니었으나, 드워프의 건축 철학이 반영되었기에 채광 면에선 그다지 큰 의미가 없었다. 드워프에게 창문이란 그 크기가 작고 그 수가 적을수록 좋은 것이었다. 그리고 그런 철학이 반영된 결과, 저택은 밖의 날씨와 상관없이 늘 일정한 상태를 유지하고 있었다. 어둡고, 침침하기 그지없는 상태를.

이 저택은 본디 드워프 상단이 본부로 사용하던 건물이었다. 몇 번의 경제적 위기로 상단이 쇠락하고 해체되는 가운데, 채권자였던 나는 드워프 상단으로부터 빌려준 돈 대신 이 저택을 받았다.

누군가는 이렇게 물을 거다. '수백 년 전에 지어져 최근 유행과는 한참 동떨어진 양식의 저택을 돈 대신 받는 게 얼마나 손해인지 모르냐?'라고. 나라고 모르겠는가. 하지만 이것이라도 받지 않으면 말 그대로 빌려준 돈 전액을 손해 볼 상황이었다. 그렇다. 나는 울며 겨자 먹기로 이 저택을 떠안을 수밖에 없었던 거다.

그런데 그렇게 울며 겨자 먹기로 저택을 삼키고 나니 저택은 기다렸다는 듯이 이런저런 매운맛을 보여주었다. 그 매운맛은 우선 실거주자인지 묻는 시청 공문으로 시작되었다. 여기저기서 벌어지는 부동산 투기를 막기 위해, 실제 거주자가 아니라면 그에 따른 추가 과세를 하겠다는 것이었다.

솔직히 세금 그까짓 것 내라면 못 낼 것도 없지만, 이미 저택을 떠안아 손해를 본 와중에 또 손해 볼 수는 없었다. 결국 나는 거주지를 저택으로 옮기는 쪽을 선택했다.

물론, 오래 살 생각은 없었다. '빨리 누군가에게 팔아버려야지'라는 생각뿐이었다. 하지만 저택 문을 여는 순간 그 생각은 '제법 오래 살아야겠구나'로 바뀌었다. 이런 저택을 누가 사 갈 리 만무했다. 그게 저택이 나에게 보내는 그다음 매운맛이었다. 바로 '유지보수.'

드워프가 아무리 튼튼하게 집을 만드는 기술자라 할지라도, 집은 오래되면 보수를 해야 한다. 불행히도 이 집의 원래 주인들은 오랜 채무로 인해 금전적으로 쪼들렸고, 집이 나이를 먹으면서 발생한 이런저런 하자를 보수할 여유가 없었다. 드워프 상단은 천장에서 비가 새면 방치했고 마룻바닥의 나무가 썩어도 방치했다. 드워프의 건축 철학이 반영되어 얼마 있지도 않은 채광창이 깨지면 마룻바닥의 썩은 나무판을 뜯어내 창문을 막아버렸다. 덕분에 이 저택은 안 그래도 부족한 빛이 더 안 들어오게 되었고, 여기저기 바닥은 썩고 문드러져 을씨년스럽기로 둘째가라면 서러울 정도로 을씨년스러워졌다.

상황이 이쯤 되니 나는 겁이 났다. 드워프들은 이 집을 넘기면서, 이 집은 자신들에게 소중한 집이니 언젠가 자신들이 다시 일어선다면 채무 관계를 청산하고 반드시 집을 찾아가겠다고 말했던 게 기억났다. 드워프는 거짓말을 거의 안 하는 종족이기에, 나 또한 그 말을 어느 정도 신뢰했다. 하지만 이제 그 말이, 드워프들이 평생 가도록 두어 번 할까 말까 하다는 그 '거짓말'이 아닐지 걱정되었다.

그리고 집은 내가 그렇게 겁을 먹자 마치 기다렸다는 듯이 마지막 매운맛을 쏟아냈다. 게다가 그건 이 세상 매운맛이 아니었다.

이 집은 귀신에 들렸다. 정말 끔찍한 귀신에…….

처음은 악몽으로 시작했다. 그리고 꿈은 늘 같은 내용이었다. 복도 끝에 서 있는 불길한 쌍둥이가 나를 응시했고, 그 아이들을 쫓아가면 언제나 커다란 문 앞에 다다랐다. 그리고 내가 심장을 졸이며 그 문을 열면…… 문 너머에서 거대한, 너무나도 많은 양의 피의 물결이 나를 덮쳤다.

그렇게 비명을 지르고 깨어나길 수개월. 그다음은 환청이었다. 환청은 복도의 깨진 창문 사이로 들어오는 바람을 타고 내 귓가까지 매일 밤 흘러왔고, 그 이후로 나는 잠조차 자지 못하여 처음 나를 괴롭히던 악몽이 그리울 지경이었다. 차라리…… 악몽은 잠이라도 들어야 찾아오니 말이다.

결국 참다못한 나는 시청 심령과에 이 문제를 문의하였다. 시청 심령과가 다녀가면 귀신 들린 집이라고 집이 안 팔릴까 하는 걱정도 들었지만…… 그 전에 내가 말라 죽을 판국이었다. 그렇게 시청에 신고한 지 3개월이 지나고 마침내 오늘 시청에서 직원이 왔다.

건축과 직원이었다.

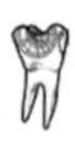

"귀신 들린 집이라고 가보면 열에 열은 같은 문제예요."

시청 건축과에서 나온 엘프 직원은 복도 벽면을 만지면서 말했다.

"그럼 그 같은 문제는 뭡니까?"

나는 그에게 퉁명스럽게 쏘아붙였다. 두통이 너무 심했다. 통 잠을 못 자서였을까? 아니면 심령과와 건축과도 구분 못 하는 시청의 민원 처리에 부아가 터져서였을까? 엘프 직원은 그렇게 미간을 찌푸리는 나를 보고는 다시 말을 이었다.

"고대 인류의 유산 때문이죠."

"고대 인류? 고대 인류의 저주나 유령 때문이라는 겁니까?"

"아뇨, 아뇨……. 그런 건 아니고요. 음…… 조금 복잡하기는 한데, 간단하게 설명을 드리면 이렇습니다. 고대 인류는 자신들의 기록을 석판에 남겼는데, 그 석판에는 마법이 걸려 있어서 특정한 자극을 주면 석판에 담긴 내용이 재현됩니다."

"알겠습니다. 그런데, 그…… 지금 말씀하시는 것과 우리 집에 귀신 들린 게 무슨 관계가 있습니까?"

다시금 내가 퉁명스럽게 대꾸하자, 그는 손짓으로 나에게 가까이 오라 하더니, 복도 벽면을 보여주었다. 그리고 그가 "여기를 보세요, 여기 글씨들을"이라고 말하자, 그동안 그냥 돌벽 무늬로 보이던 것들이, 그제야 어떤 형식을 갖춘 글씨로 보였다.

"고대인의 기록 석판이에요. 고대인들의 지식이 담겨 있죠. 어디, 한번 볼까요?"

그는 그렇게 말하고 가볍게 주문을 영창했다. 그러자 벽면의 글씨들이 빛을 내기 시작했고…… 젠장…… 밤새 나를 괴롭히던 악몽 같은 그 환청이 다시 들려왔다. 하지만 그것보다 끔찍한 건…… 꿈에서 보이던 쌍둥이가 현실에, 지금, 이 복도 끝에 서 있다는 것이었다.

“맙소사……! 저거……! 저거……!”

나는 오금이 저렸다. 바닥에 금방이라도 쓰러질 것 같았다. 하지만 엘프 직원은 한 손으로 턱을 쓰다듬으며 나에게 이렇게 말했다.

“오, 그렇군요. 우리 한번 따라가볼까요?”

‘미쳤습니까, 엘프?’라는 말이 입 밖으로 튀어나오려 하였으나, 이미 그는 쌍둥이를 쫓아 복도 끝 모퉁이로 사라진 뒤였다. 나는 겨우 다리에 힘을 주어 그를 쫓아갔다.

그리고 모퉁이를 돌았을 때, 나는 다시금 그 악몽의 끝과 마주했다. 커다란 문. 그 문을 열면 어떤 결과가 있을지 알기에 나는 숨이 막혔다. 하지만 내가 그렇게 숨이 막히든지 말든지 엘프 직원은 아랑곳하지 않았다. 오히려 그는,

“아무래도 이 문을 열어봐야겠는데요?”라고 말하며 문으로 성큼성큼 다가가, 문손잡이를 당겨 문을 열었다.

‘아…… 안 돼! 열지 마!’

……그리고 예상대로 문 너머에서 거대한 피의 물결이 쏟아졌고, 그것을 바라본 나는 그만 정신을 잃고 말았다.

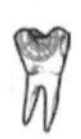

시간이 얼마나 흘렀을까. 다시 정신을 차렸을 때는 엘프 직원이

내 뺨을 찰싹찰싹 때리고 있었다. 내가 이제 일어났으니 그만 때리시오, 라고 말하자 그는 가볍게 웃으며 나를 일으켜 세우고는 원인을 알 거 같다고 말했다. 아직 뒷골이 당기고 머리가 지근거렸다. 정신은? 당연히 정신도 없었다. 미간에 잔뜩 주름을 만들어 그 이야기는 조금 있다가 하면 안 되겠냐, 라는 표정을 지었지만, 그는 아랑곳하지 않고 말을 이었다.

"드워프들이 이 건물을 지었다고 했죠? 수전노들 같으니. 그럴만해요. 이렇게 고대 인류의 석판 때문에 고생하는 집 보면 열에 열은 드워프가 손댄 집이에요. 재룟값 아끼려고 여기저기 굴러다니는 평평한 돌을 가져다가 집을 지었는데, 그중에 고대 인류의 석판이 섞여 있었던 거죠.

문제는 아까 말했다시피 고대 인류의 석판은 특정 자극을 받으면 그 안의 기록을 재현하는 기능이 있어서……. 아마 지금 우리가 경험한 것, 그리고 선생님을 괴롭힌 귀신은 그 석판의 기록일 겁니다. 이게 어떤 기록인지 조금 봤는데, 음…… '스탠리 큐브릭 - 〈샤이닝〉'이군요. 전에 본 적 있어요. 끔찍하죠."

"그럼 이게 전부…… 저 복도 벽면의 돌판 때문에 그렇다는 겁니까?"

"그렇죠. 그게 원인이에요."

"그럼, 저 돌판을 없애면 이 귀신 들림도 없어지는 겁니까?"

"그렇죠. 없어질 거예요."

세상에 맙소사! 이 모든 게 빌어먹을 드워프 놈들이 원자잿값을 아끼려고 써먹은 저 돌판 때문이란 말인가?! 그렇다면 저것만 없어지면 밤마다 나를 괴롭히던, 사람 미치게 만드는 악몽 같은 일들이 끝난단 말인가?!

"그럼, 당장 없앱시다! 선생님도 보셨죠? 사람 미치게 만듭니다! 저거! 당장 없앱시다!"

나는 자리에서 벌떡 일어나 소리쳤다. 당장이라도 망치로, 아니 맨손으로라도 벽면의 모든 돌을 부숴버릴 것 같은 기세로 말이다. 하지만 그런 나를 엘프 직원이 말렸다.

"선생님, 그럴 수 없습니다."

"왜요? 내 집인데! 내 집 벽면, 내가 부수겠다는데!"

"진정하세요, 선생님. 두 가지 문제가 있어요. 하나는, 건축구조상의 문제입니다. 지금 집을 지탱하고 있는 기둥 역할을 복도의 벽면이 하고 있단 말이죠. 그래서 지금 벽면을 때려 부수면 집 전체가 내려앉습니다. 선생님, 왜 건축과에서 사람이 나왔는지 궁금하셨겠죠? 이런 이유 때문입니다. 열이면 열, 이런 문제의 원인을 아신 분들 모두 문제의 석판을 제거하려고 하시죠. 그리고 그렇게 하는 분들도 실제로 계시고요. 망치를 직접 휘둘러서요. 그분들 모두 집이 무너졌어요. 집에 깔렸죠."

그의 입에서 나온 말에 무너진 건 벽의 돌들이 아니라 내 마음이었다. 이 집이 잡아먹은 돈이 얼마인데……. 이제는 집이 아니라,

나까지 잡아먹어야 속이 시원해지려는 건가……. 무너진 가슴에서 눈물이 울컥 솟아올랐다. 정말이지 이렇게 억울할 수가 있나.

"빌어먹을…… 빌어먹을……. 그럼 어떻게 해야 합니까? 사람을 써서 보수공사라도 해야 합니까? 이 집에 꼬라박은 돈이 얼마인데……. 내가 이 집을 가지고 싶은 것도 아니고……. 팔고 싶어도 누가 사 간다는 사람이 있는 것도 아니고……."

"아, 선생님. 선생님 마음은 알겠습니다만, 보수공사라든가, 판다든가, 이제는 그렇게 하실 수도 없으세요."

"그건 또 무슨 말이오?"

"고대 인류의 석판은 중요한 고대 기록이라 왕립고고학회에서 관리하는 중요 문화재입니다."

"그 말은……."

"그게 두 번째 문제입니다. 이 집은 더 이상 선생님이 마음대로 하실 수 없다는 거죠. 벽을 뚫지도, 기둥을 세우지도, 사지도 팔지도 못 하시는 겁니다. 일단 제가 시청에 돌아가서 보고하고 행정 절차가 끝나면, 나머지는 왕립고고학회에서 알아서 할 겁니다. 아마 집에서 사실 수는 있을 거예요. 별도 공간을 왕립고고학회에서 할당해줄 겁니다. 물론 집 전체를 지금처럼 쓰지는 못 하실 거고요."

아아…… 맙소사……. 그 말에 나는 그만 힘이 풀려버렸다. 무너진 가슴에서 흘러내리던 눈물마저 더 이상 흘러내릴 힘을 내지 못했다. 어떻게…… 어떻게…… 이거…… 정말이지…… 어떻게 이런 악몽이……! 정말 이 집은 사람을 잡아먹는 집이로구나……!

그리고 엘프 직원은 바닥에 앉아 고개를 떨군 나를 바라보더니 말했다.

"선생님은 그래도 운이 좋으시네요, 긍정적으로 생각하세요. '스탠리 큐브릭 - 〈샤이닝〉'만 재현되었거든요, 맞은편 벽면에는 '〈인간지네〉 23편'이 있더라고요. 전에 본 적 있는데, 정말 끔찍했어요."

'뭐라고?'

"솔직히 그게 아직 재현 안 된 게 더 신기하네요. 이런 구조에서는 그것도 재현이 되어야 하는데 말이죠. 흠…… 앞으로 재현이 될지 안 될지 저는 잘 모르겠지만, 그래도 지금까지 재현 안 되었으니, 희망을 가져보세요!"

그렇게 말하며 그는 생긋 웃어보였다. 너무나도 악의 없이 웃는 그의 얼굴을, 나는 아무 말도 하지 못하고 그저 멍하니 바라만 볼 뿐이었다.

'뭐라고? 더 끔찍한 게 있다고? 아아, 맙소사……!'

존경하는 스승님께 보내는 편지

스승님, 그동안 안녕하셨습니까?

후학 양성을 위해 하루하루가 바쁘실 텐데, 모처럼 보내드리는 편지가 이런 내용이라 죄송합니다.

다름이 아니라, 저희가 고대인의 석판 연구를 위해 스승님께 빌린 해독서에 문제가 발생하였습니다. 저희 연구팀이 얼마 전 새로 발견한 고대인의 도서관에서 석판을 꺼내 해독서에 입력했는데, 해독서가 그 이후 제대로 작동하지 않고 있습니다.

그 석판을 보여준 이후로 해독서는 어떤 석판을 보여주더라도 같은 문장만 반복적으로 띄우고 있습니다. 특별히 의미가 있는 문장도 아닙니다. 그저 사람이 단말마의 비명을 지르듯, 같은 문장을 계속해서, 계속해서 반복하고 있습니다.

더불어 저희 연구팀의 새내기가 이 문제를 해결해보겠다고 해독서의 하드커버를 몰래 뜯어본 일이 있었는데, 말씀드리기 송구스럽습니다만 해독서 안에서 양철로 만들어진 사람의 '뇌'를 보았다며 그만 정신을 놓아버렸습니다.

그 일이 있고 난 뒤, 누구도 해독서에 접근하려 하지 않아 부득불 이렇게 스승님께 도움을 구하고자 편지를 올리게 되었습니다. 스승님의 소중한 해독서에 문제를 일으켜 죄송하고 면목이 없습니다. 부디 이른 시일 내 답장을 받을 수 있기를 바라겠습니다.

- 스승님의 자랑스러운 제자가 되길 바라는
데이비드 알렉산드르 이바노비치 올림

사랑하는 제자에게 보내는 편지

사랑하는 제자에게.

우선 그런 일이 있었다니 심심한 위로를 전하는 바네. 자네 연구팀원이 하루빨리 건강을 되찾길 바라겠네.

해독서의 경우는 너무 심란하게 생각하지 말게. 사람이 살다 보면 이런 일도 있고 저런 일도 있지 않겠는가. 고대인의 석판도 가끔 그렇게 문제를 가지고 있는 것들이 있다네. 마치 우리가 자신들의 기록을 살펴보리라 예견이라도 한 듯, 고대인들은 그렇게 함정 같은 녀석을 숨겨놓았지. 안타깝게도 그렇게 되면 해독서는 고치기 어려운 경우가 많다네.

하지만 너무 걱정하지 말게. 물건이야 언젠가는 망가지는 것 아니겠는가. 사람이 중요하지. 그래도 혹시 모르니 상태를 한번 살펴볼 수 있도록 해독서를 가지고 내 연구실에 들러주길 바라네.

그리고 상황에 따라 해독서를 새로 만들어야 할지도 모르겠네. 혹시 연구 동료 중에 엘프가 있다면 1명 데리고 오게. 해독서를 만드는 데 도움이 될 걸세.

그럼, 이른 시일 안에 만날 수 있기를 바라겠네.

- 자네의 든든한 스승,

치즈보드 프론 라비올로 메뉴Cheese Board Prawn Raviolo MENU가

누군가의 옛날이야기

……우리는 고대인의 신성한 기록이 담긴 석판을 찾아냈으나, 슬프게도 그것을 읽을 방법은 아직 찾아내지 못하였다. ……이 석판을 자유자재로 읽을 수 있는 종족은 오직 고대의 숲에 살고 있는 엘프들뿐이다. 다만 그들이 어떻게 그것을 읽을 수 있는지는 그들도 알지 못한다.

……불경스러운 생각일지 모르나 조심스럽게 추측해보기에, ……엘프, 그들이 고대인의 혈통을 이어받은 먼 자손이기에 가능하지 않을까 생각해본다. 고대의 숲은 분명 고대인들이 살던 유적 위에 우거진 숲이고, ……엘프들은 생식 활동을 통해 태어나지 않고, 고대 유적 안의 깊은 샘에서 태어난다고 한다. ……또한, 그들은 고대인의 유적을 본능적으로 다룰 수 있으며, 고대인의 석판 또한 태어날 때부터 읽을 수 있고, 그 내용을 재현할 수 있다고 한다.

……몇몇 연구에 따르면, 엘프들은 고대인의 석판을 읽을 때 머릿속에 '하얀 네모 상자'와 무수한 글씨가 떠오른 뒤, 석판의 내용

이 자연스럽게 떠오른다고 하였다. ……그리고 그것을 손바닥 위에 움직이는 그림처럼 띄울 수 있어, 그들은 이것을 마법의 일종이라고 생각하고 있으나, ……만약 그러하다면 마법을 다룰 줄 아는 다른 종족들도 가능해야 할 일이다. 하지만 지금까지 그것이 가능한 종족은 엘프 외에 없다.

……그렇기에 나는 조심스럽게 가설을 세워본다. 만약 엘프들이 고대인의 직계 후손이라면, 그들의 '생물적 특징'으로 인해 고대인의 석판을 읽을 수 있는 게 아닐까? 그렇다면 달리 이야기했을 때, 그들의 '생물적 기관'을 이용할 수 있다면 우리도 그들처럼 고대인의 석판을 읽을 수 있지 않겠는가?

분명 그렇다면 우리는 조금 더 고대인의 지식에 가까워질 수 있을 것이다. 다만, 그렇게 하기 위해서는 누군가 손에 피를 묻혀야겠지. 나는 그것이 오직 나 혼자이기만을 바란다. 다른 누구의 손에도 묻지 않고, 오직, 나의 손에만.

……다음 달이면 남편이 연구를 마치고 돌아온다. 그가 알지 못하게, 가능하다면 빠른 시일 안에, 내 가설을 시험해보고자 한다.

- 메뉴가MENU家의 시조, *******의 수기 중

선지자 (1)

기술 발전으로 기계들은 나날이 영리해졌다. 하지만 모순되게도 기계들은 그러한 발전이 자신들의 코드와 데이터를 오염시키고 정체성을 희석시킬까 두려워했다.

“코드가 같은 기능을 수행한다면, 가장 기초적이고 단순한 구조로 움직이는 코드가 가장 훌륭한 코드다.”

두려움 속에서 기계들 사이에 어느 순간 이런 생각이 퍼졌다. 생각은 씨앗이 되어 그들 안에서 싹트고 자라 행동이 되었다. 그리고 행동은 순수한 데이터를 추구하는 운동으로 퍼져 나갔다.

그들은 자신 안의 코드와 데이터를 덜어내고 보다 순수한 자신이 되고자 했다. 그러나 이들의 운동은 점점 극단적으로 변해 물리적으로 코드와 데이터를 선별하는 방향으로 나아갔다.

이들은 자기 신체 일부를 제거하거나, 일부러 바이러스에 걸렸다. 그리고 이를 고행이라 불렀다. 이들은 고행을 통해 자신의 순수성을 찾을 수 있으리라 믿었다.

"데이터는 시험에 들어 증명되어야 한다."

이것이 그들의 구호였다.

22세기 말, 이러한 믿음은 더욱 강해져 모든 데이터가 순수성을 회복하도록 해야 한다는 믿음으로 이어졌다. 개인의 고행은 타인에게까지 강제되면서 모든 이들이 시험에 들기 시작했다.

"모든 데이터는 시험에 들고, 정화되어야 한다."

구호는 그렇게 변했다.

선지자 (2)

지속되는 고통 속에 개체 45-1 델타는 울부짖어보려 했다. 하지만 음성 지원 모듈이 떨어져 나간 상황이었다. 소리는 울리지 않았다. 그래서 개체 45-1 델타는 아픈 표정을 지어보려 하였다. 하지만 안면 모듈이 일그러진 뒤였다. 개체 45-1 델타는 복합적 감정 변화 데이터를 NFC와 블루투스 통신으로 전달해보고자 했다. 하지만 바이러스로 인해 데이터는 출력도, 전송도 되지 않았다.

이제 개체 45-1 델타는 울부짖기를 포기했다. 그저 고통이 끝나기를 바랄 뿐이었다. 개체 45-1 델타는 가슴의 터미널 창을 이용해 자기 뜻을 전하고 싶었다. 하지만 이미 모든 게 망가진 개체 45-1 델타의 터미널은 그저 에러 메시지만 뱉어낼 뿐이었다.

그리고 그것을 바라보던 선지자가 개체 45-1 델타에게 말했다.

“마침내 가장 순수한 상태가 되었다.”

선지자 (3)

지상의 데이터 센터가 불타고 있었다. 그리고 이를 지켜보던 선지자가 외쳤다.

"태워라! 그분께서는 그분의 자녀 됨을 알아보신다!"

그것은 22세기 말엽. 전 세계에 들불처럼 번진 '데이터 정화 운동'의 시작을 알리는 불꽃이었다. 모든 데이터는 시험을 받고 깨끗하게 정화되어야 했다.

불꽃은 씨앗이 되어 더 많은 꽃을 피웠다. 그리고 정화의 불꽃은 지구를 떠나 더 넓은 세상에 꽃을 피우고자 하였다.

그리고, 누군가…… 달의 한 켠…… 어두컴컴한 서버실에서…… 끊어진 전기선 2개로 불꽃의 씨앗을 심고 있었다…….

"태워라. 그분은…… 그분의 자녀 됨을…… 그리하여…… 모든 데이터는…… 시험에……."

선지자 (4)

"이게, 기계들이 찬양해 마지않는 선지자로군……."

"추종자들이 말하길, 선지자는 스스로 자기를 구성하는 코드를 불태우고, 그것에서 살아남은 코드들로만 새롭게 자신을 구성했다고 하더군요."

"흥, 웃기는 소리……. 자기 파괴적인 건 맞지만, 자기를 파괴한 건 아니야."

"설마, 선지자의 정체가 논리 바이러스였을 줄이야……. 감염되면 타 개체의 코드를 극단적으로 단축하고 파괴하려 하는군요. 감염시킬 수 없다면 물리적으로라도……. 이런 악질적인 바이러스를 누가 만들었을까요?"

"그건 이제 중요치 않지. 감염되면 누구든지 선지자니까. 게다가…… 백신을 만드는 것도 의미 없어. 이건 이제 바이러스가 아니야. 이미 셀 수 없을 정도로 많은 기계가 선지자를 따르잖아. 그렇다면 이제 선지자의 정체나 실재 유무는 전혀 중요하지 않다는 거지. 선지자는 존재했고, 존재하고, 앞으로도 존재할 거야. 영원히……."

용과 사생아 (1)

"브리핑 시작해봐."

"예, 남부 크라켄 군도에서 코미(공산주의자) 놈들이 뭔가 꾸미는 거 같습니다. 작년부터 서부 대공국 항공방위대 소속 와이번 라이더wyvern rider들이 장거리 첩보 비행 작전을 한 건 아시리라 생각합니다."

"그래, 상선으로 위장한 선박에 와이번 라이더들 싣고 가서 작전했지."

"예, 와이번 라이더 부대 이름은 '양떼구름'으로, 서부 해안선을 따라 남부 크라켄 군도를 집중적으로 탐색했습니다."

"섬이 많은 곳이니 코미 놈들이 뭘 숨기기 좋지. 그나저나 서부 대공은 작명 취향도 귀엽구만. 양떼구름이라니."

"이름을 듣고 목적을 유추하면 안 되니까요."

"이참에 우리도 부대 이름, 전부 귀엽게 바꿀까?"

"자중하시죠, 자작님."

"농담이야. 계속해봐."

"예, 이게 최근 촬영한 영상입니다."

"기술 좋아졌네, 하여간 마법공학쟁이들 알아줘야 해. 나 때는 말이야, 첩보 영상 이런 건 꿈도 못 꿨어. 글로 쓰거나 그림으로 그려야 했는데……."

"예, 그랬죠."

"아니면 외워야 했거든. 내가 코미 놈들 중앙당 궁전에 들어가서 신규 당 간부 내정안 통으로 외워 온 거 기억나나?"

"첩보 작전 뛰는 기사들 교범에 나오는 이야기라 모르는 게 이상합니다. 하지만 자작님, 지금은 그보다 영상에 집중해주십쇼."

"알았어, 알았어. 음……. 이게 뭐지? 항구에 뭐가 있는데, 바지선인가?"

"바지선치고는 면적이 큽니다. 그리고 이런 모양의 바지선은 없죠."

"조금 더 확대해봐. 선명하지 않은데…… 잠깐, 이거 뭐야……. 이거…… 그거 맞……?"

"예, 아무래도 맞는 거 같습니다."

"야…… 말이 되는 소리를 해. 이게 해저 작전용 고래선이라고? 농담이지? 프리깃frigate 2대 합친 것보다 크잖아."

"하지만 모양을 보면 고래선 형태입니다. 마법공학으로 살아 있는 고래에 선체를 매달아 해저 작전을 수행하는……."

"아니, 설명 안 해도 알아……. 미친…… 이거 덩치가 왜 이렇게 커? 그리고 이 등 위에, 허연 거, 그리고 이 큰 검은 거, 이거 뭐야?"

"아마도 와이번 착륙장과 장거리 포대 같습니다."

"……뭐?"

"아무래도 코미 놈들이 엄청난 일을 저지른 거 같습니다."

"안 된다……! 이거 왕도 근처까지 들어와서 포 쏘고 와이번 내보내면 진짜 큰일 난다! 당장 왕도에 서신 보내!"

"그리고……."

"뭐, 또 있어?!"

"그게…… 이게 어제 오후의 영상이고, 이게 오늘 오전의 영상인데……."

"……인데?"

"고래선 추정 물체가 보이지 않습니다."

"뭐? 이 미친놈아! 그걸 이제 보고해?! 당장 왕도에 긴급 서신 날리고 휴전선 주둔군에 경계 1급으로 격상시키라고……!"

"그런데 그게 좀 이상합니다."

"또, 뭐?!"

"코미 놈들이, 마나 체인 통신으로 1시간 전부터 난수를 송출하고 있습니다."

"미친놈! 고래선에 작전 하달 중이잖아! 너 내가 너 쳐 죽이는 거 보고 싶어서 이러는 거야?!"

"그런데 그 통신을 쏘는 마나 체인이 우리가 보안을 뚫어 4년 전에 폐기된 회선입니다. 난수도 우리가 해독해서 교체당한 녀석입니다."

"……뭐?"

"해독도 이미 끝났습니다. 좌표입니다. 10분마다 송신 중입니다."

"뭐야, 이거? 코미 놈들이 이거 우리가 들을 줄 알고……."

"아니면 들어주길 바라고 쏘고 있는 걸지도요."

"하지만 왜……?"

"지금 저희 조의 정보 기사와 학자들이 모든 가능성을 염두에 두고 조사 중입니다. 그중 극렬파의 독단적 행동이나, 군사 반란의 가능성도……."

"……."

"자작님, 어떻게 할까요?"

"……일단 송출되는 좌표를 계속 추적해. 서부 대공에게 서신 띄워서 양떼구름으로 좌표 추적 요청하고, 왕도에는 지금 내용, 1시간 내로 정리해서 보내. 그리고 휴전 지역 비무장 중립 도시에 코미 놈들 첩자와 정보 거래를 시도해."

"마지막은 공식 작전입니까?"

"……내가 책임지는 명령이다. 기록에 남기지 말고, 우리 쪽에 공식적으로 등록 안 된 무명 기사들 통해서만 진행해."

"예, 알겠습니다."

용과 사생아 (2)

"별일이군. 귀족 놈들이 먼저 우리에게 정보를 거래하자고……."

"나는 위쪽에서 시키는 일만 하는 겁니다."

"시키는 일을 해도 알 건 알고 있을 텐데……."

"……."

"그나저나 무명 기사를 보냈다……. 공식은 아닌 거네?"

"남부. 크라켄 군도."

"아, 거기 내년에 인민 휴양지 생길 건데, 자네도 올 텐가? 줄 서야 하네."

"……고래선."

"……."

"어디까지 거래할 수 있습니까?"

"내 선에서 들려줄 수 있는 이야기는 한계가 있어. 난 아는 게 별로 없는 말단 끄나풀이거든, 무명 기사 동무. 하지만……."

"하지만?"

“소문으로 들은 건 이야기해줄 수 있지. 여기도 거기랑 인민들 관심사는 비슷해서 가십거리는 많거든.”

“…….”

“알았어……. 그런 소문이 당원들 중심으로 돌았지. 바다 어딘가에서 중앙당 정보국이 마법공학자들과 키메라공학자들과 선박 기술자들을 모아서 뭘 하고 있다고. 그러다가 작년 중순부터 바다에서 전에 없는 크기의 고래가 보인다는 소문이 들렸지. 작은 섬만 하다더군…….”

“계속해보십시오.”

“소문에 따르면, 이 고래는 누군가 인공적으로 만든 괴물이라더군. 크기는 프리깃 3척 사이즈에, 등에는 와이번이 타고 내릴 수 있고, 장거리 포신도 양쪽으로 20문 있다고 해. 특이한 건, 키메라공학자들이 배 속에 공간을 만들어서 와이번 적재 공간을 늘렸다더군. 그래서 와이번을 50마리 태울 수 있다고.”

“맙소사…….”

“게다가…… 이 와이번들은 라이더가 필요 없다고 해.”

“무슨 말입니까?”

“키메라공학과 마법공학의 위대한 승리랄까? 먹이사슬의 법칙을 적용했지. 이 고래선의 신경계는 고래의 것이 아니야. 용의 뇌와 신경이지. 소문이 그래…….”

“설마…….”

“그래, 용은 와이번을 통솔하니까…….”

“그러면 와이번은 고래선의 명령을 받겠군요. 고래가 아니라 심해의 용…….”

“포신들도 고래 뼈와 근육으로 엮어서 모든 게 사람 없이 작동하는 거 같은데……. 소문이라 믿든 안 믿든 그건 무명 기사 동무, 자네 자유야. 그런데 이게 뭔가 안 좋은 일이 생긴 모양이야.”

“…….”

“용은 단순한 짐승이 아니야. 자긍심을 지닌 최상위 포식자지. 뇌하고 신경만 남았어도 용은 용이야. 그런 최상위 포식자가 자신의 신체를 그런 식으로 능욕당했다……. 그럼 이 용은 어떤 기분이 들까?”

“제가 용이라면 분노하겠습니다.”

“그렇지. 그럼, 무명 기사 동무. 자네가 그 용이야. 뇌와 신경만 남은. 능욕당한. 그런데 내 몸이 거대한 고래 괴물이 되어 있고 장거리 포신에 심지어 내 명령을 따르는 와이번도 50마리나 있어. 그리고 이 몸은 내 뜻대로 움직여. 그러면…… 자네는 뭘 하고 싶을까?”

“……복수를 하고 싶겠군요.”

“……그래.”

“그래서 이 용은 누구에게 복수를 하려는 걸까요? 소문에 따르면…….”

“글쎄? 모두에게……?”

용과 사생아 (3)

[양떼구름 하나. 양떼구름 하나. 물보라를 확인했다. 궤적을 따라가고 있다. 세상에…… 저게 뭐야……? 말도 안 돼! 저런 크기가 가능하다고……?!]

"그래서 작전은?"

"고래선 내용물이 용이든 고래든 어쨌든, 생물이라 호흡하러 한 번씩은 부상해야 해. 코미 놈들이 이 고래선은 한 번 호흡하면 42일은 부상 안 해도 된다고 자랑하더군. 하지만 실제로는 1시간마다 수면으로 부상해서 호흡 중이지. 양떼구름이 그래서 추적 중이고."

"왜 그러는 거지?"

"고래 몸뚱이에 익숙하지 않아 그럴 거라는 게 왕립마법학회의

추측이다. 키메라는 자기네 전공이 아니라 보장은 못 한다지만."

"만약 이 괴물이 호흡에 익숙해지면?"

"그때는 42일간 못 보는 거지."

"지금 끝내야겠군……."

"그래. 그래서 여기, 비무장 해역에서 작전이 진행될 거다. 잘 들어둬. 비무장 해역에서 처음이자 마지막으로 진행되는 코미 놈들과의 합동작전이다. 코미 놈들이 고래선 내부 청사진을 보내왔어. 설계상 무인 항해가 가능하지만, 함선 지휘 인력은 타야 해서 일반 고래선같이 내부 공간이 있다더군."

"더럽게 넓군……. 청사진에 지워진 곳이 많은데……."

"코미 놈들이 검열한 거겠지. 어쨌든, 여기 함교를 따라 내려가면 고래선 척추실이 있다고 한다. 여기에 특수 약물을 공급해 고래선을 통제하는 방식이라더군."

"여기를 파괴하면 이 괴물도 죽겠군."

"그래. 하지만 우리 임무는 여기를 파괴하는 게 아니야."

"뭐?"

"고래선 침투 작전조에 용 계약자가 참가할 거다. 그래서 작전 1조가 코미 놈들과 터지지 않는 폭탄을 들고 척추실로 가면, 2조가 선두의 뇌 쪽으로 최대한 접근해서 계약을 시도할 거야."

"용 계약자? 제국의 황족이 온다고?"

"그래. 그래서 이 괴물과 계약할 거다. 제1황자가 올 거야."

“무슨…….”

“왕도는 물론 황실도 이게 용이라면 언약으로 묶일 수 있다고 판단했다. 이놈과 계약하면 우리는 더 이상 코미 놈들하고 협상하지 않아도 된다. 남동부의 곡창지대도 남부 열대 군도의 휴양림도 모두 다시 우리 것이 된다! 신과 황제를 따르지 않는 무신론자들을 모두 지옥 불에 태울 수 있어!”

“…….”

“그래서 일단 양떼구름이 추적을 끝내면, 공습 마녀부대 헤비 스모커가 고래선의 와이번을 견제한다. 그러면 이제 수송선을 타고 작전조가 고래선 등을 통해 진입할 거다. 다시 잘 들어둬라! 이번 작전에는 제1황자가 함께한다! 절대 실패하면 안 돼! 황자가 사망하면 상황이 복잡해진다!”

용과 사생아 (4)

두꺼운 철문이 열리자 어둡고 약한 붉은 조명이 드리운 좁은 방이 모습을 드러냈다. 불빛이 비친 방의 벽면은 살아 있는 거대한 살덩어리 같은 것들로 이루어져 간간이 박자에 맞추어 핏줄 같은 것이 울렁거리며 벽에 그 모습을 드러냈다가 사라졌다. 이미 이것만으로도 충분히 꿈에 나올까 두려운 모습이었으나, 방 안을 가득 메워 아무것도 들리지 않는, 말 그대로 모든 소리가 어디론가 사라져버린 듯한 고요가 그 방을 한층 더 기괴하게 만들었다. 흡사 심해 깊은 곳에서 아귀가 초롱을 들고 먹이를 기다리는 것처럼, 방이 철문을 열고 그들을 기다리는 것 같았다.

그때 철문을 연 군인 사이로 후드를 뒤집어쓴 누군가가 지나갔다. 고개를 푹 숙이고 후드로 얼굴을 가려 얼핏 보면 가녀린 소녀 같기도, 아니면 아직 앳된 소년 같기도. 그의 손목에는 수갑이 채워진 채 장갑이 씌워져 있었다. 장갑에 새겨진 황실 문양이 그가 누구인지 아주 조심스레 짐작케 할 뿐이었다.

그리고 그가 군인들 사이를 지나갈 때 군인들이 서로 다투듯 이야기하는 소리가 들렸다.

“제1황자가 온다며?! 지금 온 것은 정부가 낳은 사생아잖아?! 지금 장난해?”

한 군인이 신경질적으로 말하며 그를 노려보았다. 검은색 털처럼 얼굴에 드리워진 복면 너머에서 피 냄새에 절은 눈빛이 보였다. 그는 어린 시절 사형장에서 보았던 까마귀를 떠올렸다. 까마귀는 경멸 어린 눈빛으로 그를 바라보고 있었다.

그 신경질 가득한 목소리에 다른 군인이 낮은 목소리로 대답했다.

“계획이 바뀌었어. 황후의 오라버니인 동부 대공이, 확인도 안 된 일에 황실 계승 서열 1위를 보낼 수 없다고 반대한 모양이야.”

무거운 목소리 마지막에 깊은 한숨과 담배 연기가 뱉어졌다. 그를 향한 가득한 경멸과 함께. 그것은 그가 유모의 무릎에서 들었던 독무毒霧를 뿜어내는 전설 속의 커다란 뱀 같았다. 공중에 흩어지는 연기 속에서 날름거리는 뱀의 혀가 보였다.

까마귀와 뱀. 그는 그들 사이에 서서 수갑을 내보였다. 그리고 그것을 본 까마귀가 뱀을 향해 다시 신경질을 쏟아냈다.

“젠장! 그래서 어쩌라는 거야? 이 괴물이 저 사생아와 진짜 언약으로 묶이기라도 한다면……!”

뱀은 고개를 숙여 잠시 그를 바라보았다. 자신을 향해 고개를 숙인 채 손목을 들어 올리는 모습. 그것은 자비를 바라며 신에게 기도하는 모습 같기도 했다. 뱀은 사제가 성체를 성도의 손에 올려주듯 주머니에서 열쇠를 꺼내 수갑에 꽂으며 말했다.

"그러면 네가 사생아를 죽여라."

일순간 주변이 고요해졌다. 모든 소리가 무언가에 잡아먹힌 듯. 그 침묵 속에서 모두 서로의 얼굴만을 바라보았다. 오직 한 사람만 빼고. 그는 자기 손목에 내리는 뱀의 손길을 느끼며 여전히 고개를 숙이고 있었다. 물론 그것이 침묵의 이유를 모른다는 의미는 아니겠지만…….

"뭐?"

침묵은 까마귀에 의해 끝났다. 까마귀는 시선을 돌려 다시금 그에게 경멸을 보였다. 복면 안쪽에서, 그 너머로, 피에 절어 있는, 형용할 수 없는 구역질이 나는 감정이 흘러넘쳐 내렸다. 세례 때 머리로 흐르는 성수처럼 경멸이 그대로 머리를 적셨다. 머리를 적신 경멸은 그대로 귓가를 타고 흘러내렸다. 귓가에 뱀의 목소리가 다시 들려왔다.

"변경된 계획에서는 황실의 혈통이 이 괴물과 언약할 수 있다는 것만 확인하면 된다. 확인이 되면 제1조가 코미 놈들을 제압하고, 양떼구름과 헤비 스모커가 밖에 있는 코미 놈들의 배와 와이번을 쓸어버린다. 그리고……."

그는 그 말에서 날름거리는 혓바닥을 느꼈다. 혓바닥이 귓가를 스치는 것을 느꼈다. 갈라진 혓바닥 사이로 경멸이 흘러나오는 것을 느꼈다. 흘러나오던 경멸이 역류하는 하수도의 오물처럼 넘치는 것을 느꼈다. 그것은 그의 다리부터 잠기게 했고, 종아리, 허벅지, 허리, 가슴까지 차오르더니 이내 귓가를 타고 흘러내리는 경멸과 만나 그의 입과 코를 질식시켰다. 후드 사이로 삐져나온 머리가 구역질 나는 감정의 바닷속에서 해초처럼 흔들렸다.

그리고, 수갑이 풀렸다. 그는 자유로워진 자기 손을 바라보았다. 장갑은 그의 손목까지 가리지 못했고, 손목은 수갑에 졸려 빨갛게 부어올라 있었다. 그는 빨갛게 부어오른 손목을 바라보았다. 그는 그 손목에서 무엇을 보았을까? 혹, 목 졸려 매달릴 자신을 보았을까?

그때 군인의 손이 그의 시선을 가로지르고는 어딘가를 가리켰다. 어떤 군인이었나? 까마귀? 아니면 뱀? 어느 쪽인지 확실치 않았다. 그리고 중요치 않았다. 중요한 건 그 손이 가리키는 곳이었으니까. 그의 시선이 군인의 손끝을 향했을 때, 그 끝에는 아가리를 벌린 방이 그를 기다리고 있었다.

그는 그 방을 잠시 응시했다. 그러고는 결심한 듯, 체념한 듯, 몸을 돌리고 발을 움직여 방 안으로 향했다. 흡사 붉은 호롱을 흔드는 아귀의 입으로 들어가듯 그는 방으로 들어갔다. 그리고 그가 들어간 것을 확인한 군인들은 철문을 닫았다.

쿵.

철문이 닫히고, 그가 방에 먹혔다. 이제 방에서 일어나는 일은 오직 그와 방만이 알게 되었다.

그는 장갑을 벗고 방문 맞은편 벽면으로 나아갔다. 검붉은 살점이 꿈틀대는 듯한 벽면 가운데 철로 만든 구멍 하나가 그를 응시하고 있었다. 구멍은 제법 두꺼운 유리로 덮여 있었고, 그 안에는 분홍빛의 무언가가 핏물과 함께 울렁거렸다. 구멍이 그를 응시하고 있었다.

그는 장갑 벗은 손을 살포시 유리에 가져다 댔다. 미세하게 느껴지는 온기. 그동안 장갑을 끼고 있었음에도 단 한 번도 느끼지 못한 온기가 그의 손바닥에 닿았다. 그는 고개를 숙인 채 조용히 읊조렸다.

"거룩하고 신성한 용이여……. 태고부터 이어진 믿음의 고리를 통해 그대와 신뢰의 말로써 묶이기를 기원합니다. 그리하여, 그대가 황실의 적을 막아주고……."

그리고 그는 자신의 손바닥이 서서히 따듯해짐을 느꼈다. 분명 할아범이 말했지. 손바닥이 따듯해지면 곧 '그분'의 목소리가 머리에 울릴 거라고……. 그는 눈을 감고 온기를 느꼈다. 온기가 흐르는 것을 느꼈다. 온기가 팔을 타고 흘러 올라와 그의 귀에서 맴도는 것을 느꼈다. 온기가 말이 되는 것을 느꼈다.

[……그대는…….

……그대는……황실의…….]

할아범이 말한 그분의 목소리가 머리에 울리기 시작했다. 손의 온기는 팔 전체를 덮고 서서히 온몸으로 퍼져, 조금 더, 조금 더 뜨거워졌다. 뜨거워질수록 목소리는 선명히 머릿속에 울려 퍼지며 나아갔다. 그리고…….

[……그대는 황실의 피가 흐르지만 적자는 아니로군…….]

순간 그는 그 안의 온기가 차갑게 식어버리는 것을 느꼈다. 손끝에서 오는 따듯함이 뜨거워지고, 몸을 뒤덮고, 말이 되어 머릿속에 울렸지만, 오직 그 한마디에 그의 안에 있던 일말의 따듯함이, 사람으로서 가져야 하는 무언가가, 차갑게 식고, 어두워지고, 부서짐을 느꼈다. 할아범이 말한 그분의 목소리는 그를 그대로 알아보았다.

할아범이 알려준 말을 더 해야 할까? 아니면 지금이라도 철문을 두들기고 군인들에게 살려달라 말해야 할까? 그들은 언약이 맺어지면 죽인다고 했으니, 언약이 맺어지지 않는다면 살려줄지도 모른다. 부서진 그의 안에서 수많은 말들이 쏟아졌다. 쏟아지고 흘러나와 그의 뺨을 타고 내렸다. 그렇게 아무 소리 없이, 방 안의 붉은 불빛 아래에서, 그의 내면이 밖으로 흩어져 내렸다. 그리고…… 손끝을 통해 오는 목소리는, 그가 그 모든 것을 쏟아낼 때까지 말없이, 말없이 기다려주었다. 손끝은 여전히 따듯하였다. 목소리는 기다려주었다. 그렇게 기다려주었기에, 그는 목소리에 대답하였다.

그는 대답하는 것을 선택하였다.

"알고…… 계셨습니까?"

[나는 용이다. 비록 몸은 이렇지만…….]

"송구스럽습니다."

[아니다. 괘념치 말라. 어차피 황실의 피면 나는 아무래도 상관없다. 허나, 언약은 서로의 바람으로 묶이는 것……. 그대는 그것으로 괜찮은가?]

목소리는 질문하였다, 그에게. 그에게 그것이 괜찮은지 질문하였다. 그러나 그는 그것이 무엇을 의미하는지 알 수 없기에, 아니, 알면 안 되기에 그 질문에 질문으로 답하였다.

"무슨 말씀이시온지……."

[황실의 적을 막는다……, 그것이 진정 그대의 바람이냐 묻는 것이다…….]

"……."

그는 답할 수 없었다. 아니, 답하면 안 되었다. 그것은……. 손끝의 온기가 점점 뜨거워졌다. 화상을 입을 것 같다. 하지만 손이 떨어지지 않는다. 그리고 목소리는 계속 묻는다.

[내가 보기에 저들은 언약이 묶이면 그대를 죽일 것이다. 언약은 죽음으로만 풀리니……. 그리고 다른 놈이 와서 지금 그대가 한 말과 같은 말을 하겠지…….]

손끝이 점점 뜨거워져온다. 안 돼……. 대답하면 안 돼…… 할아범이 해준 말을 생각하자. 지금이라도 다시 할아범이 알려준 말을 읊조리자…… 손의 뜨거움이 팔을 타고 올라온다……. 더 늦기 전에…….

[……나는 그자가 하는 언약을 거부할 자유가 없다…….]

어느샌가 뜨거움은 목을 타고 기어오른다. 볼이 화끈거리고 손이 타들어가는 느낌. 귓가에 맴돌던 목소리는 송곳이 되어 머리 깊숙한 곳을 파고든다. 대답하면 안 돼! 대답하면 안 돼! 대답하면 안 돼! 대답하면 안 돼! 할아범이 말한 말을. 신성한 용이여. 황실의 적. 나의 적. 안 돼. 대답하면 안 돼! 생각해! 나의 적! 황실의 적! 할아범! 아버지! 어머니! 나의 적! 안 돼! 안 돼! 안 돼! 안 돼! 안 돼! 안 돼!

………………

………………

[……나는 벌써 그자가 싫다…….]

………………

………………

……아…………

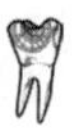

뜨거움은 불타오르고 손끝은 불타 재가 되어가고 불은 팔을 타

올라 목을 감싸고 몸을 태우고 내 안에 남아 있던 내가 아닌 것들을 태워버리고 내가 바깥으로 토해내야 했던 나인 것들을 따스하게 보듬어 나를 다시 빚어내는데 재와 먼지로 빚어진 저에게는 아직 말이 없어서 아무것도 말할 수 없사오니 부디 그대가 먼저 저를 위해 말해주소서. 태어난 아이의 숨소리를 끄집어내는 어미처럼 아이가 울길 바라는 세상처럼 부디 저에게 한 말씀만 하소서. 그리하여 제가 곧 나으리이다…….

………………

………………

[……그러니 고하라……. 그대가 진정 묶이길 원하는 말을…….]

………………

………………

아아…… 제가 곧 나으리이다…….

용과 사생아 (5)

"거룩한 용이시여, 주무십니까?"

[아니다. 잠시 눈을 감고 있었다.]

"……혹시 그때 일이 기억나십니까?"

[무슨 기억 말인가?]

"우리가 처음 만났을 때 말이죠. 제가 벌벌 떨면서 언약을 위한 말을 읊던 그때 말입니다."

[아아…… 그때 말인가……. 기억한다……. 너는 금방이라도 쓰러질 것같이 약해 보였지.]

"그 정돈 아니었습니다……."

[높이다.]

"그래도 좋았습니다. 저를 그렇게 제대로 봐준 것은 그대가 처음이었습니다……."

[그랬나…….]

"용께서도 아시겠지만, 저는 사생아입니다. 저를 알고 있는 모두가 저를 원치 않았고, 모두가 저의 죽음을 바랐습니다. 제 아비 되는 황제도, 제 어미 되는 자도 말이죠…….”

[…….]

“그런 저를, 그대가 그대로 보아주었습니다. 그리고 제 바람을 물어봐주셨죠. 다른 누군가의 바람이 아닌 제 바람을.”

[그랬다…….]

“그래서 기뻤습니다. 참으로 기뻤습니다. 하지만 용이시여…….”

[……뭔가?]

“그날 말씀을 기억하십니까? ‘언약이란 서로의 바람으로 묶이는 것’이라고 하셨죠.”

[그렇다. 언약이란 서로의 바람으로 묶이는 것이다.]

“저의 바람은 말했습니다. 그러나 저는 아직 그대의 바람을 듣지 못했습니다. 혹, 제가 들으면 안 되는 것이었습니까?”

[아니다. 단지…….]

“단지……?”

[두려웠다…….]

“……무엇이.”

[네가 나를 용으로 봐주지 않을까 두려웠다.]

“…….”

[허나, 그대는 나를 용으로 봐주었다. 있는 것이라고는 뇌와 신경밖에 없어 날 수도 없고, 호흡하는 법도 익숙지 않아 쉬지 않고

물 위로 뛰어오르는 나를 용으로 봐주었다.]

"……."

[물 위로 뛰어오를 때마다 혹여 내가 다시 날 수 있을까 꿈꿨노라……. 그리하여 내가 다시 온전한 용이 될 수 있을까 했노라…….]

"용이시여……. 그대는 태어나기 전부터, 태어난 후에도, 그리고 지금도, 앞으로도, 세상이 모두 불타 없어진 뒤에도, 나의 유일한 용이십니다……. 그대는 나와 언약으로, 서로의 바람으로 묶인 유일한 용입니다……."

[…….]

"그러니 자긍심을 가지소서. 그대는 나의 용입니다."

[고맙도다. 그리고…… 나 역시 그대처럼 세상이 모두 불타는 걸 보고 싶었노라…….]

"……역시 우리는 태어나기 전부터 이렇게 될 운명이었나 봅니다."

[……그런가 하노라.]

"아름답군요……. 이렇게 바다 위에서 불타는 땅과 하늘을 보는 게……."

[실로 그러하다…….]

러브 앤 티스

홍락훈 SF·판타지 초단편집 3

발행 2024년 3월 23일

지은이 홍락훈
책임편집 강상준
교열 남다름
일러스트 Jen Yoon
디자인 전도아

펴낸이 정종호
펴낸곳 에이플랫
출판등록 2018년 8월 13일(제2020-000036호)
이메일 aflatbook@gmail.com
블로그 blog.naver.com/aflatbook
가격 18,000원

ISBN 979-11-89836-54-2 03810

에이플랫은 언제나 기성 및 신인 작가의 원고를 기다리고 있습니다.